NHK連続テレビ小説

なつぞら

上

作 大森寿美男
ノベライズ 木俣冬

NHK出版

なつぞら

上

なつぞら　上

目次

主な登場人物関係図

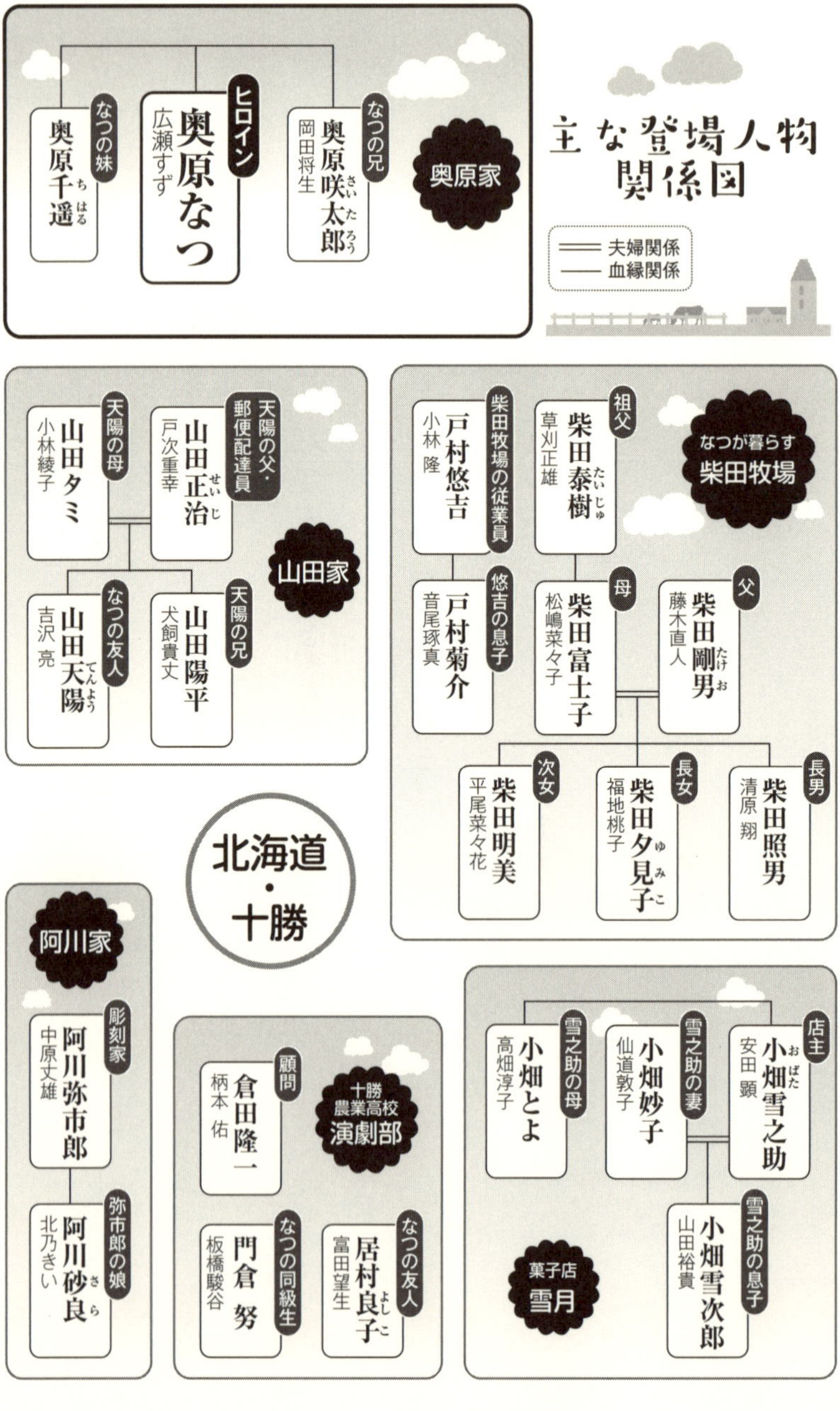

夫婦関係
血縁関係
奥原家
なつの妹
奥原千遥《ちはる》
ヒロイン
奥原なつ
広瀬すず
なつの兄
奥原咲太郎《さいたろう》
岡田将生
山田家
天陽の母
山田タミ
小林綾子
天陽の父・郵便配達員
山田正治《せいじ》
戸次重幸
なつの友人
山田天陽《てんよう》
吉沢 亮
天陽の兄
山田陽平
犬飼貴丈
なつが暮らす柴田牧場
柴田牧場の従業員
戸村悠吉
小林 隆
祖父
柴田泰樹《たいじゅ》
草刈正雄
悠吉の息子
戸村菊介
音尾琢真
母
柴田富士子
松嶋菜々子
父
柴田剛男《たけお》
藤木直人
次女
柴田明美
平尾菜々花
長女
柴田夕見子《ゆみこ》
福地桃子
長男
柴田照男
清原 翔
北海道・十勝
阿川家
彫刻家
阿川弥市郎
中原丈雄
弥市郎の娘
阿川砂良《さら》
北乃きい
十勝農業高校演劇部
顧問
倉田隆一
柄本 佑
なつの同級生
門倉 努
板橋駿谷
なつの友人
居村良子《よしこ》
富田望生
菓子店雪月
雪之助の母
小畑とよ
高畑淳子
雪之助の妻
小畑妙子
仙道敦子
店主
小畑《おばた》雪之助
安田 顕
雪之助の息子
小畑雪次郎
山田裕貴

東京・新宿

人気ベーカリー＆レストラン 新宿川村屋

- マダム　前島光《こう》子《こ》　比嘉愛未
- ギャルソン　野上健也　近藤芳正
- 職長（調理長）　杉本平助　陰山 泰
- ウエイトレス　三《み》橋《はし》佐知子　水谷果穂

- なつの幼なじみ　佐々岡信《のぶ》哉《や》　工藤阿須加

おでん店 風車

- 女将《おかみ》　岸川亜矢美　山口智子

クラブ メランコリー

- 歌手　煙 カスミ　戸田恵子
- カスミの付き人　土間レミ子　藤本沙紀

- 新宿「角筈屋書店」社長　茂《も》木《ぎ》一貞　リリー・フランキー
- 「藤正組」元親分　藤田正士　辻 萬長

東洋動画スタジオ

- 社長　大杉 満　角野卓造
- 作画監督　仲 努　井浦 新
- 作画監督　井戸原 昇　小手伸也
- アニメーター　大沢麻子　貫地谷しほり
- アニメーター　下山克己　川島 明
- 仕上担当・なつの同僚　森田桃代　伊原六花

装丁　清水貴栄、髙橋まりな、中島唯歌
（DRAWING AND MANUAL）
カバー写真提供　NHK
カバー写真撮影　アンディ・チャオ
題字／イラスト　刈谷仁美

皆さんは、アニメにどんな思い出がありますか？
昭和の時代、この国では、アニメーションの世界が大きく花開きました。
私にとってアニメーションは、人生に欠かせないものです。家族と同じくらい。

これから語るこの物語は、紛れもなく私の人生そのものです。
私がアニメーションの世界に飛び込むのは、まだ先の話――。
ですが、確かに、あの日から、その道は続いていたのです。

第1章

なつよ、ここが十勝だ

「どうだ、広いだろ？　東京は焼け野原だけど、ここは本当の野原だ」

煮しめたような復員服を着た壮年の男・柴田剛男《しばたたけお》は視線をぐるりと巡らせて言った。

初夏の十勝《とかち》平野は見上げれば青い空、その下はむせ返るような新緑だ。まるで水彩絵の具で描いたような風景をまっすぐ突き抜ける一本道を、剛男と並んで歩いている九歳の少女・奥原《おくはら》なつは、石炭のように黒々と強く光る大きな瞳を凝らした。

東京は日本橋《にほんばし》に生まれ育ったなつにとって、初めての北海道はあまりにも広大で、どこを見ていいか分からないほどだ。踏みならされた道の両脇はどこまでも農場と牧草地が続き、遠くに白黒まだらの牛が何頭か放牧されている姿が見えた。

なつは牧草の中に足を踏み入れてみた。それは柔らかく足を包むようで、思わず駆け出した。頬に当たる乾いた風が気持ちよく、自然と笑顔になっていく。

「タンポポが咲いて、カッコウが鳴けば、種まきの季節だ」

なつを追いかけて牧草地に入ってきた剛男の声は、故郷に帰ってきた喜びに震えていた。

昭和二十一（一九四六）年、戦争が終わってもうすぐ一年がたとうとしていた。

どれだけ歩いただろう。木立が切れると、青と緑ばかりだったなつの視界に、赤い屋根が見えてきた。道の脇に〈しばた牧場〉と書かれた木製の看板がある。ここから先が、剛男の家の土地だ。十勝で酪農と農業を営んでいる柴田家は、明治時代に入植した開拓者の一家だった。

今年三十四歳になる剛男は、二歳下の妻・富士子《ふじこ》、十二歳になる長男・照男《てるお》と、なつと同じ年の夕見子《ゆみこ》、二歳の次女・明美《あけみ》を残して戦争に行っていた。そして家にはもう一人——家長の泰樹《たいじゅ》がいる。六十二歳になる富士子の父親だ。剛男は柴田家の婿養子だった。

剛男の帰還に富士子と子どもたちが大騒ぎしている中、サイロからのそりと現れた泰樹はじろりとなつを一瞥《いちべつ》した。フェルト帽子を目深にかぶり、浅黒い顔中にひげを生やした泰樹にはやたらと威厳がある。鋭い瞳は何もかも見透かしそうで、なつはできるだけ礼儀正しく、感じのいい笑顔を意識して挨拶した。「こんにちは！　奥原なつと申します」

いぶかしげな顔をしたのは泰樹だけではない。富士子も子どもたちも、剛男の傍らに所在なげに立っている痩せっぽちの少女が出会い頭から気になっているようだった。

剛男はいったん話をそらそうと、「あ……まずは、風呂焚《た》いてくれんかい？　なっちゃん、お風呂に入れてやりたい」と富士子に頼むと、一家を引き連れて家の中に入った。

なつは、剛男の戦友の子である。戦時中、その人物と、もし、どちらかが戦死したときは、その家族に宛てた手紙を必ず届けようと約束を交わしていた。本当に家族に書き残したいことを書いて、軍に検閲されないようにお互いに託したのだ。

無念にも、その人物は満州《まんしゅう》で戦死した。剛男は約束どおり、復員するとまずその手紙を届けようと、彼がかつて働いていたという東京・日本橋の料亭を訪ねた。だが空襲で店も家もなくなっていた。それでも諦めきれず、剛男は戦災孤児たちの集まる場所を探し回った末、孤児となったなつと出会い、思わず北海道まで連れてきたのだった。

窓から夕日が入り、五右衛門風呂にたっぷり張った湯が赤く染まる。久しぶりの風呂につかりながら、なつは小さな窓を見上げ、あの日を思い出した。

昭和二十（一九四五）年三月、夜半に起こった「東京大空襲」は、月まで真っ赤に染め上げた。避難する間に、母と四つ違いの兄・咲太郎《さいたろう》、三歳下の妹・千遥《ちはる》と離れ離れになったなつは、近所の佐々岡《ささおか》医院の長男・信哉《のぶや》に助けられて生き永らえた。翌日、灰色の世界と化した場所で、咲太郎と千遥とは出会えたものの、母は帰らぬ人となっていた。信哉の両親も防空壕《ぼうくうごう》に閉じ込められたまま命を落としてしまったという。信哉は悲しみを隠してなつを守ってくれたのだ。

一夜にして親を失った四人は、その後、一年以上、子どもたちだけで焼け跡を生き抜いてきた。これまでのことを思い出すと涙が止まらない。なつは両手で湯をすくって涙を拭った。

風呂から上がったなつが居間に向かうと、そこでは、なつの扱いを巡って一家がもめていた。
「分かった。大丈夫よ、一人ぐらい増えたって。かわいそうだものね」と理解を示す富士子に、泰樹は「かわいそうだからって、犬猫みたいに拾ってくるやつがあるか。牛や馬ならまだしも……役立たんやつを増やしてどうする」と渋い顔をする。

泰樹に強く言えない婿・剛男に、富士子が助け船を出した。

「大丈夫さ。父さんは一人で北海道に渡って、苦労し過ぎて、人の苦労を苦労だと思えないところがあるだけさ。苦労が麻痺《まひ》してんの。だから、こんな血も涙もないことが言えるんだわ」

「お前は苦労し過ぎて、誰んでも優しくしなければなんないと思い込んでるだけだ。苦労が裏目に出てるべ」

「したらさ、時と場合を選んで人を助けろって言うのかい？」

「何でもかんでもは、考えなしと同じだべ！」

けんかを始める舅《しゅうと》と妻に、婿が「やめてください！　二人がけんかすることはないんです。とにかく、あの子は僕が守りますから！」と懇願する。家族の人間模様を、なつは土間から、黒い大きな瞳でじっと見ていた。それに気付いた富士子が「あら、もう出たの？　あらら、またそんな汚い服を着て……」と慌てて立ち上がり、有り合わせの寝巻きを着せた。

「おばさん……ありがとう」

なつは出し抜けに富士子にひしとしがみつき、おいおいと泣きじゃくった。

情にほだされた富士子は「さあ、泣かないで……ごはんにしよう」となつを食卓に導く。そこには、ばれいしょの煮物、山菜の煮つけ、干した豚肉を焼いたもの、麦ごはん。どれも大量に盛られていた。食糧難の東京では、見たこともないようなごちそうばかりだ。

「夢みたい……！」と叫び、なつはおいしいおいしいと、食事をほおばる。富士子から勧められた牛乳の入ったお椀《わん》を手に取り、匂いを嗅いでから、ゴクリ。また声が出た。

「おいしい！　こんなの飲んだことない！」

それは柴田家で毎朝搾っている新鮮な牛乳だった。

温かい風呂、おいしい食事……のみならず、剛男と富士子は、なつと同い年の夕見子の服を着て、一緒に学校に行けばいいとまで言いだした。だが、そうそういいことばかりは続かない。夕見子が服をなつに貸すことを拒んだのだ。またしても、家族がもめだした。

「かわいそうだと思わんのか？」とたしなめる剛男に、夕見子は口をとがらせた。

「ずるい……その子はずるい！　その子がかわいそうなのは私のせいじゃないもん！　なんで私が我慢しなくちゃなんないの！」

夕見子の言い分も分かる。なつは覚悟を決めた。

「大丈夫です……着るものなんか要りません」ときっぱり辞退し、それから剛男と富士子に深く頭を下げた。「私をここで働かせてください。何でもします。だから、私をここに置いてください！　必ずいつか、お兄ちゃんが迎えに来るって、そう言っていましたよね、おじさん？　それまで、ここにいさせてください。働きますから……何でもします……お願いします！」

最低限、住みかと食事が得られればいい。そのためのわきまえはできている。

すると、それまで横目でなつのことを見ていた泰樹が不意に「偉い！」と膝を打った。

「いい覚悟じゃ。それでこそ赤の他人じゃ」

最も扱いが難しそうな泰樹がニヤリと白い歯を見せて笑ったので、なつは安堵《あんど》した。

なつはこの一年と数か月、焼け跡で必死に生き抜いてきた経験から「死ぬよりも、生きているほうがかわいそうだ」という心境に達していた。それだけ生きることが難しく苦しかったのだ。生きるには、ずるくならなければならなかった。

なつの心の内を、富士子はうっすらと感じていた。後で剛男と寝室で二人きりになったとき、

「……あの子は少し、子どもらしくないっていうか……素直じゃないところがありますからね……」と心配が口をついて出た。だが、剛男は人がいい。「そうか？　浮浪児なんかしてたわりには、素直な子だと思うけどな……」と、あくまでもなつを純粋無垢《むく》な少女と思い込んでいた。

翌日からなつは働き始めた。

酪農の朝は五時に始まる。なつはまだ薄暗いうちに起きて、富士子に継ぎを当ててもらったもんぺをはき、手拭いを頭にかぶって家を出ると、ちょうど大地に日が昇る瞬間が目に飛び込んできた。真っ暗な空が紫色からばら色に変わる地平線から金色の太陽が顔を出し、遠くの雪山を照らす。いつまでも見つめていたかったが、後ろから現れた泰樹にせかされ、なつは裏庭の井戸に向かった。つるべでくんだ水の中に手を入れると切れるように冷たい。顔を洗うと目が覚め、一口飲むと「おいしい」と体がしゃんとした。

それから牛舎へ――。そこには、泰樹の右腕的存在の戸村悠吉《とむらゆうきち》と息子の菊介《きくすけ》がいて、泰樹と三人で数頭の牛に飼料を与えていた。泰樹に促され、なつが恐る恐るそばによると、並んだ牛たちが一斉に振り向いた。その数と大きさに圧倒されつつも「かわいい……！」と笑みがこぼれた。

そこへ剛男が作業着姿で駆け込んできた。悠吉と菊介は、まずは兵役を無事務めたことをねぎらってから、「今日ぐらい休んでればいいんでないかい。ここは大丈夫さ」、「そだよ。なんぼでも寝てればいいのに。富士子ちゃんの横で」と親子二人してからかった。

泰樹の指示で、なつは今日のところは皆の作業を見学することになった。

泰樹、剛男、悠吉、菊介が、牛の乳首を布で拭って搾乳を始める。それをしばらく見ていたなつは、無性にやってみたくなり、湯につけた布を取ると、そろりと一頭の牛の背後に近づいた。

「危ないべ！　むやみに牛に近づいちゃだめだ！」と悠吉が声を張り上げ、なつはひるんだ。

「牛に蹴られたら、命なくすかもしれんのさ」という剛男の重々しい口ぶりに、なつはよほど危険なことをしたらしいと悟った。

反省するなつに、悠吉はすぐに表情を緩め、「牛はな、慣れない人間が近くにいるだけで、緊張して乳も出さんようになるの。手伝うなら、まずは牛と仲よくならんとな」と優しく助言した。

こうしてなつの労働の日々が始まった。

朝五時に牛舎に集合、まずは牛たちに、いい乳をたくさん出してもらえるよう、乾燥させた飼料などを与える。それから搾乳し、その後、牛は放牧され、新鮮な草を食べる。

この時間に、夕見子と照男は学校に出かける。なつは牛にも、夕見子たちにも「行ってらっしゃい」とひらひらと手を振り、笑顔で見送った。

搾乳のできないなつには、その代わり、牛たちが出ていったあと、大仕事が待っていた。糞《ふん》出しと呼ばれる、牛たちの寝床をきれいにする作業だ。

「私は、乳を出せないから、力を出さないと」と小さな体で鋤《すき》を懸命に動かすなつに、悠吉は感心し、菊介は「子どもの冗談とは思えんべさ」と嘆息した。

それが終わると新しい寝わらを牛舎に敷き詰めていく。これもまた重労働だ。重さに耐えかね転んでわらを落とすなつに、剛男が手を貸そうとしたが、「大丈夫です。自分でやれます」と歯を食いしばってわらを持ち上げ続けた。

これらの仕事が終わってから、ようやく朝食となる。

朝食が終わると、今度は、富士子も加わって、畑仕事。柴田家では酪農のかたわら、豆やばれいしょを作っていた。畑作業の時間、泰樹は、朝の搾りたての牛乳を積んだ馬車に乗って集乳所へ出かけていく。

夕方、牛を追って牛舎に導き、そこでまた搾乳。

これらが日課だった。この労働量にもかかわらず、なつは毎日、笑顔を絶やさず、文句一つ言わず働き続けた。

とはいえ、心は鼓舞できても、肉体は正直だ。次第になつは食事中に居眠りをするようになった。夜になると大きないびきをかき、夕見子の安眠を妨害することも起こり始めた。

富士子は居たたまれず「もう、いいかげんにしろ！　頑固じじい！」と泰樹の容赦ない扱いをなじった。だが剛男は、自分を認めてもらうため必死に働くなつに共感していて、それがこれからここで生きていくために大事なことだから、今は見守るしかないと考えていた。

富士子は「なして男って、自分の身に置き換えて、人のことを考えることしかできないのさ」とやりきれなかったが、それでも、なつは働き続けた。

牛の世話は日曜日も関係ない。毎日、牛は乳を出す。搾乳している男たちの姿を、なつは自分の作業の合間に、大きな黒い瞳でじっと見ていた。

何度目かの日曜を迎えたある朝、ついに泰樹は、なつに搾乳を許可した。

牛の腹の横に置かれたいすに座り、「よろしくね……蹴らないでね」と緊張しながら牛をなでてみる。牛は少し動いたが、なつは呼吸を整え「大丈夫、大丈夫……」とできるだけ穏やかに声をかけた。これまで、時折牛をなでて、徐々に慣らしていたのだ。

「牛から離れるな。おっかなくても、くっつくほうが危なくない」

「まず、この温めた布で乳首を拭いて、よく温めてやるんだ」

「もっと強く刺激しないと乳は出ん。だけど、素早くやらんと牛が嫌がる」

泰樹が一つ一つ力強く指示し、なつはそのたびに「はい」ときびきび小さな手を動かした。

剛男、悠吉、菊介は、その様子をおのおの搾乳しながら見守っていた。

「いいだろう。搾れ」と泰樹が厳かに言った。なつは、もう一度、悠吉たちの手を見て、見よう見まねで搾乳を始めた。ところが、乳は出てこない。

「数を数えるように、上から指を折るようにして搾るんだ」

泰樹に言われたとおりに搾ると、白く温かい乳が勢いよく、牛の腹の下に置かれた容器の中に噴射した。一度要領をつかむと、なつは軽快な手つきになり、乳はどんどん容器にたまっていく。

「なっちゃんは、ほんとに俺たちの仕事を、よく見てたんだな」と菊介は舌を巻いた。そう、なつはこの数日間、自分の体に刻みつけるかのように、男たちの仕事を見つめ続けていたのだ。


何者でもない居候だったなつは、働くことで自分を認めてもらうことに成功した。それを見ていた剛男も、自分なりにできることをしなくてはいけないと心がはやった。

その足で照男を捜した。照男は家の前でまき割りをしていた。戦争に行っている間にぐんと成長したように感じる息子に「ずいぶん、上手んなったな」と声をかけたが、「……だめだよ、俺なんか。じいちゃんに頼りにされてないし」とうなだれるので、「父さんだって、じいちゃんに頼られたことはないよ。気にすんな」と自嘲気味に笑った。

婿養子の剛男、長男ながら泰樹に期待されていないと感じる照男。二人はどこか共感するものがあった。

「照男、あの子のこと……頼むな。父さんはお前を頼りにしてるんだ」

「俺はお父さん……偉いと思うよ」

「照男……ありがとう」

二人も、地道に自分を証明していくしかなかった。

それから剛男は二階の子ども部屋に向かい、熱心に勉強をしている夕見子に話しかけた。

「勉強か……偉いな……父さんも、働くより勉強が好きだったな……夕見子は父さんに似たんだな」などと剛男は機嫌を取りながら、夕見子の前にかしこまった様子で座った。夕見子がなつに対していい感情を抱いていないことを感じていた剛男は、何とかしたかったのだ。

「父さんが、あの子をここに連れてきたのは……夕見子がいたからだよ。父さん、戦地にいて、夕見子のことを思わない日は一日もなかった。いや、片ときもなかった。それはあの子の父さんも同じだと思うんだ。その人は亡くなって、父さんは生き残った。でも、その人と父さんが反対になっていても、全然おかしくないんだわ。だから、夕見子となっちゃんが反対になってもおかしくはないんだよ」

いつのまにか富士子もやって来て、剛男の話に聞き入っていた。

夕見子も根っから意地悪な子ではないから「そんなこと分かってるさ。だからかわいそうだとは思ってる」と声を落として答えた。

「かわいそうに思えと言ってるわけじゃないんだ……父さんは、なっちゃんを見て、どうしようもなく夕見子のことを思ってしまったんだ。夕見子が、孤児になって、大人の人から冷たくされていたらと思うと、父さんはたまらなかった。絶対に許したくないと思ったのさ。夕見子を幸せにしたいと思ったんだ……だから……父さんは、自分のために、なっちゃんを連れてきてしまったのかもしれない。自分の気持ちが済むように……北海道の、こんなところまで、なっちゃんを連れてきてしまった……父さんは、なっちゃんの人生を変えてしまったことになるんだ」

「私が、あの子の人生を変えることもできるってことかい？」

「無理に変えようなんて思わなくていいんだ。ただ、夕見子は夕見子のまま、あの子を受け入れてほしいと……父さんはそう願っているだけだ」

難しい話である。それは、これから時間をかけて生活の中で積み重ねていくしかない。夕見子は無表情に「分かったよ……」とだけ言った。

そんな話し合いが剛男と夕見子の間で行われているとはつゆ知らず、なつは泰樹が操る馬車の荷台に集乳缶と一緒に乗り、帯広《おびひろ》の闇市へと向かっていた。荷台はガタガタ揺れるものの存外快適だ。見上げると青い空に大きな白い雲がゆっくりと流れ、心がほっこりした。

帯広の闇市は東京のそれを思わせた。外地からの引き揚げ者や復員兵、道内各地から集まった人々が、さまざまな物資を売っている。得体《えたい》の知れいないごった煮の鍋から湯気が上がり、人が群がっていた。帯広に進駐したアメリカ軍人も闊歩《かっぽ》している。

いったん馬車を降り、泰樹はなつを連れて人混みを縫っていく。露店の一つに長靴を見つけると、なつに買い与えた。それはブカブカだったが、泰樹は「お前の食いっぷりなら、すぐに追いつく」と極めて大ざっぱだ。

それから馬車へと戻る。途中、泰樹は、なつに東京で何をしていたか聞いた。なつは妹の千遥と一緒に靴磨きをして金を稼いでいたことを話した。

「兄貴は何していた？　闇市で盗みでもしてたか？」と聞く泰樹に、なつは「盗みはしません！」と強く否定した。盗みで生計を立てる子どもは大勢いたが、それだけはやめようと兄は言っていたのだ。それが奥原三兄妹の矜持《きょうじ》だった。代わりに咲太郎は新聞社に行って、十銭で買った新聞を二十銭で売った。頭のキレる信哉が考えつき、咲太郎となつが主に実行した。咲太郎は持ち前の愛嬌《あいきょう》で進駐軍の軍人たちに人気があって、それはよく売れたものだ。

そんなふうに肩寄せ合って生きてきた兄は孤児院、妹は親戚の家と、現在離れ離れになっていると知った泰樹は「……あいつも、中途半端なことをしたもんだな」と剛男を思い浮かべ、苦い顔をした。

「お兄ちゃんが……おじさんに私を頼んだんです……おじさんは、何も悪くありません。許してあげてください」。なつは慌てて剛男をかばった。

なつの願いには何も答えず、泰樹は馬車に乗ると、そのまま走らせ、〈菓子屋　雪月《せつげつ》〉という看板のある店の前で止めた。ここに牛乳を卸しているのだ。泰樹が馬車から牛乳のタンク、なつは牧場で採れた鶏卵を運んで店に入った。だが中は薄暗く、ケースや棚には何もなかった。

「やってるかい？」と泰樹が声をかけると、中から小畑《おばた》とよが飛び出してきた。

「おや、柴田さん、お久しぶり。店はやってるよ。売るもんは何もないけど」

「闇屋に仕事をとられたか」

「うちは闇で商売したくないからね」

泰樹ととよは、昔なじみで年齢も同じくらいだから会話が弾む。

「商売にはならんでもいい。何か食わせろ」と泰樹が言うと、「おや珍しい、お孫さんと一緒かい。したら、しかたないね。雪之助《ゆきのすけ》！」ととよは、店主で息子の雪之助を呼んだ。

数珠つなぎに、雪之助の妻の妙子《たえこ》、息子の雪次郎《ゆきじろう》まで出てきた。

小畑一家はすっかりなつのことを泰樹の孫の夕見子と思い込んだ。泰樹が初めて孫娘を連れてきたというのに、何ももてなしができないと、雪之助はいたく残念そうな顔をした。

「お菓子は何もないんですよ。肝心の砂糖が手に入りにくいから。それに鍋や釜、餡《あん》を練るへっついや煎餅《せんべい》を焼く型まで供出してしまって、そこから集め直さないと」

戦争から帰ってきたばかりの雪之助は、悔しさと不屈の闘志を顔ににじませた。

同世代の剛男も復員してきたと聞き、雪之助はなつに「よかったね、父さん帰ってきて」とほほえんだ。そこでなつはようやく「あ、いや、お父さんじゃありません」と言えた。泰樹もしれっと「この子は、わしの弟子じゃ」と言うので、小畑家の人々は目を丸くするばかり。

なつが東京から疎開してきたわけでもないと聞き、とよは眉をしかめた。

「あんた、まさか……さらってきたんじゃないよね？」

「なんてこと言うんじゃ！　ほんとに口の減らんババアだ！」

「あんたにババアと言われるほど耄碌《もうろく》はしてないよ！」

やにわに泰樹ととよがけんかを始めた……と思ったなつは「ごめんなさい！」と身を小さくし

て懇願した。「あの……お願いです……けんかはしないでください」

ところが、「けんか？　何のためにもならんけんかはせん」と泰樹、「けんかなら、もうちょっと言葉を選ぶよ」ととよ。二人はけろっとしている。

妙子が「驚いたしょ？　開拓者の一世は思ったことを何でも口に出すから……これは、じゃれてるだけなのよ」となつを安心させるような声音で言った。

「からかってるだけだよ」と、とよも顔中を口にして笑い飛ばした。

なつが開拓者の性分を理解できず、戸惑っている間、雪之助は、泰樹たちが持ってきた牛乳と卵を使ってアイスクリームを手早く作った。砂糖の代わりに蜂蜜を入手して使用したのだという。それを、店先に置かれた木の長いすになつと並んで座った泰樹は受け取るなり一口食べ、「うん……うまい！」と顔を一気に緩ませた。なつがこれまで見たことのない顔だった。

「まったく……大酒飲みかと見せかけて、甘いものにだけ目がないときてるんだから、この人は」ととよがからかうと、泰樹は「何も見せかけてない」と緩んだ顔をたちまち引き締めた。

「なら見かけ倒しか」

「もういいから、引っ込んでろ。アイスクリームが苦くなる」

はいはいはい、ととよはなつに目くばせしながら店内に引っ込んだ。

アイスクリームの入った器を持ったまま目を白黒させているなつに、泰樹は「びっくりこいたか？　俺たちは何でも我慢せずに言い合う。そうしなければ、開拓のつらさも、冬には零下三十度を超す寒さにも、耐えきれんかった。言い合える相手がいるだけで、人は恵まれとる」と言いながら、アイスクリームをまた大きくすくって口に入れた。

なつもようやく食べてみる。優しい甘さが体中を巡って身も心も溶けるようだ。

「家のもんにはないしょだぞ」と泰樹はいたずらっぽく言い含めたあと、真顔になって「それは、お前が搾った牛乳から、生まれたものだ」と言った。その言葉には重みがあった。

「ちゃんと働けば、必ずいつか、報われる日が来る。報われなければ、働き方が悪いか、働かせる者が悪いんだ。そんなとこはとっとと逃げ出せばいい。だが、いちばん悪いのは、人が何とかしてくれると思って生きることじゃ。人は、人を当てにする者を助けたりはせん。逆に、自分の力を信じて働いていれば、きっと誰かが助けてくれるもんだ。お前は、この数日、本当によく働いた……そのアイスクリームは、お前の力で得たものだ」

なつは改めてアイスクリームに視線を落とす。それはまるで白く輝く宝石のようにも見えた。

「お前なら、大丈夫だ。だから、もう、無理に笑うことはない」

泰樹は、なつが無理して笑っていることに気付いていたのだ。

「謝ることもない。お前は堂々としてろ……堂々と、ここで生きろ。いいな」

生きるためにいい子を演じなくてもいいのだと励まされ、なつの目から涙があふれた。

帰りの道はバラ色の夕焼けだった。なつは、上野《うえの》の闇市で、兄や妹と一緒に見た夕空を思い出し、心を熱くした。

その晩、寝る前に夕見子は、あんなに譲るのを拒んでいた服をなつの布団の上に置いて「それあげる」とだけ言って布団に入った。なつの胸はその日の夕空のように染まった。

翌朝、泰樹となつの間に目に見えない絆のようなものが生まれていることを剛男、悠吉、菊介が感じ驚いていると、泰樹は「なつ……搾乳が終わったら、今日は学校に行け」と言いだした。

なつが昨夜夕見子からもらった服を着て通学の支度をし朝食を食べていると、富士子が慌てて弁当やら勉強道具やらをそろえてくれた。剛男は心配で、一緒に行くと言い、これまた慌てて背広に着替えた。

剛男、照男、夕見子と並んで通学路を歩く。夕見子が「あのさ、もう分かったから……無理に働かなくてもいいから」となつにそっと言った。

「別に無理してないよ。夕見子ちゃんも一緒にやらない？　牛の乳搾り、おもしろいよ」

「絶対にやだ。なんで牛乳なんか搾らなくちゃなんないのさ」

夕見子は牛乳が嫌いで「一生飲まんから」と言い張る。

「え、あんなに牛がいるのに、もったいない」

「牛なんか臭いだけだし、私にとっては何の役にも立たない」

「え、あんなにかわいいのに」

なつと夕見子の会話を聞いて、照男は「俺は、まだ搾乳を教わってないのに……」と大きなため息をついた。剛男は「いつでも教えてやるよ」と照男の少し落ちた肩を抱いた。

音問別《おといべつ》小学校で、なつは自分と同じ東京から来た男の子がいることを知った。休憩時間、なつの周りに集まったクラスメートたちが「天陽《てんよう》くんと同じじゃないのか？」と言いだしたのだ。

なつより後ろの席に、うつむいて机に向かって鉛筆を盛んに動かしている少年がいた。どうやら絵を描いているらしい。彼は山田《やまだ》天陽といった。

「私も空襲で家が焼けたのは同じです」となつが声をかけると、天陽が顔を上げた。

なつが親を亡くし、浮浪児だったことを知ったクラスメートたちはおびえるように、なつから距離を取った。

「家がなくて、外で暮らしている子どもだべ。東京には、そういう子どもが街にたくさんいるんだって……野良犬みたいに暮らしてて、ばい菌とか、怖い病気をいっぱい持ってるって……」

それを聞いて夕見子も思わず後ずさりしたが、気を取り直して「ちょっと、いいかげんなこと言わないでよ！」となつをかばった。

だが、なつは「病気で死んだ子は、いっぱいいいました」と認めた。

「私は夕見子ちゃんのお父さんに助けられました。赤の他人なのに、助けてくれたんです。それで、北海道に来たんです」

夕見子の父の株は上がったが、「だけど、こいつが病気だったらどうするんだよ！　病気じゃないって証拠を見せろや」とガキ大将風の大作《だいさく》はわめく。

「野良犬が病気かどうかなんて、ちょっと見ただけじゃ分かんねえだろ」と言う大作に、なつは思わず噴き出した。ここの子どもたちは実にのんきだと思ったのだ。

「病気だったら、とっくにその子は死んでるよ。東京から北海道までって、どれくらい離れてると思ってんだよ」と天陽が極めて冷静に言葉を挟んだ。

当時、東京から北海道まで三十時間はかかる。しかも列車はひどく混んでいるのだ。病気だったらたどりつくことができないことは大作も夕見子も理解できた。

なつは感謝を込めて天陽を振り返ると、天陽はそしらぬ顔で机に向かって作業を再開していた。

熱心に何を描いているのだろう。気になったなつは、放課後、天陽のそばに寄ってそっとのぞいてみた。天陽が机にノートを開げて描いていたのは、馬の線画で、それを見たなつは「うわ、うまい……！」と大声を上げた。その声に天陽はゆっくり顔を上げた。

「さっきは、ありがとう」となつがまぶしそうな瞳で言うと、「……別に」とそっけなく、すぐまた鉛筆を動かし始めた。

「それ、あなたんちの馬？」

「うん、死んじゃったけどね」

「死んじゃったの？」

「買ったけど、もう死ぬ年だったんだよ。だまされたんだ」

「……でも、生きてるみたい」。なつは絵を見つめた。吸い込まれそうな気がした。

「絵では生きてるようにしなくちゃ、思い出すことにならないだろ。大好きだったんだ、この馬……」

天陽はそう言うと、なつを初めてしっかり見て、笑みを浮かべた。なつは、ノートから飛び出してきそうなほど、力強く躍動する馬の絵から目が離せなかった。

そのころ、この天陽のように、空襲で家を失い、家族で北海道に移住した人もたくさんいた。山田家は国の募集で開拓民になったものの、農業をやるために買った馬は寿命が近い馬で、大損した。このような詐欺まがいのことも少なくなかったのだ。

東京から来た仲間がいることが分かったことは、なつの支えになったと同時に、東京への思いを再び強くした。なつは兄からの手紙を待っていたが、いつまで待っても届かないので、自分から出すことを考えた。柴田家に来る郵便配達員に聞いたところ、送料には十銭かかる。

なつは、富士子に十銭貸してほしいと頼んだ。すると富士子はいたく悲しそうな顔をした。

「なっちゃんは今、この家で暮らしてるけど、なっちゃんはなっちゃんでしょ？ 東京にいるお兄さんだって、親戚の家にいる妹さんだって、なっちゃんにとって大事な家族でしょ？ そういう気持ちを隠す必要はないの！ そういうなっちゃんを、おじさんもおばさんもここで育てたいの。分かる？ なっちゃんは、自分が思っていることを、素直に言えばいいのよ。いくらでも手紙を出しなさい。書きなさい。謝らないで。お金のことなんか心配しないで！」

富士子の思いに、なつはまたうれし涙をこぼした。

子ども部屋に戻ったなつは、北海道に来たとき持ってきた布製のかばんを開けた。中には靴墨などの靴磨きの道具と父からの手紙が入っている。なつは手紙を大事そうに開いた。文字の手紙と一緒に一枚の絵が挟まっている。それは父の描いた家族の絵だった。小さな千遥を抱いた母、咲太郎を肩車して、なつらしき女の子と手をつないでいる父。絵の中でなつはこの世でいちばん幸せそうな笑みを浮かべている。

「お兄ちゃん……どうして、手紙をくれないの？」

なつは絵の中の兄に問いかけると、手紙をぎゅっと胸の前で抱き締めた。

それからなつは神妙な顔をして机に向かうと、手紙を書き始めた。

――お兄ちゃん。元気ですか。なつは元気です。なつは、元気だけど、早くお兄ちゃんに会いたいです。孤児院の暮らしは大変だと思うけど、頑張って、早く、なつを迎えに来てください。

それから、お兄ちゃんにお願いがあります。千遥のいるおじさんの家の住所を教えてください。千遥はまだ手紙を読めないけど、手紙を書きたいです。お兄ちゃん、早くまた、千遥と三人で暮らせることを、私は……。

背後で寝苦しそうに夕見子がうなって寝返りを打つ音が聞こえ、なつは慌ててランプを消した。

翌朝、なつが牛舎に元気に駆け込んでくると、泰樹、剛男、悠吉、菊介が一か所に集まっていた。剛男に「なっちゃん、ちょっと来てごらん」と呼ばれて駆け寄ると、一頭の牛が敷かれた牧草に横たわっている。苦しそうに見えて動揺するなつに、悠吉が「今、生まれるとこだ」と目を細めた。

横たわった牛は上下に体をゆっくり動かし、それにあわせて後方からぬるりと胎膜に包まれた体が顔を出してくる。やがて、「生まれた！」と剛男はなつの肩を力強くつかんだ。

小さくヌルヌルした塊が、風船に空気が入って膨らむようにみるみる小さな牛の形になり、細い四肢を震わせながら必死に立ち上がろうとしている。初めて見る光景になつの心臓は高鳴った。

泰樹が「ご苦労さん。よし、初乳を搾るぞ」と号令をかけると、剛男たちは、母牛をねぎらいながら、てきぱきと搾乳の用意を始めた。

「乳も出して、子どもも産むんだね……牛さんって、大変だね」と声を上ずらせるなつに、「何言《ゆ》ってんだよ、なっちゃん、子どもを産まなきゃ乳は出ないさ」と菊介はからからと笑った。

「そりゃ、人間の母親と一緒だ」と悠吉に言われ、なつは「そうか……みんなお母さんなんだ」と温かい気持ちで牛舎に並ぶ牛たちを見つめる。一頭一頭、違う表情をしているように感じられた。

感動を抱えたまま学校に出かけたなつは、授業中、ふと気になって後ろを向いた。天陽は相変わらずノートに鉛筆を熱心に走らせている。今日は何を描いているのだろう、天陽が気になってならないなつを、気にしている人物がいた。隣に座る夕見子である。

「ねえ、何見てんの?」となつにささやいた。

「えっ……何も見てないよ」

「何も見てないわけないしょ」

夕見子は振り返って天陽を見たが、なつは「後ろを見てただけよ」と認めない。そうこうしていると、担任の花村《はなむら》先生に問題に答えるよう、当てられてしまった。

休憩時間、なつは、絵を描いている天陽に近づいた。「また馬?」と声をかけると天陽が顔を上げたので、言葉を続けた。

「今日ね、仔牛が生まれたの」

なつはもじもじしながら「馬しか描かないの?」と聞いた。

「悪いか?」

「悪くないけど、ほかの絵も見てみたいから」

「どうして絵が見たいの?」

「私のお父さんも、絵がうまかったの……お父さんの新しい絵は、もう見られないから……」

「ふーん……」と天陽は同情するでもなく絵を描き続けている。

仔牛の誕生と家族への思慕……なつの中に渦巻くさまざまな感情が、天陽の生き生きとした絵に刺激され、体の中でざわついていた。その感情をなつは自覚できず、ただ持て余すばかりだった。

そのときだ。教室の窓から強い風が吹き込んだ。風が天陽のノートをめくり上げ、その拍子に、絵の馬がふわりと躍動したように、なつには見えた。

「ちょっと貸して」。なつは思わず、ノートを手に取ると、ペラペラとめくってみた。

「わあ、おもしろい！　……ねえ、これ見て」と天陽にノートをめくってみせると、何ページにもわたって描かれた馬の姿があちこち跳びはねているように見えた。それは天陽の画力によるものでもあった。なつは楽しくなって、何度も何度も、最初からめくった。

「まるで、馬が暴れてるみたい……ね！　ほら……」

この出来事が、その後のなつに大きな影響を与えることになるとは、そのとき、なつは気付いていなかった。

授業が終わり、帰宅してから、なつが東京の兄に手紙を出したと聞いた夕見子は「ふーん……」となつをじろりと見て、「ねえ、はっきり聞くけど、あなたはこの家にいたいと本当に思ってる？　それともしかたなく？」と聞いた。

「私は別に、どっちだっていいのよ。ただ、聞いておきたいだけ、はっきり知っときたいのよ、あんたの気持ちを。だって、そうじゃなきゃ、あなたをどう受け入れていいか分からないんだもん。どっち？」

そう言われて答えに困るなつに、夕見子は畳みかけた。

「そこが分からないと、どう優しくしていいか分からないよ」

「それなら、無理に優しくしなくたっていいよ」となつは答えた。「私は大丈夫だから……無理しないでね」

夕見子の顔色が変わった。だが、なつは自分のことでいっぱいで、夕見子の気持ちをおもんぱかることはできない。ちょうど富士子が呼びに来たので、なつは呆然《ぼうぜん》としている夕見子をそのままにして、明美の面倒を見ることを引き受けると、かばんを持ったまま裏庭に向かった。

明美と一緒に石蹴りをして遊んでいると、小屋の脇で照男がまき割りをしている姿が見えた。上手に割る姿を見ていたら居ても立ってもいられなくなって「私にもやらせて。手伝います」と進み出た。なつは、この家で働くことでしか存在意義を見いだせないと、強迫観念にも似た思いを抱いていたのだ。

すると、照男は激しく拒んだ。

「お前は牛の乳搾りがあるだろ、これは俺の仕事だよ」

柴田家の長男でありながら、まだ搾乳させてもらえていない照男にとって、まき割りだけが自分の存在証明なのだ。「……そうか。そうだよね」となつは引き下がった。

照男は咲太郎と同じ年だ。まき割りをする照男をじいっと見つめていたら、兄を思い出した。

「私のお兄ちゃんは、ダンスを踊れるの。タップダンスって知ってる？　昔、浅草《あさくさ》の芸人に習ってたんだって。私も習いたかったけど、戦争になったからだめだったの」

まきを割る照男に話しかけたが、「……何言いたいの？」と照男は冷たい。

「それだけ……行こう、明美ちゃん」

なつは明美の手を引いて、とぼとぼとその場を去った。

それから、何日たっても、兄からの返事は来なかった。おかしい。咲太郎は別れるとき、なつに手紙を書くと言った。嘘《うそ》をつくような兄ではない。兄から手紙が来なければ、千遥の行方も分からない。なつは手紙のことを考えるあまり、うわのそらになる時間が増えていった。

その日も学校から帰って明美を遊ばせているとき、考え事をして目を離した隙に明美が転んだ。その光景と、東京の焼け野原で千遥が石蹴りをしていて転び、足にけがをした過去の光景とが重なった。

あの日、膝から血を流し「お母さーん！　……お母さーん……！」と泣く千遥を「……大丈夫、大丈夫。お姉ちゃんがいるから」となつは抱き締めた。「お母さんに会いたい！」とだだをこねる千遥に「大丈夫だってば！」とさらに力を込めた。

――と思ったら、なつが抱き締めているのは明美だった。力を込め過ぎて明美は腕の中で苦しそうにもがいていた。

「ちょっと！　何してんのさ！」

夕見子が血相を変えて飛んできて、なつを突き飛ばすように明美から離すと、そのまま明美を連れて勝手口に向かい、台所で夕飯の支度をしている富士子に「あの子が、明美を泣かしてた」と告げ口した。意地を張るなつに対して、いい思いを抱いていない夕見子が、そう行動するのも無理はなかった。

「あの……違うんです……ごめんなさい……でも……」となつは弁解したが、富士子は「もういいから……明美の世話はいいから、あんたはおじいちゃんの仕事を手伝ってきて」と、火のついたように泣く明美をあやすことに手いっぱいで、なつの話を聞く余裕はなかった。

ふがいない気持ちでなつは肩を落として家の外に出た。赤く染まる空を見ながら、なつは考えた。兄は、なつが会いたいと手紙に書いたものだから、これ以上、寂しがらせないように、わざと返事を書かないのかもしれない、と……。

その晩、なつは、また手紙を書いた。

――お兄ちゃん、私は大丈夫です。私は幸せです。みんな、優しくしてくれています。どうか、私のことは心配しないで……。

便箋に涙が落ち、文字がにじんだ。

このまま一方的に手紙を書くだけではいられなくなり、夜が明けるのを待って、なつはそっと家を出た。ここへ来たときに着ていた継ぎはぎだらけのもんぺをはき、薄汚れた布のかばんを肩にかけて。

この家に来た一本道を、来たときと逆に歩きだすも、一度立ち止まって、赤い屋根の牛舎を振り向いた。

「さようなら……」

東京へ帰ろう、となつは思っていた。

しらじらと明るくなり始めている道の先を、なつは見据えると、未練を吹っ切るように走りだした。

第2章

なつよ、夢の扉を開け

どうしても、お兄ちゃんに会いたい……。

早朝、世話になった柴田家を出たなつは、帯広に向かって歩いた。どれだけ歩いたことだろう。へとへとで駅前にたどりつくと、休む間もなく近くの闇市へ——。食べるものと、東京へ行く切符を買う金を稼ぐため、手慣れた靴磨きをするつもりだった。

ごった返す闇市の中で、子どもが一人座れる空間を見つけてするりと滑り込むと、かばんから道具を出して客を待った。地面に腰を下ろした視線から闇市を眺める。歩き回る人々の足の隙間から、路上に倒れて眠る帰還者の姿を見て、上野の地下道と同じだと、なつは思った。

昭和二十年の晩秋、上野の地下道は暗くて、人間のすえた臭いが濃く漂っていた。むしろをかぶって横たわる浮浪児の体を、駅員と警官とで揺さぶると、すでに冷たくなっているということも少なくなかった。

食べるものがなく、行き倒れて亡くなる人が絶えない終戦直後にもかかわらず、なつと千遥が餓死しないで済んだのには理由がある。時折、ジープでやって来て子どもたちにチョコレートを配る進駐軍の前で、咲太郎がタップダンスを披露してみせていたのだ。十八番は、日本の喜劇王・エノケン（榎本健一《えのもとけんいち》）が歌ったことでも知られる「洒落男《しゃれおとこ》」。アメリカ軍人たちは「おう、ジャパニーズチャップリン！　エノケン！」とご機嫌で、咲太郎を基地まで連れていった。そこで外国製のたばこやビスケット、コーヒー缶などを手に入れ、転売すると、かなりの稼ぎになった。

「こうやって金をためてゆけば、いつかまた、父ちゃんと母ちゃんの店を建てられるぞ、なつ」

と言う咲太郎が、なつにはとてもまぶしかった。だが兄に頼るだけではない。咲太郎が進駐軍から手に入れたアメリカ製の靴墨を使って、なつも靴磨きに励んだ。貧しくはあったが、三人兄妹と信哉とで肩寄せ合って生きている実感があり、それはささやかな幸せでもあった。それを奪ったのは、警官隊による浮浪者の〝狩り込み〟だ。

なつにとって警察は安心を与えてくれるものではなかった。警官が帯広の闇市も巡回している。一人で靴磨きをしているなつは、たちまち目をつけられた。


なつがいなくなったことに驚き、泰樹を先頭に、剛男と富士子、照男と夕見子の柴田家は家族総出で帯広まで捜しにやって来た。明美も富士子に背負われている。

まず闇市を一とおり捜したあと、〈雪月〉を訪ねた。事情を知らないとよは、富士子と剛男を見て「皆さん、今度こそ柴田さんのご家族？」と顔をほころばせたが、なつがいなくなったと聞いて顔色を変えた。

「ここで、アイスクリームを食べたあの子が……」ととよが言うと、富士子がすかさず「アイスクリーム？　父がここに連れてきたんですか？」といぶかしげな顔をした。期せずしてないしょの楽しみを知られ、分が悪くなった泰樹は「あの子は、ここでうれしそうに食べた……」としんみりと店の外の長いすを眺め、話の矛先をそらした。

なつは今どうしているだろう。妙子が「家出なら、警察に保護されているかもしれないでしょ？」と思いつき、泰樹たちは帯広警察署へと急いだ。

確かになつはそこにいた。だが、泰樹たちが警察署にたどりついたときには、すでになつの姿はなかった。

「便所に行きたいと言うから行かしたら、どうもそこから逃げたらしくてね」と、やれやれという顔をする警官に、「そうか……あの子は、また施設に送られると思ったんだ」と剛男は胸を痛めた。剛男が東京でなつを探し当てたとき、なつは孤児院にいた。警察の狩り込みにあって、無理やりそこに収容されていたのだ。あのときの、しょげた姿は忘れられない。

〝狩り込み〟の意味が分からず首をかしげる夕見子に、剛男は教えた。

「警察が、戦争孤児を一斉に捕まえて、そういう施設に送り込むことだ。浮浪児を保護するというよりも、街をきれいにするために……まるで野良犬を捕まえるみたいに！」

敵意をむき出しにする剛男に、警官は「ちょっとあんた、警察が悪いみたいに……そもそも、あんたのところが嫌で、あの子は逃げ出したんでしょうが！　何を言っとるんだ」と眉をつり上げた。無論、警官には警官の言い分がある。

本当に、うちで働くことが嫌になったのだろうか……。剛男も、泰樹も、富士子も、夕見子までもが、胸のざわつきを抱えながら、とぼとぼと〈雪月〉に戻ってきた。

なつを兄から引き離してしまったことに、剛男はいまさらながら深く後悔していた。

「あの兄妹は特別な絆で結ばれているんだ……戦争によって、そうなったんだ」

剛男は懺悔《ざんげ》するように、富士子たちに、なつを十勝に連れてきた顚末《てんまつ》を語り始めた。

剛男が、なつたち兄妹を探して、浅草の孤児院に行き当たったとき、千遥は親戚の家に預けられていた。「まだ小さい妹だけならばって……連れてった」と咲太郎は悔しそうに顔をゆがめた。

「せっかくためたお金も、ここのやつらに取られて……ちくしょう……」

剛男の目には咲太郎が生活に疲れているように見えた。頑張って生きてきたが限界が来ていたのだろう。その姿に剛男の胸は潰れそうになりながら、彼らの父から預かった手紙を取り出した。

「軍隊の検閲を通さない、お父さんの本当の手紙だ……君たちへの思いが込められてる」

中には手紙と一緒に、一枚の絵が入っていた。父親が描いた家族の絵だ。

「絵がとても上手だよね……部隊では、いろんな人の似顔絵を描いて、お父さんはとても人気があったんだ……明るくて、おもしろい人だったね……嫌な上官の似顔絵をおもしろく描いてね……暗い戦地で、そのときだけは笑い声が起こった……そのうち、いろんな人から、家族の似顔絵を頼まれるようになって……お父さん、一生懸命にその人から特徴を聞いて、丁寧に明るく、すてきな絵を描いてね……みんなにそれで喜ばれて……」

剛男は咲太郎たちの父親の思い出を語ったが、咲太郎の耳には入っていないようだ。手紙を夢中で読んで涙を流していた。やがて汚れた袖で涙をゴシゴシと拭うと、咲太郎は「どうも、ありがとうございました」と丁寧に礼を言い、立ち上がった。なつも立ち上がって頭を下げる。兄が泣いているのを見て、なつは泣くことを必死にこらえようとしていた。二人でバランスを取り合うそのいたいけな姿を見ていたら、剛男は居ても立っても居られなくなって「ねえ、あの……もしよかったら、おじさんと一緒に来ないか？」と言っていた。

なつだけ来ることになったのは咲太郎の提案だった。だが、なつはギリギリまで嫌がった。諦めてついてきたのは、兄に負担をかけたくなかったのかもしれない。

「あの子は、さぞ怒ってるでしょうね……大人らに……あっちに行かされ、こっちに行かされて……」

富士子は自分にも非があったような気がして目を伏せた。すると、泰樹が小さくうなるような声を出した。

「怒りなんてものは、とっくに通り越してるんだ」

夕見子ははじかれるように泰樹を見た。

「怒る前に、あの子は諦めとる……諦めるしかなかった……それしか、生きるすべがなかったんじゃ……あの年で……。怒れる者は、まだ幸せだ……自分の幸せを守るために、人は怒る……今のあの子には、それもない……」

怒れる者は幸せ。夕見子は自分となつを比べられているような気がして、拳をきゅっと握った。

「あの子の望みは、ただ生きる場所を得ることじゃ……。そのために、争い事を嫌って、あの子は……怒ることができなくなった……」

だからこそ、泰樹は、無理して笑うことはないと、なつに言ったのだ。

なつのことを思うと空気が沈んでいく。それを払うように、剛男は「とにかく、その辺を捜してきます」と店を出ようとすると、泰樹が「待て」と止めた。

「あの子は賢い……もし一人で、生きようとするなら……水だ」

泰樹は十勝川の流れる方角に顔を向けた。十勝岳から命のごとき水を運びながら十勝平野を抜け、帯広を通り太平洋へと向かう、泰樹たちの生活に欠かせない川である。


いとも俊敏に警察から逃げ出したなつは、原野を駆け抜け、泰樹の予想どおり十勝川のほとりにたどりついた。暗くなる前に野宿の準備が必要だ。川下に向かって薪を集めながら歩いていくと、その先の川で少年が釣りをしていた。なつは立ち止まって、少年の顔に目を凝らした。

少年はヤマメを釣り上げ、バケツに入れると、視線に気付いて顔を上げた。

「あ、天陽くん！」。なつは顔をぱっと輝かせた。

「……奥原なつ」と不意を打たれて戸惑う天陽に、なつが駆け寄る。

お互い、学校のある平日に妙な所で出会ったという顔で、探り合った。

「俺は休んだんだ。兄ちゃんと帯広に買い物に来て、俺は釣りをしてる」

「お兄ちゃんがいるんだ……？」。なつは「お兄ちゃん」という言葉に反応した。

「君は？」と聞かれて「うん……私も家族と……」となつは答えた。

「……買い物に来て……ここで待ってるの」

なつは、天陽に不審に思われないように、手に持った数本の薪を足元に捨てると、何事もないようにふふ、とほほえんだ。でもその顔は、見る人が見れば、実に寂しそうな顔だ。

なつはバケツの中で勢いよく動いているヤマメを見て「ねえ、私にも魚を釣らせてくれない？」とせがんだ。上野の不忍池《しのばずのいけ》でよく釣りをしたものだ。なつは天陽から釣りざおと餌のミミズを受け取ると、慣れた手つきでミミズをつまんで針につけ、川に投げ入れた。たちまち、魚が食いついた。なつの手際のよさに「おう、うまいな！」と天陽は目をみはっている。

だが、「この魚ちょうだい。家族を待ってる間に……おなかすいちゃった……」と言うなつの話はどこか不自然で、天陽は少し気を遣いながら尋ねた。

「何かあったのか？　家で」

「何もないよ……どうして？」

「君が、寂しそうだからに決まってるだろ」

感受性の強い天陽は、なつの笑顔の裏に何かが隠されていることに気付いていた。だが、なつは「……寂しくなんかないよ」と首を横に振った。

目をそらした先にちょうど天陽の兄・陽平《ようへい》が迎えに来た姿が映った。天陽より四歳上で、だいぶ背が高い。

「一緒に帰るか？」と天陽はなつを心配したが、「ううん……ここで待ってないと」となつは強がりを言った。

「じゃ、明日学校でな」と天陽はそれ以上は追及しなかったが、「来るよな？　学校で会おうな」と念を押した。

「……分かった」となつは感情を出さないよう用心深く笑顔を作ると、二人を見送った。

川辺に一人残ったなつは、再び薪を拾い上げまとめると、マッチで火をつけた。釣り上げた魚を細い枝に刺して焼く。焼き上がるのを待つ間、かばんから父の手紙を取り出した。

咲太郎、なつ、千遥……お父さんは今、遠い戦地にいる。大好きなお母さんと離れて、何よりも大事なお前たちとも離れて、お前たちを守るために戦っているんだ。だけど本当は毎日、お前たちに会いたくて、戦争を恨んでいる……ちくしょう……ばかやろう……早くお前たちのところに帰らせろって……そう思いながら、父さんは、いつだってお前たちのことを思って、お前たちと一緒にいるんだ……そして、この手紙を受け取ったときには、もうこの世にはいない。だけど今も、一緒にいる……だから、悲しむな。やっと父さんは、お前たちのそばに戻れたんだ。今、一緒にいるんだ……一緒にまた、浅草に行こう……一緒に神田祭《かんだまつり》にも行こう。うちは商売していたから、お祭りにみんなで行くなんてなかったものな……これからは、いつも一緒だ……咲太郎、なつ、千遥……お母さんを悲しませないように、お前たちは元気に笑っていなさい……お母さんのことを頼む、咲太郎、なつ、千遥……。

何度読んでも涙が出る。にじんだ瞳で、今度は父の絵を見た。これがなつの習慣だった。

そうしているうちに徐々に日が傾いてきた。家族みんなが笑いながら出かけようとする絵を、たき火にかざす。ゆらゆらと燃える明かりで絵に影ができて、ふわりと絵が立体化したように見えた。家族は笑顔で、浅草の街を進む。お祭りに行くのだ。

咲太郎がひょいと家族の輪から躍り出て「私の青空」を歌い踊る。それに合わせて家族もみんなで歌いだす。やがて祭りの群衆が見えてきた。歌いながら家族は喧騒《けんそう》の中に入る。

そのとき、風が川からふうと吹き上げ、たき火の炎が大きくなった。絵の影も大きくうねり、家族の像が舞い上がり、灰紫色の夕空へと消えていった。

ほんの数分ではあったものの、えもいわれぬ幸せがなつの体中を満たした。それこそ、なつが己の想像力で描いた、最初の夢だった。

夢の余韻に浸りながら、手紙を畳み封筒に入れ、かばんにしまっていると、「なつ！」と大きな声がした。振り返ると、泰樹を中心に、富士子と明美を背負った剛男、そして照男と夕見子が立っていた。柴田家勢ぞろいだ。皆の心配そうな顔を見たら、なつの目から涙があふれた。だが、安心はやがて、絶望と怒りの感情に変わった。

「どうして……どうして、私には家族がいないの！　どうして、いないの！」

そう叫ぶなつに、泰樹は泰然と言い放つ。

「……もっと怒れ……怒ればいい」

その言葉をきっかけに、まるで火が風にあおられるように、怒れる火の玉となったなつは、顔を赤くして駆け出すと、泰樹に全体重をかけて飛びついた。

「ばかやろう……ちくしょう……ばかやろう！」

ほえるように泣くなつの痩せた両肩を、泰樹のゴツゴツとした手がしっかりと支えた。

「お前には、もうそばに家族はおらん……だが、わしらがおる。一緒におる」

バケツに川の水を入れてたき火を消して、川のほとりを歩いて帰りながら、なつは「本当は……戻りたくなってたんです……」と柴田家が恋しくなっていたことを告白した。

富士子は「本当に……ばかなんだから！　……今度、黙っていなくなったら、絶対に許さないからね！　分かった？」と母のような愛情を込めて抱き締めた。それから、なつに右手を差し出した。なつは左手をそっと伸ばし、富士子と手をつないだ。富士子は左手を夕見子に差し出し、夕見子は右手を伸ばす。富士子を真ん中に、同じくらいの背丈の少女が左右に並び、手をふりふり歩きだす。その様子を見て、後ろを歩いていた剛男と照男が顔を見合わせてほほえんだ。さらにその後ろに泰樹がいて、満足げに口元を緩めた。

日が暮れかかった頃、なつと一緒に戻ってきた柴田家の人々に、雪之助は出来たてのアイスクリームをふるまった。泰樹、富士子、剛男、照男、夕見子、明美、そしてなつ。ひんやり甘いアイスクリームを食べる顔は混じりっけのない笑顔だ。

とりわけ、剛男は「うまい！」と顔をくしゃくしゃにした。

「今この瞬間、私は戦争が終わったと実感しました」と涙ぐむ剛男に、雪之助は「そんなこと思うのかい、お菓子一つで？」とめんくらった。

「はい。平和の味がします」

「なるほど。あんたが、このじいさんと気が合わないことは実感したわ」と、とよが泰樹をからかい、「四の五の言わずに食え」と泰樹はむすりとする。

「ほらね」ととよ。繊細な剛男に比べ、泰樹は粗野であると暗に言いたいらしい。

「何よ、四の五の言わずにって、甘いものが欲しけりゃそう言えばいいでしょ。コソコソ隠れてお菓子屋さんに通ってないで」と富士子は話を蒸し返した。

「誰がコソコソなんかするもんか」

「なっちゃん、これから、おじいさんのことは何でも私に教えてちょうだい。おじいさんはね、甘いものを食べるときと、人に甘いことをするときは隠したがるのよ」

「よかったね。あんたのことよく分かってくれる娘さんがいて」とニヤニヤするとよに、「あんたがいちばんうるさい！」と泰樹はかみついた。

「うるさい！」

これが開拓者のコミュニケーションだと、なつは以前、聞いていたので、ふふふと笑いながら見ていた。それよりなつを驚かせたのは、牛乳嫌いな夕見子がアイスクリームをうれしそうに食べていたことだ。

「だけど、これは牛乳じゃないでしょ？　アイスクリームでしょ？　全然違うものじゃない！」と反論する夕見子に、剛男は「いや、牛乳は牛乳だよ。夕見子もこうすれば、牛乳が頂けるということだ」と満足げだ。

「そだね、こういうものを作って売れば、牛乳は、もっとたくさんの人に喜ばれるってことよね」という富士子の思いつきに、「あら、奥さん、それはうちの商売ですから」と妙子が慌てた。

「しかし、これからのお菓子には、ますます牛乳は欠かせないものになるだろうね。牛乳のほうは、よろしくお願いします」と雪之助は泰樹に頭を下げながら、「よし、僕が夕見子ちゃんのために、おいしい牛乳のお菓子をたくさん作るよ！」とやる気をみなぎらせた。

「おじいちゃん、俺にも搾乳を教えてください！」とどさくさに紛れて照男が泰樹に申し出る。泰樹は照男をじろりと見つめると「……いいだろう」と言った。やった！　……照男は剛男と目を合わせてほほえみ合った。

甘い菓子はこわばった心を溶かし、夢の扉を開ける。

これからの菓子には、ますます牛乳は欠かせない――雪之助の言葉にその場ではそっけない顔をしていた泰樹だったが、心の内では駆り立てられるものを感じていた。

家に帰ると泰樹は、なつを物置に連れていった。中は薄暗く、ランプをかざしながら、布をかけられ隅っこに置かれていたものを引っ張り出す。布の下から現れたのは、「バターチャーン」という、ハンドルが付いた木製の樽《たる》のような形状をした道具だ。これで牛乳からバターを作る。泰樹は「これは、わしの夢じゃ」と久々に会った友を見るような目でほほえんだ。そして「日本一……いや、世界一のバターを作るんじゃ」と、夢とそこに至るまでの歴史をなつに語り始めた。

明治三十五（一九〇二）年、泰樹は十八歳のとき、一人で富山からこの北海道に渡ってきた。十勝に入植して、必死に荒れ地を耕したが、この辺りは火山灰地で土質が悪く、歯が立たなかった。この十勝には「晩成社《ばんせいしゃ》」という、先に来た開拓団の人々がいた。泰樹はその人たちを訪ねて学び、牛飼いを勧められた。その晩成社が、バターを作っていたのだ。

「それを初めて食ったとき、わしは何としても生きようと決意した。この北の大地で、新しい時代が始まろうとしている……そう実感した。わしもバターを作りたいと思った」

泰樹はなつに自分の過去を語りながら、特別な思いを込めてバターチャーンに触れた。

「お前が大きくなる頃には、日本人も当たり前のようにバターを食うようになってるだろう。そのとき、どこにも負けないおいしいバターを、うちの牛乳から作れたら……それが、わしの夢じゃ」

思い入れたっぷりの泰樹の顔を見ているうちに、「私も……バター、作りたい」となつは口走っていた。料理人だった父にバターを乗せたホットケーキを作ってもらったことを思い出したのだ。なつの反応に気をよくした泰樹は、バター作りを本気で再開する気になった。

翌朝、泰樹は、牛舎で皆に「今度、バターを作ることにした」と宣言した。

「懐かしいなあ……おやっさんのバターか」と、昔を知る悠吉が一番に反応する。だがバターはぜいたく品で、一塊を作るのに、タンクで何本もの牛乳が必要だ。売る方法もない中で、泰樹の計画はかなり無謀なものだった。

それでも、泰樹のバター作りの夢は着々と進行し、次の日曜日、なつは初めて、バターチャーンを動かして、バターを作った。

初めてのバターをおいしく食べようと、富士子はじゃがいもを大量に蒸した。若くして亡くなった富士子の母が、そうやっていたからだ。

実際、二つに割ったホクホクのいもに、出来たてのバターを乗せると、温まって、いい香りが立ちこめ、それをほおばると滑らかな感触が食欲をそそる。甘じょっぱくていくらでも食べられた。「うまい!」、「うまいべさ」、「おいしい!」とみんな口々に声をあげてぱくついた。

牛乳が苦手な夕見子までが手を伸ばし、「バターでしょ! 牛乳じゃないもん!」とアイスクリームを食べたときと同じく、てれ隠しにわざとツンケンしてみせた。

それから、柴田家は全員総出で、馬車に乗り、出来上がったバターを〈雪月〉に届けに向かった。

雪之助はバターを味わうためにホットケーキを焼こうと腕まくり。こんがりキツネ色に焼き上がったホットケーキを、ぜいたくにも二枚重ねにして皿に乗せ、その上にバターの塊を乗せ、さらに蜜をかける。

父に作ってもらったものと同じだと、大きな目をさらに大きくして見つめるなつに、雪之助は、戦争前に東京に修業に行ってそこで食べたことがあったのだと語った。とはいえ、戦前のように材料は潤沢にない。麩《ふすま》という、小麦をひいたときに残るカスのような粉を使い、ビートを煮詰めて作った蜜をかけるという雪之助の工夫の産物だった。

皆、夢中で食べ続けた。夕見子のように牛乳が嫌いな者もいるが、「新鮮だから、製品化されたバターよりは臭みがない。香りがよくて柔らかい。柴田さん、このバター、ぜひ売ってください。これからは十勝のお菓子に、バターの時代が来ます！」と生き返ったような顔をする雪之助に、泰樹は「このバターは、わしが作るのではない」と返して、皆を驚かせた。

「なつたちが、大きくなったら開拓すればいい。照男やなつたちが、仕事として売る方法も考えて、もっとおいしく作ればいい……それが、わしの夢じゃ」


こんなにおいしい夢は二度と味わえないと思ったなつだったが、程なくして、もう一つの夢に出合うこととなった。

小学校で開催される家族参加の映画会で、「漫画映画」が上映された。このころ、映画といえばチャンバラが主流で、漫画映画を知る人は多くなかった。天陽は東京で見たことがあるというが、なつは初めてで、心臓が高鳴った。

親子がひしめく講堂の電気が消えて真っ暗になると、突き当たりに張られたスクリーンに、後方から光が投写される。カラフルな画《え》が映って、それが音楽に合わせてどんどん動く。外国では「アニメーション」と呼ばれるものだった。テンポのいい動きを、なつの瞳は夢中で追いかけた。

やがて映画が終わって、窓のカーテンが開けられ、現実の陽光が部屋にさし込んだとき、それが不思議と味気なく見えるほど、なつの心はスクリーンの極彩色の画面に魅入《みい》られていた。

だが、誰もが等しく漫画映画に惹《ひ》かれたかといえばそうでもなく、夕見子は便所に行きたくて我慢していたとそそくさと講堂を出ていった。

天陽の感想を聞きたいと思って、なつは天陽を探した。

天陽は父の正治《せいじ》と母のタミと連れ立って帰るところであった。この正治の顔を見て、なつは息をのんだ。柴田家に来る郵便配達員だったのだ。不思議な縁に、なつはほほえみながら天陽のほうを見た。

「おもしろかったね！　漫画映画、すごくおもしろかった！」となつが同意を求めると、天陽は「やっぱりアメリカの映画は進んでるな。兄ちゃんが言ってたけど、『ディズニー』という漫画映画もあるらしい。それはすごいらしいよ」と答え、彼もまた楽しんだようだった。

「わあ、見たいなあ！」と単純に盛り上がるなつの脇で、正治は「恐ろしい爆弾も作れば、ああいうもんも作るんだからな。学校も、すぐにアメリカ礼賛というのはどうなんだろうな。さんざん鬼畜米英だと教育しといて」と眉をひそめる。

「あなた、しかたないでしょ、子どもの前でそんなこと言っても」

慌ててタミが止めているところに、剛男と富士子と照男がやって来た。

帰りがけ、天陽は「今度、うちに遊び来いよ」となつを誘った。

「うちに絵の具があるんだ。絵を描かせてやるよ」

なつはうれしくて、数日後、早速天陽の家に遊びに出かけた。

天陽の家は、あたかも昔話の家のように、深いやぶに覆われた細い道を抜けたところにあった。草ぶきの掘っ立て小屋のようなもので、天陽がなつを誘ったとき、正治が少し困惑したような表情を浮かべた理由をなつはうっすら感じた。

天陽も表情にこそ出さないが、なつにあまり家を見せたくないのか、「向こうに馬小屋がある」となつを連れて家の裏手に回った。湧水《ゆうすい》が流れるそこには厩舎《きゅうしゃ》があったが、中には馬はいない。わらが散乱する中に、僅かばかりの画材が置かれているだけだ。

そこで、なつの目に一番に飛び込んできたのは、先日見た漫画映画のように色鮮やかな水彩の風景画だった。柴田牧場のような赤い屋根の家の絵などが数点、板に貼り付けてあった。

天陽の絵かと思ったら、兄・陽平の描いたものだという。中学校で美術部に入っているのだと天陽は説明した。

「だから少しだけ絵の具があるんだよ。兄ちゃんの絵、すごいだろ？　父さんも、兄ちゃんのために無理して絵の具を買ってるんだ」

天陽の絵は……と見回すと、ここでもまた馬の絵だ。板に直接絵の具を塗り込んで描いたそれは色が暗くて、塊みたいだが、目を凝らすと黒い馬が横たわっている像だと分かった。

「ここで死んだ馬を描いたんだ」

「だから黒いの？」

「そういうわけじゃないよ。黒い絵の具は、赤や黄色よりも安いんだって。それに、あんまり兄ちゃんは使わないから」

そう言うと天陽は「何か描く？」と木箱に入った使いかけの絵の具を取り出した。

「ここにあるやつ、どれを使ってもいいって兄ちゃんに言われてるんだ」

なつは遠慮して後ずさったが、天陽は「せっかく来たのに、遠慮するなよ。絵、描きたいんだろ？」といくつか絵の具を差し出す。天陽が黒しか使っていないのに、鮮やかな色の絵の具を使う気にはなれず、なつは言った。

「また今度……今日は、天陽くんの絵を見られただけで満足」

そこで天陽は、なつを連れて厩舎から出ると、耕地に向かった。

そこの土は耕されてはいるが、何も生えていない。切り株ばかりがそこここにのぞいていて、いかにも荒野だ。表面を風がなでると土ぼこりが舞った。

「ここはいくら耕しても、土が悪いと言われて、お父さんはもう耕す気もなくなってしまったんだ」と天陽はうなだれた。

それで正治は、郵便局の仕事を見つけ、タミは近くの人の畑を手伝って食べ物をもらい、一家で何とかしのいでいた。だが、そろそろ限界が来ていた。

「ここにはもういられないよ……冬になるとあの家は地獄だしな」

経験のあるなつは、野宿のつらさが想像できたが、北海道の冬の寒さは東京の比ではない。

「作物が育たなければ、捨てるしかないよ、こんな土地」

天陽はそばにあった鍬《くわ》を手に取ると、切り株の周りを掘り起こした。でも切り株の根は深く、びくともしない。

「せめて、あの馬が生きてたらな……俺の力じゃ、どうすることもできないよ！　農家にとって、馬の力は欠かせないんだ……悔しいけど……ちくしょう！　……ちくしょう！」

天陽は珍しく感情をあらわにし、力任せに切り株を掘り続ける。

「天陽くんは、農家をやりたいの？」

「そりゃ、やりたいよ！　俺は、ここで生きたいんだ！　ここが好きなんだ。この土に、勝ちたいよ！　勝ちたい！　くそ！　くそ！　くそ！　……」

掘っても掘っても、茶色い塊は頑として動かず、天陽は諦めて鍬を地面にたたきつけた。

なつが引き取られた柴田家のほうが、どれだけ恵まれていることか。

整然とした牧草地と農地が夕日を浴びて広がる柴田牧場に帰ったなつが、牛舎で搾乳に関する作業をしながら、今見てきたことを話すと、悠吉が「それは、拓北農《たくほくのう》兵隊《へいたい》だな」と言った。

日本の政府が、空襲で家をなくした東京の人に、食糧増産と疎開を兼ねて北海道での開拓を勧めた。だが、音問別に来たものの、まともな土地はすでに開拓された後で、もう人が住んでいた――この柴田牧場のように。空いているのは、人が寄りつかない痩せた土地ばかり。結局、多くの人が諦めて東京に帰っていった。

事情を知ったなつは、泰樹に「天陽くんを助けてください」と頼んでみた。

「親はとっくに諦めてるんだべ」とにべもない泰樹に、なつはすがりつく。

「天陽くんは、それでもやりたいって言ったんです！　はっきり言いました！　土に勝ちたいって！」

だが泰樹は「なつ、ほっといてやれ」と冷たく、なつは「嘘つき！」と泰樹を大きな瞳でにらんだ。「おじいさんは、自分の力で働いていたら、いつか、必ず誰かが助けてくれるもんだって言ったじゃない！　天陽くんは一人で頑張ってるの！　黒い絵の具だけを使って頑張ってるの！

一人で土を耕してるの！　天陽くんは……誰が助けてくれるの！」

がっかりしたなつはその晩、部屋に籠もって夕食の席に顔を出さなかった。

実のところ、なつ当人も、これほど激高した理由をつかみかねていた。なつは柴田家に引き取られて、いつのまにか、少なからず幸せになりかかっていたのだ。それで、天陽と自分の差異を気にかける余裕が生まれていた。だがそれをはっきり言語化できるすべもなく、もやもやする気持ちを抑えようとノートに向かい、天陽をまねて、馬の絵をひたすら描き続けるしかなかった。


どういう気持ちの変化なのか、翌朝、泰樹は山田家の土地を見に行くと言いだした。

放課後、山田家の土地の前でなつと天陽と待ち合わせた泰樹は、すでに土地の状態を簡単に調べたところで、「……やっぱりだめだ。この土では、いくら耕しても作物は育たん」と吐き捨てるように言った。

ただそれは「このままでは、だめだ」という意味で、泰樹は、肩を落とす天陽に「このくらいの土、わしはなんぼでも開墾してきた」とニヤリとしてみせた。

柴田牧場も泰樹があそこまで大きくしたものだと聞いたなつは「大丈夫よ。それなら大丈夫よね、天陽くんだって頑張れる！」とわが事のように張り切る。

まるで暴れ馬のようななつを泰樹は制し、天陽に顔を向けた。

「お前が頑張れても親は……大人には事情ってもんがある……それだけの覚悟もいるだろう。今夜、お前の親に会いに来る。言っておけ」

なんだってこんなに他人の世話を焼こうとするのか、泰樹にも自分の心境がよく分からない。

喜んで感謝するなつの瞳を見るとてれくさく、泰樹は「搾乳の時間に遅れる。行くぞ」とわざと無愛想にふるまった。

だが、なつは気にしない。馬車を操る泰樹の隣に座ると、チラチラと泰樹の横顔を見ては、口の端を上げている。

このころからなつは、泰樹のそばにいると、何も話さなくても何となく、誇らしい気持ちになっていた。泰樹に絶対的な信頼感を抱いていたのだ。

その晩、泰樹となつは天陽の家を訪れた。二人だけでなく、剛男と富士子も一緒だ。

いろりのある狭い板敷きの部屋は山田家と柴田家の人々でいっぱいになり、何だか恐縮しながら富士子が「あの、奥さん、これちょこっとだけど」と包みを差し出した。中にはにしんの干物と、じゃがいもと自家製のバターが入っていた。

「こう言ってはなんですが、この家で、よく我慢なさいましたね。あなた方は強い」

壁があるにはあるが薄い板で、ところどころに隙間がある家を見回しながら、剛男は励ますように言った。

「河原で石を拾ってきて、それを焼いて、ぼろきれで包んで、抱いて眠りました。それでも、背中は凍るように冷たくて、実際、起きると子どもの背中に、雪が積もっていたことがあります」

壮絶な体験を語る正治の顔がゆがんだ。

「もう、あんな思いはさせられません。今年がだめなら、ここを離れるしかありません」

現在、麦やじゃがいもと、ビートを作っているという正治の話を聞いて、剛男は「ビート、こっちでは砂糖になります。小豆もいいですが、あれは冷害に弱くて、大豆のほうがまだ心配は少ないです……あ、どうです？　牛飼いは考えませんか？」と提案した。

「酪農です。こっちでは、農業と酪農の両方やってる人が増えてきてるんです。牛の糞尿がいい肥料にもなりますし、どっちかがだめな年でも、どっちかで補えるようにしてるんです」

「それは分かりますが……でも、どうやって牛を手に入れればいいんですか？　国は、木だけを切って、根っこを残した土地を、われわれに開墾地だと言って与えただけです。馬を買ったら馬喰《ばくろう》にだまされて、年老いた馬ですぐに死にました。そんなところに踏みとどまって、いいことが一つでもありますか？」

正治の声には「土地の者には分からないでしょう」という気持ちがにじんでいた。

そこへ富士子が口を挟んだ。

「いえ、ここで暮らす人たちは、皆よそから来た人ですから」

よかれと思った発言だったが、正治にとって先の開拓民と自分たちはまるで違うものだ。

「うちの息子が、おたくのお嬢さんに何を言ったか……ここにいたいと言ったかもしれませんが、それは、子どもどうしの話ですよ。われわれが真剣に話すことではないでしょう」

たび重なる苦労にすっかりやる気をなくしている正治に、泰樹がいらだつように問いかけた。

「なぜ真剣に話してはならん？　わしは、ここにいるなつに言われて、ここに来た。この子に言われなければ、動きはせんかった」

「だから何です？　それは、そちらの事情でしょう」

「わしの事情ではない、なつの事情だと言っとるんじゃ！　それを真剣に聞いてやることがなぜいかん。同じように、あんたの息子にも事情があるだろう。それを真剣に聞いてやれと言っているんだ」

「何を言いたいんですか？」

「ここの土はだめだ。今年も作物は育たんだろう。来年もだめだ。ちょっとやそっとのことで、土はよくならん」

「お義父《とう》さん、本当に何が言いたいんですか？　そんな落ち込ませて……」

剛男がおずおずと割って入ると、泰樹は「それでもやりたいなら、手はある」と声に力を込めた。

「三年……いや、五年はかかるかもしれん。それでもやる気はあるか？」

「むちゃを言わないでください……」と尻込みする正治の横で、天陽が立ち上がった。

「僕はやりたい！　お父さん、それでも僕はやりたいよ！　僕が頑張るから……お父さんは今の仕事を続けていいよ。僕がやる」

「天陽……みんなの事情も考えろ」と正治がとがめると、泰樹まで立ち上がり、拳を上げる。

「事情なんかくそくらえだ！　大人の事情で、この子らはどうなった？　この子らに何をしたんだ！　大人は？　今はせめて、この子らが何をしたいのか……子どもの話だと思わずに……そのことを、今こそ真剣に、大人が聞いてやるべきだ。わしは、このなつに……そのことを教えられたんじゃ」

その声はその場の皆の心を大きく動かした。

そして、あの根深くやっかいな土地をも――。

泰樹は開拓民の仲間たちに声をかけ、荒れ地の開墾を始めた。主に泰樹と同世代だから、年齢的には老いているものの、ゼロから土地を開拓したつわものたちはまだまだ現役だ。若い頃から泰樹の元で働いてきた悠吉はもとより、菊介や剛男も参加した。

うんざりするほど荒れた凸凹で乾いた土地を前に、泰樹の瞳は燃えていた。

「まずは、あの切り株を取り除く。それから川上から水を引いて、この土の酸を洗い流す。それには何年もかかるだろう。何年かかっても、ここを豊かな土地に生まれ変わらせる！　この荒れ地を、われわれの子孫に誇れる、美しいわが里の風景に変えるんじゃ！」

泰樹に鼓舞され、気合いの雄たけびを上げる開拓者たち。切り株にロープを回し、馬に引っ張らせる。さらにそれを開拓者たちが引っ張る。最初は見学していた天陽もたまらず駆け出して作業に加わった。なつも続いて駆け出し、ロープをうんしょうんしょと引っ張る。何人もの力が合わさり、時間をかけて、一つの切り株がメリメリと剝がされるように大地から除かれていく。

よいしょよいしょ、そーれそーれ、皆の掛け声は縄をなうように一つになって太くなり、強い力になっていく。なつには、それが歌のように聞こえた。この前、学校で見た漫画映画に、アメリカ西部の開拓者が歌う場面があった。まるでそれのようだと、なつはロープを持つ手に力を込め、開拓者たちと共に全身で希望の歌を歌った。

それから、泰樹はどこからともなく仔馬を連れてきて、天陽に与えた。

「お前がこの馬を育てて稼いだら、返せばいい」

頼もしく、気前のいい泰樹がなつには誇らしく、泰樹のがっしりとした胴体に、ばねのように飛びつくと、十本の指すべてに力を入れてしがみついた。

「おじいちゃん……大好き……離れないで……どこにも行かないでね……」

第3章

なつよ、これが青春だ

昭和三十（一九五五）年、初夏。北海道で最も過ごしやすい季節だ。

「十勝晴れ」と呼ばれる青空の下、一面にみずみずしい真っ白なじゃがいもの花が咲いている。

これが九年前は乾いた土に覆われた荒れ地だったとは、誰が思うだろうか。

農作業の合間、畑の脇で横になって、初夏の風に吹かれ午睡していた天陽は、自分の名前を呼ぶ鈴の鳴るような声を聞いて、薄目を開けた。

「天陽くん!?」

畑の脇道を、馬を駆り、おさげ髪を風に揺らしながらなつが近づいてくる。笑顔が、背後の十勝晴れの空によく似合っている。

気付けばもう太陽が西に傾きかけていた。天陽は起き上がると、そばで休ませていた自分の馬に乗り、なつの馬と並んで家路についた。二人は十八歳。なつは十勝農業高校の三年生。天陽は中学校を卒業してから、家業の農家を手伝っていた。

「今朝は、仔牛が生まれて、それが逆子の難産で大変だったんだわ。見したかったなー、人工呼吸したのさ。口で仔牛の鼻に詰まった羊水を吸い出したんだから。それでやっと息をしたの！」

なつは、今見てきたことのように頬を紅潮させて話す。

「なまらすごいなあ、なっちゃんは」

「なんも、学校で習ったことをしただけさ。ぜいたくに農業高校まで行かせてもらってるんだから、これくらいは当たり前しょ」

「そんなに大変だった日に、わざわざここに寄ってくれたのかい」

「うん、だからね、今日は、夕方の乳搾りはしなくてもいいって、じいちゃんが……」

牛の出産を手伝って午前中の授業に遅刻するはめになったため、泰樹が配慮してくれた時間を使って、なつは、この感動を天陽にどうしても伝えたかったのだ。

時間が少しあると聞いた天陽は、「そうか……それじゃ、やってくかい？」と誘う。

「うん。やろう！」

二人は同時に馬の足を速めた。向かったのは天陽の家だ。そこは、かつての掘っ立て小屋よりは立派になっているものの、依然として居間の壁には隙間風を防ぐための新聞紙が貼られていた。部屋の中央で、なつと天陽は向かい合い、立てた膝にスケッチブックを乗せて互いの姿を写生し始めた。

しばらくすると、かますを背負ったタミが入ってきた。近くでワラビを採ってきたらしい。

「また絵を描いてるの、あんたら」

「ちょっとでも天陽くんから絵を教わりたくて」

「どら、見せてちょうだい」とタミは、なつの絵をのぞき込んだ。農作業で鍛えられた天陽の姿が生き生きと描写され、「天陽の特徴をよく捉えてるわ。よく描けてる」と思わずつぶやいた。

だが、なつは自分の絵に満足がいかない。天陽の絵と比べると何かが違うのだ。

「天陽くんの絵はうまいんじゃなくて、すごいんです。私、何だか背中まで見られているような気がしてきました。天陽くんには、空間を描けばいいんだってよく言われるんだけど、私には、なかなかそれが難しくて……」

「けど、なっちゃんの絵はいつも躍動感があるんだよな。ほら、今にも動きだしそうなんだよ。なっちゃんはきっと、空間より時間を描いてるんだな」

「いつも時間がないみたいにせかせか動いてるからかな？」

「それは関係ないと思うけど……」

天陽となつが絵について語る内容は、タミにはよく分からなかったが、二人とも絵が大好きであることだけは十分に理解できた。

「あんたたち、そんなに絵が好きなの？　本当は陽平みたいに絵の勉強がもっとしたいの？」

「違いますよ、おばさん。私たちは、この十勝で働いているから絵を描くのが好きなんですよ。絵を描くのが楽しいと、働くのも楽しくなるんです。牛を見ても、空の雲を見ても、雪が大地に降り積もっても……ああ、いいなって感じられるじゃないですか。自然が厳しくて、つらいことがあっても、生きていることに向き合えるんです。絵を描きたいと思うことと、ここで生きたいと思うことは同じなんだって、天陽くんから私、教わったんです」

「天陽がそんなこと言ったの？」とタミは目を丸くした。

「絵を描きたいというのと、便所に行きたいというのは同じだって言ったんだよ」

「それをきれいに言うとそういうことでしょ？」

「同じかな……きれいに言い過ぎだと思うよ」。天陽は、ふっと薄く笑って目を伏せた。

「とにかく、私も天陽くんも、ここで絵を描くのが好きなんです」となつの力説を聞いて、タミは「そう……なっちゃんもずっと、ここにいたいのね」としんみりする。

「それは……まだ分かりませんけど……」

さっきまでぎらぎらと力の込もっていたなつの瞳が少し揺らいだ。

なつは、柴田家に引き取られて九年、今では剛男を「父さん」、富士子を「母さん」と呼び、本当の娘のように育ってきた。だが、いまだに姓は「奥原」のままにしている。いつか、本当の兄と妹の元に帰る日が来るような予感が消えないからだ。とはいえ、二人の消息は全く分かっていなかった。

「うちの兄貴に探してもらおうか？」と天陽は心配する。陽平は東京の芸術大学に絵の勉強をしに行っていた。

「柴田家の人たちも、手を尽くしてくれたんだけど……兄は、私を捨てたかったのかもしれない」

心もとない顔をするなつを、天陽は「そんなことないよ。うちの兄貴だって、家族を捨てたわけじゃないもん」と励ました。

なつは家のことが気になり始めた。寄り道を許可されたとはいえ、夕方の牛の世話を全くやらないわけにはいかない。何より自分が手がけた仔牛の状態も心配だった。

帰り際、天陽は「実は、うちにも今、牛がいるんだ」と明かした。乳牛を一頭だけ農協から借りたという。それには、現在、農協勤めをしている剛男が関わっているらしいが、なつは初耳だった。正治に連れられて厩舎の中に入ると、奥に急ごしらえの牛房《ぎゅうぼう》があり、一頭だけ牛が飼われていた。それが、いい牛であることは一目で分かった。健康そうな「黒白《くろしろ》」だ。ホルスタインは、黒の部分が多かったら黒白、白が多かったら「白黒」と呼ぶのだ。

いつのまに覚えたのか、天陽は搾乳も手際よくやり、なつを驚かせた。

「この牛に仔牛を産ませて、それがメス牛なら農協に返せばいいんだ」と正治は言った。

「そうか。牛乳はこれからどんどん高く売れるって、おじいちゃんが言ってたから、牛を飼うのはいいことですよ」

これからは酪農の時代と、なつは信じている。だから農業高校に進んだ。

「だけど、これからは牛の飼料になる作物だって育てないとだめだろ。その分畑も広げないとな」と天陽はいささか悩ましげだ。

「それじゃ、うちのサイロにあるサイレージを分けてもらえるかどうか、じいちゃんに聞いてみる。きっとじいちゃんも喜んで協力してくれると思うよ、天陽くんが牛を飼うと知ったら」

「喜ぶかな」

「喜ぶに決まってるでしょ。じいちゃんと天陽くんは馬が合ってるんだから」

家へと向かう長い道に、夕日に当たった電柱の影が長く横たわる。それを一本一本くぐるように、なつは全速で馬を走らせた。この辺り一帯にも電気が通り、生活は一変した。と同時に柴田牧場も大きくなり、見渡せる限りの範囲が柴田家の牧草地だ。牛舎も建て増しされ、一段と立派な牧場になっていた。

新しい牛舎では悠吉や菊介たちと並んで、富士子が搾乳している。昔より牛の数も増えたので、農協勤務で忙しい剛男に代わって、娘時代のように仕事を手伝っているのだ。ほかにも、菊介がようやく結婚して子どもが生まれたことがうれしい変化だった。

なつは新牛舎の富士子たちに「ただいま！」と挨拶をすると、旧牛舎に走った。そこでは泰樹と照男が仔牛たちに乳を飲ませていた。元気で、乳をよく飲む仔牛に駆け寄り、大事そうに抱き締めるなつを見て、泰樹は「それは、なつの子だな」とほほえんだ。

「そんなこと言ったら、ほかの仔牛がやきもち焼くべさ」と照男がからかう。

「それはそうじゃな」と泰樹。三人は仔牛を囲んで笑い合った。

だが、こののんきな雰囲気は長く続かなかった。

なつが、天陽の家が農協から搾乳のできる牛を一頭だけ借りた話をすると、泰樹の顔がみるみる険しくなり、「その牛の面倒を見ることは許さん」と切り捨てたのだ。

「え……どういうこと？」と戸惑うなつに、照男が「農協とうまくいってないんだよ、おじいちゃんは今」とそっと耳打ちした。

農協と泰樹の関係といえば、剛男と泰樹の関係に直結する。

その晩の食卓はどこか暗く、気配を察したなつが、わざと明るくおしゃべりをしていると、剛男が「そういえば、なつ、お前、天陽くんのところで牛を見たんだって？」と唐突に切り出した。

「どうだった？　いい牛だったか？」に始まって「天陽くんも喜んでたか？」と畳みかけるように尋ねる。

「喜んでた……と思う」

「と思うってどっちだ？　喜んでたのか？　喜んでなかったのか？」

「どっちでもいいだろ、そんなこと」と状況を察した照男が割って入る。

「どっちでもよくない。大事なところだろ」

「何が言いたいのか、分からないよ、なつには」

「分からない。一体何が言いたいの、父さんは？」。なつも率直に言った。

「なあ……なつも気になるよな？　天陽くんはなつの大事な友達なんだから」

「恋人でしょ」

夕見子のこれまた唐突な発言に、それまで黙って食事をしていた泰樹が眉をピクリとさせた。

「違う！　違うってば……ユミ！　変なこと言わないでよ」

「よけいなことを言うな、お前は。大事な話をしてるのに」

剛男は夕見子をにらむ。だが、こんな回りくどいやり方でうまくいくわけはない。剛男は居ずまいを正して、泰樹に向き合った。

冷害の多いこの土地では、農家は皆、農業だけでなく酪農にも従事する必要は感じていても、牛を購入する資金がなくて手を出せない。そのため、農協で牛を保有して、それを貸すことにしたのだと剛男は説明した。

「だからといって、農協が牛飼いを牛耳っていいことにはならん」と泰樹は憮然《ぶぜん》とする。

「酪農家を牛耳るなんて……そんなことは考えていませんよ」

「牛耳るって、牛の耳って書くのよね？　なしてかしら？」

重い空気を気にしたのか、それとも空気が読めないのか、富士子が場違いな発言をした。

だが、それは淡々と脇に追いやられ、話はますます重くなっていく。

「われわれはただ、農家の力になりたいだけなんです。みんなが安心して暮らせる土地にしたいだけなんです」と主張する剛男に、泰樹は「お前には牛飼いのことは何も分かっとらん」と冷たい。

「ひどいです。私だって。富士子ちゃんと結婚してからは二十二年も……」

「あ、富士子ちゃんが出た」

明美がおかしそうに言う。たまに「富士子ちゃん」と甘えるのが父の癖だと知っていた。十一歳になった明美はすっかり、おしゃべり好きのおしゃまな女の子になっていた。

「そりゃ、お義父さんの力には、あまりなれなかったかもしれませんけど……けど、そばでずっと、お義父さんの苦労を見てきたつもりです！　それが何ですか！　私には牛飼いのことは何も分からない？　そんなひどいことを言うんですか！」

必死の剛男に泰樹は、農協が話をこじらせているとあからさまな敵意を向けた。

「……お義父さん、この村に電気が通って、明るくなったのだって、われわれ農協組合が努力して、資金調達をしたからですよ。団結しなければ、農業も酪農もよくなっていきませんよ。われわれを少しは信じてください。お義父さん！」

言えば言うほど泰樹はかたくなになり、「電気は要らん」、「明日、電信柱を引っこ抜け」と語気を強めた。

「世の中がむだに明るくなりすぎると、大事なものが見えなくなるようじゃ」

お椀をガンと置くと、立ち上がり、部屋を大股で出ていく。

その後ろ姿に「うまいこと言うな、じいちゃん」と夕見子がニヤリとするものだから、「ユミ！

ひっかき回さない」となつは顔をしかめた。

夕見子は何かと話をひっかき回す性分で、なつも手を焼くことがある。それはともかく、泰樹がなぜあんなにも機嫌が悪いのか、なつには理解できなかった。


自由経済の時代になり、これまでつきあいのなかった乳業メーカーがこの地域にも参入してきたことを、剛男と農協は問題視していた。酪農家が牛乳を卸すメーカーを個別に選ぶようになり、メーカーの待遇も各農家で違いが出てくる。結果的に不公平も生まれる。それを解決するため、農協が牛乳を一手に引き取って、メーカー側と交渉していきたいと考えていた。

だが、これまで一人でやってきた泰樹は、農協を頼りたくない。自分の牛乳は、自分の力で売りたいのだ。何よりいちばん古いつきあいのあるメーカーとの関係を切りたくなかった。

このままだと力の弱い小さな農家が泣くことになる。それを心配する剛男は、「頼む、なつ。音問別の酪農のために、立ち上がってくれないか」と迫った。なつなら泰樹を説得できると考えたのだ。

「じいちゃんさえ組合に任せると言ってくれたら、天陽くんだって幸せになれるんだよ」

幼い頃、天陽のために荒れ地の開墾を実現させた、なつの思いの強さだけが頼りだった。


過度な期待がなつの両肩にかかり、眠れない。なつは夜更けになっても、天井を見上げてため息ばかりついていた。

姉妹の部屋では明美、なつ、そして夕見子の順に布団を並べて寝ている。夕見子は枕元のスタンドをつけて本を読んでいたが、なつがまだ起きていることを知って話しかけた。

「なつ……あんたにだって、人生を選ぶ権利はあるんだからね」と夕見子は言った。その例えに、先ほど富士子の言った「牛耳る」を持ち出すところは、なかなか勉強家である。

「牛の耳って書くのはさ、昔の中国で同盟を結ぶとき、主《あるじ》が牛の耳を裂いて、みんなでその血を吸ったからなんだって。あんたは別に、おじいちゃんの牛の血を吸ったわけじゃないんだよ。どこかでそう思ってない？　牛耳られることはないんだよ」

何かとかき回す性分とはいえ、夕見子は夕見子なりになつを心配していた。なつがいまだ柴田家に気を遣い、農業高校を選んだのもそのせいではないかと感じていたのだ。

「そんなこと思ってないから……いい？　よけいなこと言わないでよ。これ以上、ひっかき回さないでよ」となつは反発したものの、長らく本当の姉妹のように育ってきたなつには、夕見子の心配が痛いほど伝わっていた。

だからこそ悩ましくて、また眠れない。何度も何度も寝返りを打った。


翌朝、なつは泰樹と話してみたが、「組合は、お前を使って、わしを調略《ちょうりゃく》する気なのか！」と怒りだし、手がつけられなくなった。

「あいつに言っとけ。わしの牛乳は農協には絶対に売らん。なつに言ってもむだだと」とよけいにこじらせてしまい、なつは深い挫折感を味わった。

自転車をこいで学校に向かう道すがら、「私は、どうすればいいの？　教えてー！　山！　道！　風！」と叫んでも、当然ながら答えは帰ってこなかった。

悩んだなつは、同級生の雪次郎に相談した。十勝農業高校では、ほとんどの生徒が、将来家業を継ぐために学んでいる。女子生徒は少なく、一クラスになつと居村良子《いむらよしこ》の二人だけだ。雪次郎は、菓子屋を継ぐために農業高校に通う変わり者として認識されていた。なつにとっては昔からの知り合いなので、話しやすい存在で助かっている。

放課後、二人で半分に分けたパンをかじりながら、なつは雪次郎についつい愚痴をこぼした。すると、「そういうことなら、倉田《くらた》先生に相談すれば？」と言う。

国語の教師である倉田隆一《りゅういち》は、二十八歳と教師の中では若いほうで、生徒に親しまれていた。

「俺たち演劇部の顧問だよ。あの先生なら、いい答えを出してくれるかもしれないよ」

雪次郎はこれから演劇部の稽古に行くところで、そのままなつを稽古場に連れていった。

稽古場には男子ばかりが十人ほどいて、「一、二……」と掛け声をかけながら腹筋運動をしていた。十勝農業高校、略して「勝農」は、意外にも演劇部が盛んで、なつたちが入学する前には、北海道の演劇コンクールで一位になったこともあるほどだ。すべては、倉田の尽力によるものだった。

農協の考えと泰樹の気持ち、どちらが正しいか分からないと困るなつに、倉田は「問題は、お前がどう思うかじゃないのか？」と言った。

「お前が、自分で答えを見つけなきゃ、おじいちゃんにも、お父さんにも、何ものが言えないんじゃないのか？　お前の問題として考えてみれ。したら、おのずと答えが見つかるはずだ」

なつは、その場は「はい」と答えたものの、倉田の言うことがさっぱり分からなかった。

その足で天陽に会いに行き、川べりの原野で牛が草を食《は》んでいる姿を見ながら、尋ねた。

「私の問題って……自分で答えを見つけるってどういうことかな？」

「それは、なっちゃんが、柴田牧場の主だったらどうするのかって、ことじゃないのか？」

「私が主になんてなれるわけないべさ」

「だから、もしそうだったら……なっちゃん自身が、農協が牛乳を集めて売ったほうがいいと思うのか、それとも、直接メーカーに売ったほうがいいと思うのか、その答えを見つけれってことじゃないのかな？」

倉田の話は分からなかったが、天陽の言葉は、なつの心に水のようにしみとおった。

「ねえ、なして天陽くんてさ、私が一生懸命悩んでることに、そうやって、さらっと答えを出せるわけ？」

「ものすごく当たり前のことしか言ってないけどな」

「天陽くんなら、どうしたい？」となつはさらに聞いた。

「うちは、農協に従うしかないべな。農協から牛を借りてるんだから。なっちゃんはもうここで……柴田家で生きていくんだべさ？　それなら、自分の問題として考えられるはずじゃないか」

「うん……」とうなずきかけた瞬間、なつは「あ！」と顔を上げた。

さっきまでのんきに草を食んでいた牛が、突如として何かに駆り立てられるように暴走している。なつは脱兎《だっと》のごとく走りだし、牛に飛びつくと全体重をかけて抑え込んだ。

牛が発情したのだ。

「明日の午前中までに、種牛のところに連れていくといいわ」と天陽に教えると、なつは懐中時計を見て、急ぎ、家に戻った。

集乳場では、富士子と悠吉、そして菊介が搾りたての生乳《せいにゅう》の筒を、水の入った別容器に浸し、冷却しているところだった。

遅れて帰宅したなつを、「仔牛を見る約束だったぞ」と泰樹がとがめた。

「あ、忘れてた……ごめんなさい。でも、やっぱり天陽くんの牛も心配で……あ、天陽くんの牛が発情してたの。今種付けしたら、来年の春には生まれてくるね」

言い訳するなつに、泰樹はますます険しい顔になった。

「人間が発情したらどうする。世間の目も考えろ」

「何言ってるの、じいちゃん？」

「お前らはもう子どもじゃねんだ。世間から、ふしだらに思われるようなことはすんな」

泰樹は赤鬼のような形相になっている。

「そったらこと、じいちゃんが言ってるって知ったら、天陽くん悲しむよ！」

「ばかもん！　そう言われないほうが、男として、見くびられとる」

なぜか泰樹は少し気まずそうに、ぷいっと横を向くと、集乳場から足早に出ていった。

富士子には泰樹の心情が察せられたが、なつには分からない。泰樹が嫌いになりそうだった。

翌日もその気分を引きずったまま、授業中、なつはノートの端に落書きを始めた。なつの自画像のような女性の顔が徐々に鬼の形相に変わり、最後は「この、くそじじい！」と叫ぶ――そんなパラパラ漫画を描いて留飲を下げる。小学生のとき、天陽の馬の絵が風にめくれてまるで馬が跳ねているように見えたが、なつは、漫画映画を見たときにその原理を理解した。複数の画を一定の速度をつけて続けて見ると動いて見える。なつは、この仕組みが気に入って、何かにつけ、絵を動かしては気晴らしにしていた。

なつがストレスを抱えていることに気付いた雪次郎が、帰りがけ、なつに声をかけた。

「なっちゃん、もし興味があるなら、これ読んでみるかい？」とかばんから取り出した本の表紙には〝スタニスラフスキイ『俳優修業』〟とある。

「今年出た本。勉強になるよ。おもしろいよ」

「私は別に演劇には興味ないから！」

「いいから読んでみなよ。それから、今度の日曜日、うちに来てくれんかな」

会わせたい人がいると雪次郎は言って去っていった。

『俳優修業』をぺらりとめくるが、「俳優の自分自身についての仕事」とは一体何のことやら……このロシアの演劇人らしき人物は何が言いたいのか、なつにはさっぱり分からない。

それでも、次の日曜日、なつは久しぶりに帯広、そして〈雪月〉に向かった。店は繁盛していて、菓子屋と喫茶店が一体になったような内装に変わっていた。店内の目立つところに、絵が飾ってある。ベニヤ板に描いた十勝の風景画は一目で天陽の絵と分かった。なぜなら、どこか荒涼とした晩秋の風景が力強いタッチで描かれていたからだ。

絵を眺めているなつの前に現れたのは、倉田だった。

「……雪次郎くんが会わせたい人って、先生のことですか？」

「まあ、座れ。奥原なつ。お前、演劇やれ」

「……えっ？　何ですか、いきなり!?」

戸惑うなつに、倉田は「おじいさんのためにもなると思うんだ」と勧めた。

「おじいちゃんの問題を、お前が表現するんだよ」

「先生は、地元で起きている社会ネタを拾って、いつも芝居の題材にしてるんだ。先生の戯曲は、だからおもしろくて評価が高いんだわ」と雪次郎が補足する。

倉田は、泰樹と農協の問題を演劇にしようと考えたのだ。

「本当にそれが、じいちゃんのためになるんですか？」

「分からん。そのためには取材をして、もっと深くそのことを知らなくちゃならん。それを奥原にも手伝ってもらいたいんだ。当事者の目で」

当事者の目――難しい任務であったが、素直ななつは十勝に戻ると、早速、当事者の一人である悠吉と菊介に、今の状況について意見を聞いてみることにした。

すると、雇用されている悠吉と菊介には彼らなりの考えがあることが分かった。

悠吉は貧しい開拓民の八男に生まれ、子どもの頃に奉公に出されたところで、泰樹と出会って牛飼いを覚えた。泰樹に何度も独立を勧めてもらったことがあるが、長年勤めていることで柴田牧場が自分の牧場のようにも思え、ここを大きくしたい気持ちを持っていた。

「なっちゃん、おやっさんは、決して強欲で人のことを考えない人なんかではねえべ。そう簡単に道を曲げられねえんだわ」と悠吉は泰樹を思いやった。

ただ、農協が間に入ってくれたら、値段交渉をしなくて済むという気持ちもあるという。百姓はそういうことが得意でないから、と笑う菊介の顔を見ていると、人の気持ちは割り切れないと思え、なつの頭はますます混乱してきた。

その晩、夕飯を食べていると、夕見子が「雪次郎は、まだ演劇なんかやってんの？」と言いだした。なつは演劇の話を隠していたので、ビクリと身をすくめた。

「演劇なんかして、女の子にもてたいのかね」と夕見子。

「違うよ。そんな心配しなくても、雪次郎くんは本当に真面目にやってるよ」

雪次郎のことが気にかかる夕見子の乙女心に、なつは気付いていた。だが夕見子は悟られていることが悔しいようで、否定するように話をそらす。

「大体、長男なのに雪次郎なんて名前からしておかしいのよ。跡取りはもてないってことをカモフラージュしてるのよ」

富士子は夕見子の様子がおかしくてたまらず、からかいの気持ちを込めて「あら、跡取りはもてないの？」と返した。

「少なくとも、自由を求める女にはね」

これには、明美もなつも、思わず鼻で笑ってしまう。

「ユミ姉ちゃんの自由は、ただのわがまま」

「明美ちゃん、うまいこと言う」

三対一では分が悪い。夕見子は顔を真っ赤にして、飯をほおばった。


翌日の放課後、なつは倉田と共に音問別農協組合を訪れた。

組合長の田辺政人《たなべまさと》はなつに、「牛乳の価格がどうやって決まるか知ってるかい？」と尋ねた。

牛乳は脂肪分の検査によって価格が決まる。しかし、今は酪農家が乳業メーカーに直接牛乳を卸しているため、その検査は乳業メーカーが行っており、酪農家は検査内容も、正しく行われているかも分からない。田辺はなつにそう説明し、剛男は「つまり、そこを変えたいんだ。農協が牛乳を酪農家から集めて、われわれが検査を行い、それを乳業メーカーに卸す。そうすれば、酪農家の不信感もなくなるだろう」と力説した。

「われわれ組合が間に入ることによって、大きな牧場も小さな牧場も、共存できるようになるのさ」

田辺をはじめとして、農協の考え方は、十勝を日本一の酪農王国にしたいというものだった。柴田牧場だけが十勝一として繁栄するのではなく、十勝全体の底上げを目指すという考えは正当なものだと、なつには思えた。

そうはいっても、理屈だけで成り立つ世界ではない。

その日、なつと剛男が一緒に帰宅すると、古くからつきあいのある乳業メーカーの担当者・村《むら》松《まつ》が柴田家を訪ねてきており、富士子にそっと封筒を差し出していた。それは慣習化している「奥様封筒」と呼ばれるもので、要するに付け届けである。

剛男は、今どきそういうやり方は古いどころか、汚いとまで言って反発した。だが泰樹は、「この牧場への評価だと思っとる」と聞く耳を持たない。しかも、かつて牛が病気になったとき、いい獣医を呼んでもらったりしてとても世話になったなどと、恩を感じていた。

「開拓の苦労を思えば……きれい事だけで、家族を守れるか！」と言う泰樹だったが、富士子は受け取りを拒否した。

誰にも味方してもらえなかった泰樹は、その晩、食欲がないと言って、早く寝てしまった。そんなことは、なつが知るかぎり初めてで、心配すると、「大丈夫よ。あんなことでじいちゃんはめげたりしないから。開拓一世はしぶといのよ」と富士子が力強く笑った。

「私もそう思う。状況は何も変わってないはずよ。じいちゃんが、これで変わるとは思えない」

夕見子も意味ありげに言った。

富士子と夕見子の予想どおり、泰樹は部屋に籠もって、村松が持ってきたまんじゅうの箱を抱えてむさぼり食っていた。なつが思う以上に、泰樹はたくましかった。


夕飯の片づけを手伝いながら、なつは、富士子と剛男のなれ初めについて聞いてみた。

「何人かいるうちの一人だったのよ」と富士子がおかしそうに話し始めた。

富士子が十九歳になったとき、泰樹が農家を一軒一軒回って、一人一人、候補者を富士子に見せて歩いたのだという。富士子は一人娘だったため、候補は婿養子になれる次男や三男以下の人物に限る。何気なく畑を手伝い、相手と触れ合いながら、選ばせようという作戦だった。

その中に剛男もいたが、泰樹にとってはほかの者の引き立て役だった。

「ひどいでしょ。確かに、働く男としてはいちばんさえない人だったかもしれないけど、母さんは、この人しかいないなって思った」

「顔がよかったから？」

「顔は何でもよかったのよ。一人だけ、休憩時間に本読んでたから」

「勉強してたんだ、父さん……」

「父さんは、家の事情で、高等小学校を途中でやめてね、家族で北海道に渡ってきた人なのよ。

じいちゃんと同じ北陸から。本当はもっと勉強したかったんだって。じいちゃんにしたら、同郷のよしみで候補者に入れてたってだけなんだけどね。それに、青年団の集まりなんかでも、父さんのことはよく見かけていたの。そのときもいっつも本を読んでた。本を読みながら、誰よりもお母さんのことを見てるのも知ってた」

「じゃ……前から父さん、母さんのことが好きだったんだ！」

「まあ、それは、父さんに限らないけどね」

富士子は自信ありげに言った。確かに富士子は美人だから、もてただろう。

「まあ、母さんも気になっていたのは、父さんだけよ。二枚目だったし」

「やっぱり顔じゃない」

片づけが一とおり終わって、お茶を飲みながら、二人はまるで本物の母娘のようにおしゃべりしていた。ふと、富士子は真顔になって、「じいちゃんは組合のことに、理解がないわけじゃないのよ」と言った。

「父さんが農協で働くときだって、あいつにはそのほうが向いてるだろうって、喜んでるみたいだったし……亡くなった母さんのことがあるしね」

「母さんのお母さん？」

富士子が九歳のとき、母は突然、病気で倒れた。そのころ、柴田牧場は、冷害にたたられて経済的に困窮し、泰樹が帯広まで医師を呼びに行ったものの相手にもしてもらえなかった。

「そのころの医者は横暴でね、お金がないと来てくれもしなかったんだわ。そのとき、じいちゃん、お葬式で誰かに、組合があればなって言ってた……私にはまだ意味は分かんなかったけど、はっきりそう言ってたのは覚えてる。組合がなきゃだめだなって」

富士子が両手に持った湯飲みから立ち上る湯気の向こうに、つらい昔がよみがえっていく――。

「じいちゃんは、明治三十五年に一人で北海道に渡って、一人で荒れ地を耕して、苦労して苦労して十年間も一人でいて……そんでもって一人の農家の娘に惚《ほ》れて、その家に通い詰めては畑を手伝って……惚れて惚れて、やっと結婚の許しをもらえて……その人を、お金がなくて亡くしたときは、本当に悔しかったと思う……もちろん、私も悔しかったけど」

富士子の話を聞いたなつは、泰樹の胸の内を思って泣いた。


翌日、なつは放課後、演劇部の稽古に行き、もう一度倉田と話した。

「先生……先生は、どんな演劇を作りたいんですか？」

「それはこれから、アイデアを絞り出さなくてはならない」

「じいちゃんを、励ませられるような演劇ですか？　じいちゃんが見ておもしろいと思えるような……感動できるような……絶対に、傷つけないような演劇ですか？」

「そりゃ、当たり前だ。そういう芝居を作らなければ意味がないんだ」

「私は、じいちゃんに間違ってるとは言えません……言いたくありません。だから、じいちゃんの気持ちに寄り添えるようなことをしたいんです。見つけたいんです！」

彼女の心が何かに駆り立てられ始めていることに、倉田は気付いた。

「演劇とは、生活者が、楽しみながら、自分の生活を見つめ直す機会を得られるものであると私は思っている。地面と格闘し、そのことだけに苦しみがちな農民にこそ、演劇は必要なんだ。そう思って、私はこの演劇部の顧問になった」

「こんな私にも、何かお手伝いできることはあるんでしょうか?」

「……ある。お前にしかできないことがある」

倉田はなつの瞳をまっすぐ見て、「女優になれ」と言った。

「女優として、舞台に立て。それがいちばん、じいちゃんのためになることだ」

あまりに極端な発想に思え、戸惑うなつに、倉田は続ける。

「だって、お前が出なくて、じいちゃんはどうやって芝居を楽しめるんだ? え? じいちゃんは、お前が出なくても芝居を見に来てくれるのか?」

「それは……」

「ほら、やっぱり出るしかないだろ!」

倉田は演劇の先生だけあり、話を転がすのがうまかった。なつを巧みに誘導し、後には引けない状態にしていく。ちょうど部員たちが稽古場に入ってきたところに、「おい、みんな聞いてくれ。今日から奥原が、演劇部に入った」と一気に宣言した。

「勝農演劇部、女優第一号だ!」

「おお!」と、部員一同は倉田の空気にのまれて拍手喝采し始めた。

「ちょっと待ってください! そんなの無理です!」

「大丈夫だよ、なっちゃん。みんな下手だから!」と雪次郎。

「いや、そうじゃなくて!」

「安心しろ。高校演劇は、あんまりうまいとお客が冷める」

倉田は言うが、そういうことではない。なつには酪農の仕事があるのだ。すると倉田は「放課後の一時間でもいい。日曜日だけでもいい。働きながらやるのが俺たちの演劇だ。お前の想像力を、じいちゃんに響かせろ」とぐいぐい押してくる。

「先生、これでやっと女優を使えますね」

雪次郎が援護射撃とばかり、にこにこしながらそばに寄ってきた。

「おう、作戦成功だ」

「ちょっと、作戦ってどういうことですか!?」

「言葉のあやだ。頑張ろう。な。一緒に頑張ろう！」

あれよあれよと巻き込まれてしまったが、なつはまんざらでもなかった。

奇妙な高揚感に包まれながら帰宅すると、旧牛舎に入り、仔牛に乳を飲ませた。無心に乳を飲む仔牛をなでていると、少し心が落ち着いてきた。

そこへ泰樹がやって来た。

「じいちゃん……いろいろと、ごめんなさい」

「何を謝る……わしこそ、すまんかったな。天陽と……会うなと言ったわけじゃない。天陽の牛にも、罪はない……干し草も持ってってやれ」

「ありがとう……おじいちゃん……やっぱり、おじいちゃん、大好き」

「ばか……いちいち家族に、そんなこと言うな」

仲直りした泰樹となつは並んで旧牛舎を出た。晴れた夕方にははるか遠くの日高《ひだか》山脈がよく見える。巨大な魚の背びれのように鋭い山並みを誇る日高山脈から続く平原が夕日に染まり、まるで金色の海のようだ。

なつの前をのしのしと歩く泰樹の背中が、逆光で黒々としたシルエットになる。その背中に向かって、なつは「ねえ、じいちゃん、私、演劇をやってもいい？」とおずおずと聞いた。

「先生に誘われて……ほら、〈雪月〉の雪次郎くんもやってるやつ。もう三年生だし、一回だけ……夏休みに地区予選の大会があるんだけど、その一回だけ、手伝ってもいい？」

泰樹はなつにやってみたい意思があるかと聞いた。

「うーん……ちょっとだけ……やってみたいかな……何かを表現するのっておもしろそうだし」

「それなら、お前の好きにしていい」

気をよくしたなつはさらに続けた。

「それでね、じいちゃんにも、その演劇を見てほしいんだわ」

「なんで？」

「なんでって……じいちゃんにも楽しんでもらえるような、そういうものを作りたいって、倉田先生が言ってた。だから、私もそれを手伝いたいと思ったの」

「お前が出るなら見に行ってやる。するからには、頑張れ。一番になれ。お前が出るなら、楽しみだ」

ぶっきらぼうに言うと、泰樹はなつを置いて、足早に家へと戻っていった。

残されたなつに、丸い夕日がスポットライトのように当たっていた。

第4章

なつよ、女優になれ

演劇は予想以上に肉体を酷使するもので、酪農と学問と演劇をすべてやることは困難だった。学校から帰ってきて搾乳しながら、なつは「あー痛たたぁ……」と腰をさすった。悠吉と菊介に心配されて、「走ったり、腕立て伏せをしたり、人を持ち上げながら声を出して、腹筋を鍛えたり、演劇って、何なんだろう」となつは正直な気持ちを吐露した。

見かねた富士子が酪農の仕事は休んでいいと言い、泰樹までが「今のお前の仕事は、演劇で主役をやることだ」と理解を示す。しかも、泰樹はなつが主役をやるものと信じ込んでいた。

「無理だってそんなの。私は演劇をやったこともないんだから」

「だから人一倍頑張るんだ。やるからには、何でも一番を目指さなければつまらん」

「参ったな……なら、朝だけはちゃんとやるから」

家族は皆、なつの演劇活動を応援してくれている。なつが、初めて高校生らしい楽しみを見いだしたと祝福さえしているのだ。

だが、なつは心苦しくてならない。結局、搾乳の後、裏庭の電灯の下でまき割りを始めた。少しでも役に立ちたかったのだ。

柴田家の暮らしに不満はない。酪農を生涯の仕事にしたい。だが、なつは、家族にないしょで、時々、咲太郎に手紙を書いていた。

——お兄ちゃん。久しぶりに手紙を書きます。私は農業高校の三年生で、来年の春、卒業です。卒業しても、しばらくこの家で働くと思います。私は九年間、私を大事にしてもらった柴田家の家族に、まだ何も恩返しができていません。だから、ここにいると思います。この牧場で、おじいちゃんの夢だったバター作りをしているかもしれません。もし、この手紙を見たら必ず、いつでも連絡をください。お兄ちゃんと千遥に、今でも毎日、会いたいです。会いたくて、会いたくて、たまりません……。

送り先は、子どもの頃にいた孤児院だ。もう兄がいないことを知っていながら、そこに手紙を出し続けるしかなかった。

倉田の台本はなかなか出来上がらず、なつは、ひたすら肉体訓練に明け暮れた。それでなくとも農業高校では女子生徒が少ないため、なつの存在は目立ち、男子に交じって演劇をやっていることに校内でひそかに好奇の目を向けられていた。

ついにある日、なつは、校内で「番長」と呼ばれる同学年の門倉努《かどくらつとむ》に呼び出された。心配する良子と雪次郎を伴って、校舎の裏に行くと、熊とサケを取り合って勝ったという伝説を持つ、がっしりした体つきの門倉が、刈り取った草の山にピッチフォークを刺しながら待っていた。

門倉は出し抜けに、女が演劇をやることで「農業高校がナメられるだろうが！」とすごんだ。だが、なつはひるまない。仁王立ちし、威圧してくる相手をにらみつけた。

「おめえら！　この学校になんしに入った？　演劇なんて、人前で抱き合ったりするんだろ！」

「やらしい……そんなこと想像してるんだ」

「あ……おめえら！　ＦＦＪの精神はあるのか!?　ＦＦＪの意味を言ってみろ！」

「フューチャー・ファーマース・オブ・ジャパン！　われわれは日本学校農業クラブの一員です！」

鍛えられた腹筋を使って、なつが腹から声を出すと、門倉は間髪をいれず「斉唱！」と指揮した。その勢いに、なつと良子と雪次郎は思わず拳を振って「みのる稲穂に――」と歌いだした。

これは全国の農業高校生が全員所属する農業クラブの歌だ。習慣とは恐ろしい。なつの体に歌がしみこんでいた。

勇ましく歌うなつの姿に門倉は感じ入ったようで、そのまま演劇の手伝いをすると言いだした。良子も加わり、演劇をやる準備は万端。そこへ待ちに待った倉田の脚本も出来上がった。

清書前の書きなぐったような原稿用紙の束を、なつは真っ先に受け取ると目を走らせた。残念ながら、表紙の『白蛇伝説』以外、本文は走り書きすぎて判読できない。

「黒板の字は読めるのに……」

「あれは読めるように書いてるからな。それは魂で書いてるからだ」

「分かりました……なら、魂で読みます！」

魂ですべてを判読することは難しかったが、心配無用、程なく清書は出来てきた。

『白蛇伝説』

遠い昔の北の国、勇敢な村人の男・ポポロが山道を歩いていると、子どもたちが、小さな白い蛇を獲って食べようとしていた。ポポロは、白い蛇など見たことがなかったので、珍しいと思い子どもたちから白い蛇を逃がしてやった。

すると川から一匹の魚が、ポポロの足元に跳ね上がってきた。それは「オショロコマ」という珍しくておいしい魚だった。ポポロは白蛇の代わりに、その魚を子どもたちにやって喜ばれた。そして、あの白い蛇はきっと神様の使いに違いないとポポロは思った。

それからしばらくして、ポポロのいる村で不思議な病気がはやった。それは謎の眠り病で、原因は分からず死を待つだけの病気だった。やがて村長が、その病気を治す方法を見つけた。それは、サケの皮を焦げるまで焼いて、それを煎じて飲ませればいいというものだった。しかし、村長も村人たちも困った。その村は川上にあり、川下にある村とは敵対していた。サケは川下でしか獲れなかったので、無理やり獲ろうとすれば戦争になることは目に見えていた。

そこで、平和に事を解決したい村長は、川下の村長と話し合いに行った。そして戻ってきた村長は、皆に告げた。「わしの娘のペチカを、向こうの村長の息子に嫁がせれば、サケを分けてもらえることになった」と――。


ざっと読んだだけでもかなりダイナミックな展開に、なつは胸を躍らせた。

出来上がった台本をむさぼるように読む部員たちに、倉田は言った。

「これは、あくまで架空の伝説だ。十勝、音問別辺りでまことしやかに語られている話を基に、俺が考えた。テーマは、台本を読んで分かったと思うが、個人の問題と、集団の問題だ」

本番は、七月三十一日、「北海道高等学校演劇コンクール　十勝地区予選大会」への出場だ。それまであと一か月。稽古は明日から本格的になる。

なつは倉田から、ペチカを演じるよう言われた。そうすれば泰樹が喜ぶと聞いて、なつは
「……先生は、私のじいちゃんの過去まで調べて書いたんですか?」と驚きを隠せない。

「過去?　さあ、知らんな。過去に何かあるのか?」

倉田はそれ以上は答えず、「あ、お前、絵描けるんだって?」と話題を変えた。

「絵なんて描けません。私が描けるのは落書き程度で……」

そばで二人の話を聞いていた雪次郎が「でも、絵は好きだべ、なっちゃん?」と口を挟む。倉田に絵のことを言ったのも雪次郎だった。ちなみに、ポポロ役は雪次郎だ。

「好きなのと描けるのは違うよ」

なつは口をとがらせると、倉田は何か思い出すような目をして言った。

「いつも舞台美術は、美術部に頼んだりするんだが、今回はどうもそれでは違うような気がしてな……そういえば、雪次郎の店に、いい絵が飾ってあったな。なんかベニヤ板に描いたような
……奥原も見てたろ」

「天陽の絵だ!」と雪次郎は叫んだ。「うちの父親がその絵を気に入って、あの喫茶室を開くときに、特別に譲ってもらった絵なんです」

「そうか。あんな書き割りが描けるといいんだけどな」

だとすれば、直接天陽に頼めばいい。なつは早速、天陽の家を訪ねた。

「天陽くんは、あんまりやりたくないだろうなとも思ったけど」と遠慮がちに言うなつに、意外や天陽は「そんなことはないさ……それが、なっちゃんや、雪次郎のためにもなるなら、やってもいいよ」と前向きだった。

何はともあれ、台本を見てもらおうと手渡していると、正治が牛乳の入った容器を持って居間に入ってきた。

「なっちゃん、今搾ったばかりのうちの牛乳、ちょっと飲んでみてよ。なっちゃんとこの牛乳と、どこが違うかみてくれないか」

言われてコップに注がれた生乳を飲むと、おいしく、柴田牧場のものと変わらないと思う。

「そうだよね？　……なっちゃんのところから、干し草も分けてもらってるんだし、そんなに違わないように努力してきたつもりなんだけど……」

「何か問題があるんですか？」

「乳業メーカーがね、うちの牛乳は、乳脂肪が低いって言うのさ」

山田家の牛乳は、どのメーカーに持っていっても格付けが低く、安く引き取られるという。

「おかしいよ、まったく」と、正治はやりきれないというように頭を横に振った。

牧場の牛乳を、これまでどおり独自に売るべきか、それとも農協がまとめて売るべきか——これこそ、なつが今、演劇を通して問いかけたいテーマだった。

なつが帰宅すると、家族は食卓で、台本が出来たのではないか、なつはどんな役なのかとやきもきしながら待っていた。無事台本が出来たことを報告したものの、演劇のことよりも、なつは正治が悩んでいた問題について話がしたかった。食事もそこそこに「牛乳を、メーカーに安く引き取られてしまうらしいの、乳脂肪が低いって言われるって」と相談を始めた。

ところが泰樹は「努力をすれば、そのうちよくなる」と取り合わない。

「だけど、もし、メーカーの脂肪検査が間違っていたら……」

「牛飼いは難しい。他人のせいにするのは簡単だ」

昼をかみしめるなつ。剛男だけが理解者だ。

「分かった。私が見ておくよ。農協の責任でもあるしな。今は一軒一軒、小さな農家を助けていくしかないからな。みんなが団結するまで」

いつのまにか、夕見子も明美も食卓から席を外していた。

姉妹の部屋に入ると、すでに明美は眠っていて、夕見子は寝床で『俳優修業』を読んでいた。

「ずいぶん、その気になってるんだ」と夕見子はじとっとした目で、なつを見る。

「違うって！　それは、雪次郎くんが勝手に貸してくれたのよ」

「なんも隠すことないしょや」

「なんも隠してないってば……私が演劇をやるのは、あくまで、じいちゃんのためなんだから！」

「何さそれ、つまんない。あんたのそういうところ、本当につまんない。やるなら、自分のためにやんなよ」

夕見子は、やりたいのか、やりたくないのか、はっきりしろと問い詰めた。そう言われたら、

「いや……今は、やってみたいかも！」と、なつは思う。

「だったら、それを認めて、自分のためにやんなよ。じいちゃんのためとか言って、ごまかしていないでさ」

本当にやりたいのなら応援すると、夕見子は、なつの背中を押した。

こういうとき、夕見子の存在は本当に心強いと感じる。

なつは机に向かうと、ノートを開いて絵を描き始めた。芝居の登場人物がどんな顔でどんな体型でどんな服を着ているか、想像して形にしていく。こうすると、台本の理解が深まるような気がしたのだ。壁には、父の描いた家族の絵が飾ってある。お守りのようなその絵に見守られ、なつは、明け方まで絵を描き続けた。


翌日、本格的な稽古開始の日、天陽が自転車に乗ってやって来た。天陽の自転車はずいぶんとくたびれたもので、ガタガタしているが、天陽は器用に乗りこなしていた。

倉田は台本を読んだという天陽に「好きに描いてくれ」と任せた。

「君の絵には、十勝の土に生きる人間の魂が見事に表現されていた」

「は?」と小首をかしげる天陽に、すかさずなつは「魂って言葉が好きなの……」とささやいた。

「その君の感じたままに……好きな絵を描いてくれたまえ。時々、好きなときにここへ来て、芝居の稽古を見て感じたことを、背景にしてくれればいいんだ」

倉田は恐らく〝魂〟で天陽のことを信用したのだ。

いよいよ芝居の稽古——と思ったら、やはりまずはランニングからだった。天陽も一緒に走った。準備運動をして体をほぐし、それからいよいよ立って演じてみる。
ペチカ役のなつと、ポポロ役の雪次郎は、体操着のまま稽古場の中央に立ち、掛け合いの場面を演じ始めた。
ペチカ「私は、犠牲になるとは思っていません。皆が血を流して戦うほうが、よっぽど犠牲になると言えるでしょう」
ポポロ「ペチカ……ペチカ様は、あんなやつの嫁になりたいのか！」
ペチカ「それを望まないことは、あんたがいちばんよく分かっていてくれているはずです！　ポポロ」
ポポロ「……」
ペチカ「だけど、自分のことだけを考えるわけにはいきません。そもそも私たちは、その考え方が間違っていたんです」

「だめだ！」。芝居の途中で倉田が止めた。「奥原、お前何を考えてる？　ちゃんとやれ！」

「……あの……ちゃんとやってますけど……」

「ポポロに答えるセリフから、もう一回やれ」

なつは戸惑いながら、もう一度セリフを言った。

「……『それを望まないことは、あんたがいちばんよく分かっていてくれているはずです！　ポポロ』」

「だめだ、もう一回！」

「『それを望まないことは……』」

「だめ、もう一回！」

何度やっても倉田は「だめ」と言うので、「分かりません！　どうすればいいんですか？」となつは音を上げた。

「どうすればいいか、俺にも分からん。だが、お前がだめなのは分かる。自分で考えれ」

「そんなの……当たり前じゃないですか……私は下手なんです！」

何しろ、芝居をするのが初めてなのだ。なつはすっかり萎縮していた。

「いや……下手というのは、なんかをやろうとして、できないやつのことだ。お前は、なんもやろうとしていない。下手以下だ」

〝下手以下〟とは絶望的である。なつは打ちひしがれて帰宅すると、食事ものどを通らず、部屋で膝を抱えて泣いた。

「……悔しい……悔しいよ……。私は、何もできないよ……できなかった……できないより、もっとだめなんだって……」

毒舌家の夕見子ですら、どうしていいか分からず、ただ黙って、なつの背中を見つめていた。

翌日の稽古でも倉田は、なつの芝居にOKを出さなかった。

「あーだめだ！　お前のセリフには魂が見えないんだ！　もっとちゃんと気持ちを作れ！」

得意の〝魂〟を持ち出して語る倉田に、なつはますます混乱し、ほかの部員はしーんと押し黙っている。そこに、ぼそりと天陽の声がした。

「魂なんてどこに見えるんですか？　魂なんて作れませんよ」

「何が言いたいんだ？」。倉田がギロリと天陽を見た。

「気持ちを作れとか、魂を見せろなんて言われても、分からないと言ってるんです」

にらみ合うような倉田と天陽に、なつは、大変なことになったと息をのんだ。

「なっちゃんのままでいてはだめなんですか？　ほかの魂を作らなくちゃだめなんですか？」

「おい、分かったようなこと言ってんじゃねえよ！」

見かねた門倉が、天陽の胸倉をつかみそうな勢いでほえる。倉田はそれを制し、「彼の言うとおりだ。彼はよく分かってる。俺の言いたいことも、ほぼ彼と同じことだ。登場人物の気持ちや魂なんて、どこにもないんだ」とあっさり認めた。

何だか拍子抜けする一同に、倉田は続けた。

「これはただの台本だ。俺の魂は入っているが、役の気持ちや魂なんてものは存在しない。それは、これを読んだお前らの中にしか存在しないんだ。役の気持ちや魂を感じるのは、お前らの気持ちやお前らの魂だってことだ。つまり、これを演じるには、自分の気持ちや自分の魂を使って演じるしかないんだ。奥原は、自分の気持ちや魂を何も動かしていない。ただ文字に書かれている人物像をまねしようとしているだけだ。それでは何も伝わらない」

倉田は、主になつに語りながら、その場にいる部員全員に伝わるように、一つ一つの言葉に心を込めて語った。

「奥原なつらしく、その気持ちや魂を見せるしかないんだよ。それが、演劇を作るということだ」

分かったような、分からないような……部員はそれぞれ倉田の言葉をかみしめている。

「よし、俺はしばらく口を出さんから、後はお前らだけで考えて作ってみろ。いいな」

倉田が部員だけを残して稽古場を出ていくと、なつは、天陽のそばに駆け寄った。

「ごめんね、私をかばってくれようとしたんでしょ？」

「いや、ついイライラして……」

「先生に？」と雪次郎も寄ってきた。

「なっちゃんの芝居に」

雪次郎となつはめんくらった。が、天陽はけろっとしたもので、「倉田先生を怒らしちゃったかな」と頭をかいた。

「いや、あの先生なら喜んでるよ、きっと」

倉田とのつきあいの長い雪次郎は、うんうんと自分を納得させるようにうなずいた。

「つまりよ……気持ちや魂を見せろってのは、もっと根性を見せろってことだろ！　分かってんのか、お前ら！」と門倉も、倉田の言葉に打たれ、鼻息を荒くしている。

何やら皆、分かった顔をして盛り上がっている中、なつは台本をぎゅっとつかんだ。

「芝居ってこんなに難しかったのか……表現て難しい……」


稽古を終えて、帰り道、雪次郎は柴田家に立ち寄った。なつは、借りていた『俳優修業』を返そうと思い、寄り道してもらったのだ。

雪次郎は本を手に取り、「なっちゃん、この本を読んでどう思った？」と尋ねた。

「どうって……おもしろいところもあったけど、私には難しかったかな。何となくしか理解できてないと思う」

「俺だってそうだよ。きっと、世界中の俳優がそうなんじゃないかな」

「あんた俳優なの？　ただの高校生でしょ？」

ちょうど夕見子も帰ってきたところで、二人の会話に参加したがった。だが、雪次郎は気にせず、真顔でなつに言った。

「先生は自分らしくなんて言うけど、自分らしく演じることがいちばん難しいんじゃないかな」

「たかが高校演劇でしょ？」。なおも、夕見子は参加しようとする。

「僕ら俳優は、自分らしくあっても、役の心を見せることだけに集中しなくちゃだめなんだ」

「農業高校生が何を主張してんの？」。どんなに無視されても夕見子はめげない。

「それじゃ、自分らしく、その役になりきるにはどうしたらいいのさ？」と、なつ。

「それは、この本にも書いてあったけど、想像力しかないと思うんだ。セリフやト書きで書かれてあること以外は、自分が想像するしかないだろ？　このセリフの裏ではどんなことを考えているとか、その人物がどんなふうに生きてきたかとか、自分自身の経験や記憶と重ねて、それを想像するしかないんだよ」

「演じることも、想像力なのか……」

うーんと考え込むなつの横で、夕見子がふんぞり返って言った。

「要するにさ、台本は与えられた環境にすぎなくて、その中で生きるのは自分自身だってことだよ」

そこで初めて雪次郎は、夕見子に反応した。

「そのとおりだよ！　なんで夕見子ちゃんに分かるの⁉」

「その本に書いてあったから」

この会話を傍らで聞いていた明美は、夕見子と雪次郎は意外と馬が合っていると、一人ほくそ笑んでいた。

帰途につく雪次郎をなつが見送っていると、富士子がやって来て「そんな深いところまで考えてやってるとは思わんかったわ」と感嘆の声を漏らした。

「倉田先生はね、農民にこそ演劇は必要なんだって言ってた」と、なつは説明した。

「だけど、私は何か、農業高校らしいこともしたいんだよね……例えば、演劇を見に来た人に、搾りたての牛乳を飲んでもらうとか！」

なつは、期間限定とはいえ演劇ばかりやっていることが、どうにも落ち着かなかった。

「十勝の酪農をもっとアピールしたいのよ、演劇だけじゃなくて……だって、母さんやみんなに、こんな親切にしてもらって、やらしてもらってるんだから、なんかの役に立ちたいわ……」

なつの思いを聞いて、富士子は早速〈雪月〉に相談に行った。何か牛乳を使った菓子を配れないか。例えばアイスクリームはどうだろう、と思ったのだ。

「私もなんかしてなつを応援したいんだわ」

そう言う富士子の愛情に、妙子はしきりに感心する。

「富士子さんは、もう十分になっちゃんを応援してるしょ」

「……なつに言われちゃった、お母さんやみんなに、親切にされてるって。普通、母親に親切にされてるなんて思わないでしょ」

「……みんなのこと言ったんでしょ？」

「そういう壁をね、本当は今でも感じるんだわ……たぶん、私自身が、なつにそう感じさせてるんだと思う」
「そんなことないしょ」
「いいの……それが、私たち親子だから……何年一緒にいても、本当の母親には、なれっこないもの。だから、私はあの子を応援するだけでいいの……精いっぱい、応援する人でいたいのよ……それしか、私にできることはないもの」

なつも、富士子も、それぞれがお互いを思いやるあまり気を遣っている。痛ましいまでの、血のつながらない柴田家の家族の気持ちを、倉田は作家の想像力で感じとり、『白蛇伝説』の脚本に潜ませていた。例えば、こんなセリフ——。
「私にとって、村人は家族です。血はつながっていなくても、みんなが私にとって、大事な家族なんです。その家族が、もし争い事に巻き込まれて、命を落とすようなことになったら、私は……その悲しみに耐えられない……」

稽古中、セリフとなつの心情が重なって、なつは語りながら、自然に涙を流した。
「だから……私が家族を守るんです！」

迫真、とはこういうことを言うのか——部員たちの目には、なつにスポットライトが当たって見えた。なつは、初めて自分の感情を使って芝居をし、見る者の心を震わせたのだ。

ちょうどその日、しばらく部員たちの自主稽古に任せていた倉田が稽古を見に来た。彼が何を思ったのか——。

なつの芝居を見ていた天陽はそっと稽古場を出て、校舎の裏手に回った。ベニヤ板を数枚並べ、しばらく見つめた後、深呼吸。おもむろに絵筆を執った。天陽の心も動いたようだ。

瞬く間に月日は過ぎて、大会当日の朝はこれ以上ないほどの十勝晴れだった。会場となる十勝会館に『北海道高等学校演劇コンクール　十勝地区予選大会』と書かれた看板が立った。

本番前、なつと雪次郎がロビーをのぞくと、富士子と妙子、とよ、そして雪之助が、器にもなかの皮を使ったアイスクリームをその場で製造し配っていて、大行列が出来ていた。手軽に食べられるもなかアイスクリームは、妙子のアイデアで出来たものだった。

雪次郎が『十勝の牛乳で作ったアイスクリーム　勝農魂』と書かれた看板を見て、「うちの店の名前は、どこにも書いてないね」とぼやくと、妙子は「ばか、店の宣伝じゃないの、あんたたちを応援したくてやってることなんだから」と叱った。ただ、無料配布とはいえ、公共の場でこういうことをするのは難しく、剛男が学校の関係者や演劇連盟などに頭を下げ、口をきいてもらって実現した。いろいろな人の力が合わさったたまものだった。

なつたちが演劇の準備が始まった舞台に行くと、天陽の描いた背景画が設置されようとしていた。そこには十勝の自然の中で戦をする架空の民族が描かれていた。獣や魚や人間を傷つけながら、それでも争う姿は、まるで天陽版『ゲルニカ』で、あまりにも力強い筆致に「芝居より、背景の印象が強くなるんじゃないでしょうか？」と雪次郎は心配した。だが、倉田は満足そうだ。

「いや、この前でやるから、争いを避けようとする芝居が生きてくるんだ。まさにこれは、彼自身の心の叫び、山田天陽の魂だな」

なつもその絵に引き込まれ、強い感情が一層湧いてくる気がした。

それにしても、天陽の到着が遅い。結局、天陽は現れないまま、背景画が舞台に立てかけられ、本番が始まった。天陽の身に大変なことが起きているとは、それに泰樹も巻き込まれていようとは、なつは思いもよらなかった。

なつも、また、舞台上でとんでもないトラブルを経験することとなる。村長役の門倉がまばゆい照明とたくさんの観客の視線にあがって、セリフを忘れてしまったのだ。

逆境の中、門倉の頭に浮かんだのは、いつも歌っている「ＦＦＪの歌」で、突然、それを耳元で大音量で歌われたなつは、戸惑いながらも一緒に歌うことにした。舞台の上に立っている村人役の部員たちもそのまま一緒に歌うしかなかった。

架空の物語に現実的な歌。このシュールな展開に観客はついていけない。人のよい剛男は「そこまで農業高校をアピールするのか」と妙な感心をしていたが、何かトラブルであろうと察した明美が拍手をすると、観客はつられて満場の拍手となった。その喧騒の間に、貫禄不足を理由に村長役を門倉に奪われた高木《たかぎ》が、素早く舞台袖に駆け込み門倉にそっとセリフを伝えて、流れを元に戻すことに成功した。

そして、クライマックス――ペチカを川下の村に嫁に差し出せばサケを分けてもらえるが、ポポロはそれに反対するという、なつが何度も練習した場面になった。

「お待ちなさい、ポポロ」

なつは重い決意を込めてセリフを吐き出し、舞台の前に進み出た。

ペチカ「私は、犠牲になるとは思っていません。皆が血を流して戦うほうが、よっぽど犠牲になると言えるでしょう」

ポポロ「ペチカ様は、あんなやつの嫁になりたいのか！」

ペチカ「それを望まないことは、あんたがいちばんよく分かっていてくれているはずです！ポポロ。だけど、自分のことだけを考えるわけにはいきません。そもそも私たちは、その考え方が間違っていたんです」

村長「何が間違っていたのだ、ペチカよ」

ペチカ「川下の村を、敵と見なすことです。すぐに争うことです。私にとって、村人は家族です。血はつながっていなくても、みんなが私にとって、大事な家族なんです」

そのとき、客席後方の扉が開いて天陽と泰樹がそっと入ってきたが、なつは何も気付かず演技を続けていた。それだけ役に入り込んでいたのだ。

ペチカ「その家族が、もし争い事に巻き込まれて、命を落とすようなことになったら、私は……その悲しみに耐えられない……だから、私が家族を守るんです！」

村長「よく言った、ペチカよ。それでこそ、わしの娘じゃ！」

ポポロ「ペチカ！　それじゃ俺はどうなるんだ！　本当の家族もいない俺は、お前を失ったら生きてはいけない！」

村長「ペチカよ！　お前とポポロはどうなっておるのじゃ？」

ペチカ「結婚の約束をしました。だけど……それは、諦めなくてはなりません」

ポポロ「ペチカ！」

ペチカ役のなつが舞台袖に走り去り、追いかけようとするポポロ役の雪次郎を村人役の部員たちが押さえつけた。

その後、絶望したポポロが死にたい気持ちで山をさまよい歩き、ペチカそっくりの女性と出会うシーンとなる。それは、いつかポポロに助けられた白蛇だった。この役もなつは兼任している。

ポポロ「神様の使いか!?」

白蛇「そうです。神は私を、あなたがいちばん大切に思うものの姿に変えたのです。あなたの心を見えやすくするために。さあ、私はあなたがいちばん望むことをかなえてあげられます。何でも言ってください」

ポポロ「それなら、ペチカをほかの誰にも嫁がせないようにしてください！　お願いします！」

白蛇「本当に、それでいいんですか？」

ポポロ「はい！　ほかには何も望みません！　私はペチカだけがいればそれでいいんです。永遠に心からペチカを愛しています！」

白蛇「分かりました。では、ペチカを嫁がせないようにしてあげましょう」

演じながら、なつの表情は何とも言えない憂いを帯びたものになっていた。それは観客の心を強く捉えた。

さらに劇は続く。まもなくして、ペチカは謎の眠り病になる。ポポロがいくら呼んでも叫んでもペチカは目を覚まさない。これで、ペチカを嫁がせない代わりにサケも手に入らなくなり、ほかの病人も助からず、ポポロはペチカの死を待つだけとなった。

ポポロ「俺はなんてことしたんだ！　なんで神様の使いに、村人みんなを助けてくれと言わなかったんだ！　なぜ自分のことだけを考えてしまったんだ！　あああっー……俺は、愚か者だ！　許してくれ……俺が、愚かだった……」

白蛇「いいえ、私がいけないんです」

ポポロ「あなたは……」

白蛇「私は神の使いでありながら、あなたに恋をしました。だからペチカを眠らせたんです」

ポポロ「え……」

白蛇「あなたに好かれたい一心で……ペチカを諦めてほしかったんです！　……神の使いでも、愚かなまねをすることはあります」

客席では、泰樹が眼光鋭くなつを見つめていた。だが、なつは何も知らず、ただただ無心で演じ続けている。

白蛇「さあ、私を焼いてください。白蛇の皮を焼いて、それを煎じて飲めば病気は治ります。

そして、川ではオショロコマがたくさん獲れるでしょう。それを分け合って、川下の村と仲よくなってください。そして平和に暮らしてください。どうか、お幸せに……さようなら！」

ペチカ役のなつが草むらに飛び込み姿を消すと、泰樹はそっと席を立ってロビーに向かった。芝居にはオチがあり、白塗りした良子が四つんばいで出てきて、それを「牛」と間違えるポポロ役の雪次郎に、「牛じゃねえ！　白蛇だ！　モー！」と怒る場面が続く。客席から聞こえる大きな爆笑と割れんばかりの拍手の音を、泰樹は背中で聞いていた。

しばらくすると、客席からわらわらと観客が出てきて、富士子と剛男が泰樹を見つけて寄ってきた。泰樹が間に合ったことに安堵する剛男に、「途中からだ」と答える泰樹はどこか元気がない。

とよと妙子もやって来た。

「でも演出がいまひとつだったね。あの歌は意味分かんないわ」と訳知りに言うとよに、「寝てたくせに」と妙子は眉をひそめた。

程なくして、衣装のままのなつと、天陽がロビーに出てきた。

「ありがとう。みんな、ありがとうございました。じいちゃん、ありがとう！」

大役を終えたばかりで、うっすら汗ばみ、頬は赤らみ、瞳をキラキラさせながら、なつは泰樹の前に立ち、感謝を込めて見上げた。

「天陽くんの牛を、助けてくれたんだって？」

その朝、天陽の家の牛が、腹にガスがたまる「鼓腸症《こちょう》」になって危なかったところを、泰樹が助けたのだ。

「薬を飲ませただけだ」と泰樹は目をそらした。

問題はなぜ牛が鼓腸症になったかである。新規参入のため牛乳の値段を安く買いたたかれる正治の家を心配して、剛男が、乳量を増やすためにはクローバーなどのマメ科のものを食べさせるといいと助言した。言われるがまま正治が大量に与えたため病気になったのだ。

「だけど、乳量を増やさなければ、うちのようなところはやっていけないんですよ！　どんなに努力しておいしい牛乳にしようとしたって、メーカーに乳脂肪が低いと言われてしまうんです……だから父さんは、無理しても乳量を増やすしかなかったんです」

病気の牛のそばで切実に訴えた天陽の言葉を、泰樹はむげにできない。誰かが得をし、誰かが困窮しているこの状況に、改めて考えを巡らせていた。そこへもってきてこの芝居である。泰樹の心は大きく揺れていた。

何も知らないなつは、「芝居、どうだった？　途中からじゃ分からなかったしょ？」と心配そうに泰樹のそらした視線を追いかける。

「わしのためにやったのか？　わしに、見せるために……」

「え……」

「天陽のうちの牛乳は、わしの牛乳よりも、一升で六円も安かった。どう考えても……あれでは納得できん。わしの牛乳も……これからは、農協に預けることにする。団結するしかないべ……それでいいか？」

それが泰樹の、芝居を見た感想だった。

「そうか……あの芝居を……わしに見せたかったのか。このわしが……愚かだったか」

泰樹は伏し目がちに薄く笑った。ポポロが最後、真っ暗な中で、白いスポットライトに照らされて、絶望に打ち震える場面が自分と重なった。


会場から立ち去る泰樹の背中が、あまりに寂しそうに見えて、なつはたまらなくなった。

「……違う！　違うよ！」となつはしゃにむに追いかけ、通せんぼするように泰樹の前に回りこんだ。

「じいちゃんが、愚かなんて、そんなことは絶対にあるはずない！　……絶対にないよ！　じいちゃんは、私の誇りだもん……ずっと、ずっと、私はじいちゃんみたいになりたくて……生きてきたんだから！」

なつの目からは涙がとめどなくあふれていた。

「私は、自分のためにやったの！　自分のために、やったんだよ。途中からは……じいちゃんのことなんて考えてなかった……自分のことだけに、夢中だった。ごめんなさい……じいちゃんが……愚かなはずない！」

なつは泰樹にしがみついて、おいおい泣いた。

二人の周りに、剛男、富士子、夕見子、明美、とよ、雪之助、妙子、そして天陽が集まってきて、黙ったまま温かいまなざしを向けた。

なつは、生まれて初めて物語を表現し、人を思う気持ちを強くした。

第5章

なつよ、お兄ちゃんはどこに?

演劇コンクールの予選大会が終わった。数日後、なつたちは高校の校舎の裏手で、『白蛇伝説』で使った道具や衣装をドラム缶の中で燃やした。その中には天陽の絵もあった。時間をかけて作り上げたものがあっという間に消えてしまうことを惜しむなつと雪次郎に、天陽は「それは、みんなの舞台も同じだべさ」と悟ったようなことを言った。

「だけど楽しかった……一生残るわ、天陽くんの絵も、私たちの魂に」

なつは思いをかみしめながら、空に高く上る炎をいつまでも見つめる。

コンクールの本選に進むことはできなかった。誰も口にはしなかったが、あの歌が敗因ではないかという推測は共通だ。だが、あの歌の張本人・門倉は「俺たちは、試合に負けて勝ったんだよな」などとのんきなもので、さらには、突然、なつに「卒業したら、俺の……嫁になってくれ!」と顔を真っ赤にして切り出した。

なつは「ごめんなさい。それはできない」と丁重に断った。

演劇、ほのかな恋……、思い出の出来た高校三年生の夏は足早に過ぎていく。八月になると、なつは牧場の仕事に励んだ。

三日間続けて晴れる日を狙い、干し草作りをする。からりと晴れた空の下、なつは荷車に積んだ干し草に寝そべった。弾力に身をまかせると、かぐわしい匂いが鼻をくすぐる。

ガタガタガタ……と泰樹の操る馬車が、なつと干し草を乗せて道を進んでいく。

泰樹は予選大会のあった夜に、組合員を音問別農協組合の会議室に集め、団結を呼びかけた。その結果、音問別村では、牛乳を農協による共同販売に切り替えることに決まった。

馬車を駆りながら泰樹は、なつを振り返って言った。

「お前を、天陽とは一緒にさせられんと言ったらどうする?」

なつには将来、牧場を継いでもらいたいので、天陽が婿に来ないかぎり、許可できないというのだ。「照男だけでは支えきれん。いずれは、バター工場も造りたいしな」

「急にそんなこと言われても……じいちゃん……私と天陽くんは……そんな仲じゃないし……」

なつはただただ驚くばかり……。先日の門倉といい、突然の結婚話が続いて、自分もそんな年になったのかと、妙にくすぐったい気分になりながら、干し草の中に埋もれた。

そう、高校三年生といえば、夏の終わりには将来のことを決めなくてはならない。

泰樹となつがそんな話をしているとは知らない天陽は、なつに白いキャンバスと新しい画材道具を贈った。東京の陽平から送られてきたものだという。キャンバスに瞳を輝かせる姿を見て、泰樹は初めてなつの気持ちに気付いた。

「なつは絵を描きたかったのか?」

「天陽くんみたいにうまくはないけど。私も絵を描くことは好きなんだわ……天陽くんみたいに、絵で自由になんかを表現できたら、どんなにいいだろうって思うさ」

　草刈りの仕事を終えたなつは、十勝の丘に登り、草を踏み締めながら、最も見晴らしのよい場所を見つけると、イーゼルを立て真新しいキャンバスを乗せた。大胆に傾斜した牧草地から扇のように十勝平野がどこまでも広がっていく。それを鋭利な日高山脈が分断し、それによってある種の要塞のようにこの十勝は守られているようで、放牧された牛たちは安心して寝そべったり草を食んだりしている。見慣れた光景だが、大好きなこの風景を、なつは描き始めた。

　夢中で絵を描きながら、ふと眼下の道に目を向けると、見慣れぬ青年が歩いてくる姿が見えた。だが何だか懐かしい気がしてならない。

　青年がなつに向かって手を振ると、風が吹き、丘の草となつのおさげ髪が舞い上がった。その瞬間、まるでスケッチブックのページをめくるかのように、丘の風景が、あの日あのとき――月までも赤く染めた空に、空襲警報が鳴り響いた夜へと、なつの記憶を巻き戻していった。

「奥原なつ……なっちゃんか？」と近づいてきた青年は聞いた。

「俺が誰だか分かるか？」

「ノブさん……？」

　青年の手と指は紛れもなく、あの夜、逃げ惑うなつを導いてくれたものであった。

「久しぶり」

「本当にノブさん!?」

「元気だったか？　なっちゃんに……また会えてよかった」

「私も……ずっと……ずっと会いたかったよ！」

あの忌まわしい上野の狩り込みでバラバラになってから何年たっただろう。信哉は、まず柴田牧場を訪ねてから、なつのいる丘へやって来たという。なつが咲太郎に出した手紙からなつの居所を知って、はるばる北海道まで訪ねてきたのだ。

なつが信哉と共に柴田家に戻ると、居間には、信哉がなつを連れ戻しに来たのでないかと緊張した空気が流れていた。悠吉と菊介までが神妙な顔で同席している。

「いまさら連れていくなんて言わんでもらいたいんだわ。どなたさんかは、よく分かんないけど……」と菊介はすでにけんか腰だ。

「なつ姉ちゃん、どこにも行かんで！」と明美がなつにしがみついた。

「行かないよ」。慌ててなつは打ち消し、信哉は「そんなことはないので、安心してください。僕はただ、なっちゃんが元気でいることを、確かめに来ただけですから……確かめになんて失礼ですね、ただそれが知りたかったんです」と皆をなだめた。

「僕はずっと孤児院で育ちましたが、恵まれていたと思います。そこにいた指導員の方々によくしてもらって……自分の将来のことを、大事に思うようにもなりました。だからね、なっちゃんたちのこと、すぐに探さなきゃいけないと思ってたんだけど、つい自分のことで精いっぱいで……後回しになってしまって……申し訳なかった」

「何を言ってるの！　私のほうこそ、自分だけ幸せになって、ずっと悪いなって思ってたよ……ノブさんのことも、考えないようにしてたかもしれない」

孤児院を出た信哉は、働きながら定時制高校に通い、今は新聞配達をしながら、夜間の大学に通っているという。

「……その上も目指せるようにって、いろんな方が協力してくれたおかげです。自分の力で三度三度のごはんを食べていくためには、お前にできる最善の努力をしろって、そう先生にもおっしゃってもらったんです」

清らかな瞳の信哉の話を聞いて、富士子は「偉い！　それこそ大学に行く意味だよね」とわが意を得たりとばかりあごをクイッと上げた。ちょうどその前に、札幌の北海道大学に行きたいという夕見子と、何のために大学に行くのかともめたところだったのだ。

ともあれ、信哉の身の上話がひとしきり終わると、話題はやはり咲太郎の安否に移った。少なくとも、四年前まではちゃんと生きていたことを人から聞いたと、信哉は強い表情で言った。孤児院を出てから新宿の闇市の芝居小屋で働いていたが、四年前に潰れてからの行方が分からない。「これからも探してみるよ。見つかったら、すぐに教える」と信哉はかばんから一片の紙を取り出して、「これは、僕が今いる所。そっちも、何かあったら教えて」となつに手渡した。

せっかくだから泊まっていくよう勧める剛男に、信哉は「仕事をそんなに休めませんし。わがまま言って休みをもらったんです。これから函館《はこだて》に行って、明日一番の連絡船に乗るつもりです」と言うと、早々に帰っていった。

だが、これが、なつの新たな一歩となった。富士子はなつを連れて東京に行くことを思いつく。まずは泰樹に相談すると「……兄貴がどうであれ……会わなきゃ、なつは、昔のまま……一生忘れられんだろう」という答えが返ってきたので、富士子は決心がついた。

北海道を出て東京、そして新宿に着くのに二日もかかった。新宿駅に降り立ち、人混みを抜けると目の前に新宿大通りがある。行き交う人の間を、都電が通り過ぎていく。北海道の風景とは違い、見えるものが多すぎて視界が定まらない。なつと富士子はキョロキョロしながら通りを東に進み、通り沿いにある〈川村屋《かわむらや》〉にたどりついた。そこで信哉と待ち合わせしているのだ。

「いらっしゃい、じゃなくて、お帰りなさいか」

信哉はすでに到着していて、早速、〈川村屋〉の店内に二人を導く。〈川村屋〉は新宿では有名なパン店で、喫茶室も併営していた。店員は皆、民族衣装風の制服を着て、店のインテリアには異国情緒が感じられる。

喫茶室に入り、メニューを開くと、どれも高価で目が飛び出るほどだった。〈雪月〉の三倍はする。二人が気後れしていると感じた信哉が「ここは僕に……」と言うので、なつは「ここで食べるのはやめとこうよ」と遠慮して、富士子にも同意を求めた。

「おなかがすいてるなら大丈夫だよ、ここのカレーは最高だよ」と信哉はさらに勧めたが、「いいのさ。ケチで言ってるわけじゃないんだから」と、なつはお金がないわけではないことを強調しつつ、やはり飲み物だけ頼むことにした。

富士子と信哉はコーヒーを、なつはアイスミルクを頼んだ。東京の牛乳も飲んでみたかったのだ。飲んでみたら、案外おいしい。ストローで飲む牛乳を味わっていると、信哉が「マダム」と呼ぶ前島光子《まえじまこうこ》がやって来た。年は三十歳前後か、店主らしい貫禄と、衣服だけでなく、体全体から異国情緒を漂わせている。彼女こそが四年前の咲太郎を知っている人物だった。

「咲太郎さん……私たちはサイちゃん……劇場のみんなからはサイ坊なんて呼ばれていましたね」

光子は薄目をして言った。弓なりの目のラインに不思議な魅力があった。

〈ムーランルージュ新宿座〉に咲太郎はいた、と光子は言う。

「役者ではなかったと思いますよ。私は、あまり劇場には通いませんでしたので分かりませんが、掃除をしたり、もぎりをしたり、裏方を手伝ったり、何でもしていたようですね。よくここへ、役者さんや踊り子さんに連れられて来て、ごちそうになっていましたから、みんなからかわいがられているようでした」

その話を聞いて、なつは、タップダンスが得意だった咲太郎を思い出し、兄だと確信した。

光子は、そのとき喫茶室に入ってきたスーツ姿の中年男性を、なつたちの席に連れてきた。

「この方は、すぐそこの本屋さん、〈角筈屋書店《つのはずや》〉の茂木《もぎ》社長。新宿のことなら何でも、私よりもよく知ってらっしゃいます」

〈角筈屋書店〉は〈川村屋〉の対面にあり、社長の茂木一貞《かずさだ》はよくここへ紅茶を飲みに来ていた。

「そういえば、そんな話を聞いたことがあったな……。生き別れになった妹たちを、いつか、この新宿に呼び寄せるんだって。本当だよ。あの言葉に嘘はなかったと思うな。うん」

いい香りの紅茶を飲みながら語る茂木の言葉は、なつを安堵させた。

茂木によれば、空襲で焼けた〈ムーランルージュ新宿座〉が、昭和二十二（一九四七）年に新設されて、そのころからずっと咲太郎はいたようだ。

「よっぽど〈ムーラン〉が好きだったんだろう」

ムーランルージュはフランス語で〝赤い風車〟のことだ。本場フランスの劇場をまねて、赤い風車が〈新宿座〉の上にも回っていた。小粋な芝居に歌と踊り、そのレビューは「バラエティ」

と呼ばれた。

「結局は、ストリップの人気に押されて潰れてしまったけどね。サイちゃんもいつか、役者になりたかったんじゃないかな」

茂木は咲太郎が、森繁久彌《もりしげひさや》に憧れていたと言った。

「エノケンじゃなくて？」となつは聞き返した。

「エノケンも好きだろうけど、森繁久彌、知らない？〈ムーランルージュ〉に出てたんだよ。今はテレビジョンにも出てるでしょ？」

「知らないです。テレビジョン見たことないんです」

信哉が、ほかに咲太郎の行方を知っている者はいないかと茂木に尋ねる。

「うーん……〈ムーラン〉に戦前からいた、煙《けむり》カスミって歌手が、この近くのクラブで歌っているけどね」

なつと富士子は、茂木に案内を頼み、〈川村屋〉からそれほど遠くないクラブ〈メランコリー〉を訪ねることにし、信哉は仕事に戻っていった。

〈メランコリー〉の店内に入るとちょうどショーをやっているときで、煙カスミが歌っていた。五十代には見えない妖艶さの彼女は「リンゴ追分」を歌っていた。容姿の美しさだけでなく、その歌には切実な実感が込もっていて、観客は全員、聞き入っていた。なつたちもまた――。

本番を終えると、カスミは若い付き人の土間《どま》レミ子《こ》を連れて、なつたちのテーブルにやって来た。だが、「茂木社長から後は頼むと言われましたけど、残念ながら私にも今、サイ坊がどこにいるかは、心当たりがないんですよ」とあっさり言って立ち去った。

あっという間に消息が途切れてしまい、なつたちは肩を落として〈川村屋〉に戻った。

富士子が「これから宿を探すんですが、どこか安くていいところはないでしょうか?」と聞くと、光子は、〈川村屋〉の従業員が住んでいるアパートはどうかと答える。

「寮みたいなところでよろしければ、空き部屋があります。布団ぐらいならありますし、部屋代はタダですから。その代わり、食事はここでなさってくださいね」

そうほほえみながら、光子は「私、ケチなんですよ」と付け加えた。

なつはその真意をくみ取って「カレーライス二つください」と間髪をいれずに頼んだ。

「インド風カリーね。はい」と光子は満面の笑みで店の奥へと去っていった。カレーではなく〝カリー〟が〈川村屋〉の創業者である先代からのこだわりだった。光子は内心面倒くさい、どっちでもいいと思っていたが、それはまた別の話である。

店の奥では、ここへ来たとき、信哉から光子に取り次いだフロアマネージャーの野上健也《のがみけんや》が、心配そうに立っていた。

「よろしいんですか? あんなやつの身内に情けをかけて」

「だからよ。あの子がいれば、捕まえられるかもしれないでしょ」

「あの子は人質ですか」

「そうよ……誰が逃がすものですか」

光子はなつを一瞥した。何も知らずに、なつは安心しきった顔で水を飲んでいた。

しばらくして、野上がなつたちの席にカレーを運んできた。

「インド風バターカリーでございます」

「バターカレー？」

「バターカリーです。ライスとカレーのルーが分かれていて、好みでライスにカレーを掛けて食べるものだ。それは、〈川村屋〉の名物でございます」

「手抜きじゃございませんよ」と野上は言った。神経質そうな物言いが、逆におもしろい感じのする中年男性だ。

早速、なつと富士子はおのおのカレーをすくってライスに掛け、口に入れた。

「……ん……おいしい！」と、なつは顔を上げて富士子を見る。

「おいしい……バターはあまり感じないわね」と富士子は舌で味わっている。

「溶けて、風味だけになってるのよ」

「うちでも入れてみようか？」

「入れてみよう！　こういう味になるかも」

「でも、バターはきっとうちのほうが勝つね」

二人の会話を聞いて、「それはどうなんでしょう……」と首をかしげる野上に、なつは説明した。「うちは牧場なんです。バターも手作りすることがあるんです」

「当店では、上質の牛乳やバターを使用してございます」

「どこのですか？」

「それは秘密でございます」

「一度、うちのバターを使ってみてもらいたいですね」

「それは……」と野上が困っていると、光子が戻ってきて、「ぜひ、自家製の北海道バターを試してみたいですわね」とにんまりと笑んだ。

〝特製カリー〟でおなかも満たすことができ、その晩、なつたちは〈川村屋〉のアパートの空き部屋に泊まった。布団を並べて敷くと汗ばみ、なつは「……東京は暑いもねえ」と窓を開け、風を入れた。風通しのいい北海道と違い、建物が多い東京は、たまに風が抜けるとホッとする。

そのとき、富士子がポツリと言った。

「夕見子がね、大学に行きたいんだって」

札幌の北海道大学を受けたいと言っていると聞いて、なつは目を見開いた。

「すごい！　……ユミは頭いいからね……昔から本ばっかり読んでるし……博士になるのかな？」

「何になりたいわけじゃなくて、自由になりたいんだって」

「へえ……今でも十分、自由にしてるのにね。ユミらしいね」

ところが、富士子が押し黙るので、なつは心配になった。

「母さん、寂しいの？　……私がいるしょ」

「夕見子に言われちゃったのよ。土地に縛るのは、なつだけにしてって。そんな気ないからね……いいんだよ、なつだって別に」

「……いいって何が？」

「もしも……もしもよ……いざというとき……私のことを、無理に母親だと思わなくてもいいからね」

富士子の言葉に、なつは小さく息をのんだ。

「おばさんでもいいの……ほら、九年間も一緒にいたおばさんだと思えば、逆に家族と同じだって思えるしょ？　どんなことがあったって、なつを応援してるし……いつも味方になってくれる人だと、そんなふうに思ってくれたら……私は、それで……」

そう言って富士子が首を傾け見ると、なつの大きな瞳に涙が浮かび、ほろりと枕に落ちた。

「え？　どした？　……なつ……どしたのさ？」

「どして……そんなこと言うの？　……したから、私を東京に連れてきてくれたのかい？　……私を、お兄ちゃんに返そうとしたの？」

「違うわよ！」

「やだ！　……やだよ……私から、母さんを取らないでよ……」

なつは富士子にしがみついて泣きじゃくる。子どもに返ったようだった。

「……ごめん……そんなつもりで言ったんじゃないんだよ……ごめんね……なつ……」

布団の上で抱き合って泣く二人。頭上の電灯の引きひもが、夜風でゆらりと揺れていた。

翌日、なつと富士子は、光子との約束どおり、食事を〈川村屋〉で取った。

「おいしい！　このクリームパン」

「おいしいね。でも、このクリーム、〈雪月〉のシュークリームと似てない？」

「言われてみれば……じゃ、じいちゃんに買っていくと喜ぶね。〈雪月〉のシュークリーム大好きだもね」

二人がそんなことを話している頃、北海道の〈雪月〉では、夕見子と雪次郎が、雪之助の新作のかき氷を試食していた。

「氷ん中に何が入ってると思う?」と雪之助は得意そうに説明した。

「パイナップル! パイナップルを忍ばせて、上から何掛けたと思う? 香り豊かなリンゴのシロップ! 商品名は何だと思う? 『雪月の夏』!」

「全部言うのになんで聞くの。雪の夏って矛盾してるね」

夕見子に指摘されても雪之助は気にしない。

「そこがいいだろ。雪の中にパイナップルの月、夏の風物詩『雪月の夏』!」

名前はともかくかき氷はおいしい。雪次郎は一口二口食べながら、「俺も北大受けるかな」と言いだした。

「北大? お前の成績と矛盾してるな」

「じゃ、札幌でお菓子の修業をするさ」

「だめだ。お前の修業先は東京と決まってんだから」

雪之助は東京で修業をしていたことがあり、雪次郎にも行かせてやりたいと考えていた。

「十七歳から五年間、東京は新宿、〈川村屋〉というパン屋で修業をしてたんだ」

「新宿? なつと母さんも今、新宿に行ってるよ」

夕見子からそう聞いて、雪之助は「新宿か……懐かしいな」と遠い目をした。

「パン屋と言っても、そこにはいろんなものがあってさ、インドカリーなんてものもあった。もう亡くなってしまったけど、初代のマダムがモダンな人でね、店には芸術家が集まり、外国人の菓子職人を招いたりして、私もそこで世界のチョコレートやクリームの作り方を覚えたんだ。何より、視野を広げることを学んだもね」

雪之助の話を聞いた夕見子は、その修業のたまものである名物のシュークリームを土産に買って家に帰った。

柴田牧場の処置室で、悠吉と菊介、そして照男と並んで休憩している泰樹に手渡す。

「帯広に出たから。お土産。〈雪月〉のシュークリーム。みんなで食べて。じゃ、頑張ってね！」

手を振って出ていく夕見子に、「女の子らしいとこを初めて見たもなあ」と悠吉は目を丸くして、小さい背中を見送った。

「じゃ、頑張ってね！　だもなあ」と菊介は笑いが止まらない。

「母さんとなつがいなければ、気が利くんだな」と照男もふっと笑った。

「……もったいなくて食えん……」と泰樹は言いながら、シュークリームを取り出して、ひげにクリームをつけながら、うれしそうにかじりついた。

〈川村屋〉の喫茶室でなつたちが食後のお茶を飲んでいると、信哉が血相を変えて飛び込んできた。

「今日、浅草の芝居小屋を回って聞いてみたんだ。〈ムーランルージュ〉にいた人で、浅草に流れた人もいるっていうから。そしたら、今、それらしい人がいるって。たぶん……〈ムーランルージュ〉にいた役者の、付き人みたいなことをしてるって……まだ見たわけじゃないけど、咲太郎かも！」

信哉に連れられ、なつと富士子はその足で浅草の劇場〈六区館《ろっくかん》〉へ向かった。

戦後まもなくの浅草とは違い、すっかりにぎやかになっていた。歓楽街には映画やショーの派手な看板がたくさん立ち、人が大勢出入りしている。ひときわ派手な幟《のぼり》の立った劇場が〈六区館〉だ。

「ストリップ……?」。なつは看板を見て眉をひそめた。扇情的な女性の絵が描かれていた。

「うん……ここの幕間に『コント』と呼ばれる芝居をしていて、それを手伝っているらしい」

チケットを買ってもぎってもらい、信哉を先頭にそろりと中に入ると、大音響と熱気にけおされた。まばゆい照明の当たったステージでは、スターダンサーのローズ・マリーを中心に、ダンシングチームが踊っている。

客席は男たちで満杯で、マリーが勢いよく衣装を脱ぎ、真っ白な肌があらわになると、どっと歓声が上がった。富士子は慌ててなつの両目を手で塞いだ。

一瞬、視界が真っ暗になり、なつは富士子の手を振りほどいた。ステージからいつのまにかマリーの姿が消えて暗くなっていたが、中央に一灯、白いライトが当たり、そこに浮浪者の格好をした青年が浮かび上がった。

美しいメロディが流れ、浮浪者は語りだした。

「ああ、星がきれいな夜だ……俺はこの街で生きている老けた浮浪児。ある日、突然、俺の前から、あいつは消えてしまった……その日から、俺は息を潜めてただ生きているだけだ……こんな星のきれいな夜にも、たった一人……」

それから、森繁久彌が歌って人気の「私はこの街を愛している」を歌いだした。なつは知らなかったが、頭に流れていたのは、この曲の前奏だった。

浮浪者は街への哀悼を切々と歌い上げた。歌詞がなつの心にしみてくる。なつは、浮浪者の声に耳を傾け、目深にかぶった帽子の下の顔に目を凝らした。

やがて浮浪者は音楽に乗ってタップを踏みだした。

かかとに羽が生えたように軽やかな足取りを見て、なつは確信した。

熱い思いが込み上げて、思わず「お兄ちゃん……！」と声を上げそうになったが、それより先に観客たちが罵声を上げた。「もういい、引っ込め！」、「女の子を早く出せ！」、「そんな下手な踊りも歌も見たくねえよ！」

「引っ込め、引っ込め！」の大合唱に、浮浪者は「うるせえ、ばかやろう！」と歯をむき出すと、ダンとかかとをステージに強くたたきつけ、ダンスをやめた。

「女の子だってな、そうそう踊れるか！　少しは休ませろ！」

「お前が休め！」

「この野郎……だったら、てめえが上がってこい！」

客席にけんか腰に立ち向かう浮浪者は、咲太郎そのものだった。

「お兄ちゃん！」と今度こそ、なつは叫んだ。男たちのだみ声に混じると、高く澄んだ少女の声は目立つ。

「誰だ？　変な声出しやがって」と咲太郎は客席を見回した。

「お兄ちゃん！」

なつは、素早く客席をすり抜け、ステージに駆け寄った。

舞台の前面の縁をぐいとつかんで咲太郎を仰ぐ少女の顔を、咲太郎は見下ろした。

「……なつ？」

「なつです……」

「……なつ！　……お前、なつか!?」

「なつだよ……私、なつだよ」

咲太郎ははじけるような笑顔になって右手を伸ばす。なつを舞台にぐいっと引っ張り上げた。

「なつ！」

「お兄ちゃん！」

舞台中央、スポットライトの中で、二人はひしと抱き合った。まるで芝居の一場面のようで、さっきまでどなっていた観客たちは歓声と割れんばかりの拍手を贈った。男たちの瞳は、見るからに初々しい少女をもっと見たくてギラギラしていた。

「ば、ばかやろう！　この子は見せ物じゃねえ！」

咲太郎はあたふたと上着を脱いで、なつに頭からかぶせた。そこへ、舞台袖から支度を終えたダンサーたちがわらわらと出てきて、咲太郎はなつの手を引いてステージの袖に退いた。

再会を喜びながら、咲太郎は、なつと信哉と富士子を近くの大衆食堂に連れていった。

なつたち三人の向かいの席に座った咲太郎は、「いやあ、信じられない……信じられないよ……今、俺の目の前に、あのなつがいるなんてな……わざわざ、こんなとこまで探しに来てくれるなんてよ……」となつの両手を強く握った。

「ノブさんのおかげだよ」と、なつは横に座る信哉に目をやった。

「お前がノブかよ？　全く、信じられないよ……老けやがって」と毒づきながら、「立派になったな」としんみり言う。シャツをきちんと着て姿勢よく座っている信哉は、しわくちゃな古着のようなものを着て、手足を伸ばして座っている咲太郎とは対照的だ。

「立派になんかなってないよ」と信哉は目を伏せた。

信哉が大学生だと聞いて「大学生⁉　すげえな……浮浪児だったお前が、大学生になれたのか」と驚きつつ、「昔から頭よかったもんな。佐々岡医院の息子だもんな」と咲太郎は一人で納得している。

「孤児院や、たくさんの人に世話になって、何とかなってるだけだよ」

「まあ、それもお前の力だよ」と咲太郎は褒めた。

それから咲太郎は、富士子のほうに体を向けた。なつが「北海道に行ってからは、本当によくしてもらったよ……。幸せだよ。私はずっと、幸せだった」と言うので、「……ありがとうございました！」と深々と頭を下げた。

咲太郎は、なつたちから、〈川村屋〉のマダムに世話になっていると聞き、少し顔色を変えた。なつは気になったが、深い話を聞く間もなく天丼が四つ運ばれてきた。

「あ、来た来た！　おい、なつ、ここの天丼はおいしいんだぞ。天丼、好きだったろ？」

「私が？」

「なんだ覚えてないのか？　親父《おやじ》がよく作ってくれたんだよ、天丼を。いつか、その天丼を腹いっぱい食いたいって、あのころの俺はそればっかり考えてたな……さあ、食え食え！」

咲太郎は勢いよく天丼をかき込んだ。

なつも一口食べると、濃い味がしみていて、頬が緩んだ。

咲太郎は声を潜め「だけど、親父の天丼はこんなもんじゃなかったんだ。あれに比べたら、これは安モンだ」と店の人に聞こえないように言った。

「親父は日本一の料理人だったからな」

それは身内びいきではあったが、咲太郎はそれだけ父を尊敬していたのだ。

ひとしきり、天丼を味わった後、富士子が本題に入った。こうして兄妹が会えたのだから、これから二人がどうしたいか、気持ちを確認することが先決と思ったのだ。

なつは「私は……お兄ちゃんに会えたから……今度は、千遥に会いたい！」と言った。

だが、千遥の居場所を咲太郎は知らなかった。千遥を預かった親戚の家は、いつのまにか千葉から引っ越したらしい。

「だけど心配ないよ。千遥も今はきっと幸せに暮らしてるよ。昔、手紙を書いたことがあるんだ。なつの居場所を知らせようと思って。そしたら、おばさんから返事が来てな……千遥は今すっかりこの家に懐いてるから、変に手紙を書いたり、会いに来たりしないでくれって……里心がつくといけないからな……」

千遥は今頃、自分たちのことをすっかり忘れてるかもしれないと咲太郎は言うが、「そんでも、探したい」となつは声を強くした。

食事を終えると咲太郎は〈六区館〉に戻った。この劇場に所属しているわけではなく、全国の劇場を旅回りしているのだ。宿無しだと聞いたなつが「これから一緒に新宿行かない？　みんな、お兄ちゃんのこと心配してるよ」と持ちかけたが、「うん……今日はこっちでまだ仕事があるからな……明日、行くよ。明日の昼、必ず行くって、〈川村屋〉のマダムにそう言っといてくれないか……俺が必ず、お礼に行くからって」と咲太郎は言った。

　楽屋の隅で膝を抱えてうずくまる咲太郎の横顔には、大衆食堂で明るくふるまっていたときとはまるで違う陰があった。少し無理して笑っていたのだ。本当は、もっと心の底から笑いたかったのに……と咲太郎は思った。笑えないことには理由があった。

　考え事をしてうなだれていると、役者の松井《まつい》新平《しんぺい》が入ってくる。見た目はチンピラかヤクザのようで、咲太郎の師匠の島貫健太《しまぬきけんた》とコンビを組んでいるがうまくいっていない。博打《ばくち》で大勝ちしてやたらと気をよくしていて、よけいに身ぶり手ぶりが大きくなっていた。

「よし、サイ坊、今夜は二人でパーッと解散式だ！」

　突然、咲太郎が土下座をした。

「お願いします。その金を貸してください」

　十万円貸してほしいと言うと、松井は目を剝いた。家が一軒建てられる金額だから無理もない。

「一万でもいいんです」

「下がりすぎだろ」

「その間で、いくらでも！　お願いします！」

　咲太郎の困窮を察した松井は、腕時計を取り出して渡した。

「これが博打の戦利品なんだ。質屋に持ってけば、ひょっとしたら十万くらいになるかもしれないぞ。金になったら半分はお前にやるから。貸すんじゃなくて分けてやるよ」

翌日、なつたちは〈川村屋〉で咲太郎を待ったが、夜になってもやって来なかった。代わりに現れたのは信哉で、沈痛な表情をしている。咲太郎が警察に捕まったと、信哉は低い声で言った。

「浅草の劇場にも、警察が調べに来て、それで分かったらしいんだけど……咲太郎は、今日の昼前に、質屋に時計を持っていって、それが盗品として手配されていたものだったらしく、その場で取り押さえられたって」

その晩は寝られないほど心配で、夜が明けるとすぐに、なつたちは浅草に向かった。

幸い、〈六区館〉ダンサーのマリーに話を聞くことができた。マリーは楽屋の鏡の前で出番の支度をしながら言った。

「サイちゃんはやってないわよ、泥棒なんて」

時計が盗まれた三日前の夜は、咲太郎と一緒に朝までいたと言うマリー。それを警察にも話したが、取り合ってもらえず、「警察なんてね、捕まえたものを絶対にシロにはしないの」と嘆息した。

ひとまず咲太郎が罪を犯したわけではないことが分かり、なつたちが〈川村屋〉に戻ってくると、野上が待ち受けていて、「お帰りなさい。あちらで、お二人をお待ちしております」と喫茶室の奥のテーブルを手で示した。

光子と〈角筈屋書店〉の茂木の向かいに、初老の男がどしりと威厳をもって座っていた。小柄だが目つきの鋭いその男は、元は任侠《にんきょう》の親分である。

「こちらは藤田正士《ふじたまさじ》さん、人呼んで『藤正親分』」と光子はなつたちに紹介した。

「戦後の〈ムーランルージュ〉は、その焼け跡を管理していた、この藤正親分が再建したんだ。〈ムーラン〉がなくなるまで支配人をしていた。いわば、咲太郎くんの親分ってわけだ」

茂木が尊敬のまなざしで藤田を見た。

なつがおずおずと挨拶すると、藤田がじろりと鋭い視線をなつに向けた。

「咲太郎は、戦後のマーケットでうろうろしているところを助けたんだ」

「それは……ありがとうございました」

「助けたのは俺じゃねえ。戦前から〈ムーラン〉で踊ってた、岸川亜矢美《きしかわあやみ》って踊り子だ」

それを聞いて茂木は「岸川亜矢美はとても人気があった。私もファンだった」とうっとりした表情を浮かべた。

「亜矢美が、あの子を俺のところに連れてきた。亜矢美は、母親のように咲太郎をかわいがってた。だから咲太郎にとって〈ムーランルージュ〉は、母親の居る場所、宝のような場所だと思っていただろう」

そして藤田は、〈ムーランルージュ〉が潰れたとき、咲太郎が必死に買い戻そうとしたのだと言った。

「要するにだまされたのよ。イカサマ興行師の口車に乗って、十万円を用意すれば共同経営者として買い戻せると思い込み……それで金貸しから借りたのよ。それをそいつに持ち逃げされたんだ。金貸しも十万円を、まだガキのあいつにタダで貸すわけがねえ。誰かがあいつの保証人になったに違いねえ……」

咲太郎は、その十万円を作るまでは新宿に戻らないと、そう言って姿を消したと回想する藤田に、茂木は「それじゃ、その保証人が困ったでしょうね」と同情するように腕組みした。

「それを言わねえんだよ、あいつは。誰が保証人なのか……それを言えば、俺や亜矢美に迷惑がかかると思ってやがんだろう」

「どこの誰なんでしょうねえ……しかし、その保証人も、よっぽどのお人よしか、ばかですね」

茂木が言うと、横で光子が恥ずかしそうに小さく手を挙げた。

「マダム!」、「まさか……」。皆、あんぐりと口を開けた。それにかまわず、光子は真剣なまなざしで藤田に聞いた。

「親分……咲太郎はだまされたって本当ですか？　咲太郎が私をだましたわけじゃないのね？」

「そりゃ違う」

「おかしいと思ったわ……たかだか十万円で劇場を買い戻せるわけがないもの。いくら共同経営だといったって……」

「それを信じたの？　マダムともあろう人が……」と茂木はあきれた顔になった。

「だって……私は咲太郎の夢を買ったのよ」

光子はどんっとポケットマネーを出したのだった。

「だからね、なつさん。私のせいなのよ。きっとお兄さん、私に借金を返さなくちゃと思って……そうしないと、妹のあなたに請求されると思ったのかもしれないわね」

光子はそれまでのツンとした表情を一気に崩して、むしろ申し訳ないという顔になった。本当は、なつを人質に咲太郎を捕まえようと思っていたのも事実だった。

「そのために兄は……私がここに来たせいで……？」

なつが戸惑っていると、信哉が喫茶室に飛び込んできた。新聞社の先輩に掛け合ってもらい、警察で少し話が聞けたと、急ぎやって来たのだ。信哉は、自分の仕事の合間に、なつのために奔走してくれていた。

「あいつは、泥棒はしてないと言ってるそうだけど、じゃ、誰から時計をもらったかと聞かれれば、それを言わないそうだ」

信哉が、もしかしたら誰かをかばってるのかもしれないと推測すると、藤正は「ばかやろう！」とテーブルをたたいた。

「お兄ちゃんは、どうなるの？」

「分からない……それで、警察から、あいつの手紙を預かってきたんだ」

信哉が差し出した封筒には『なつへ』と書いてあり、中には短い走り書きが入っていた。


なつ……すまない……お前はもう、こんな兄ちゃんのことは忘れてくれ……忘れて、北海道で、幸せになれ……。

兄ちゃんも……お前を忘れる。

第6章

なつよ、雪空に愛を叫べ

運命のいたずらに泣きぬれながらも空腹には勝てない。なつと富士子が、光子との約束どおり、その日も〈川村屋〉で食事を取っていると、思いがけない人物が現れた。

天陽の兄・陽平だ。新宿には大きな画材店があり、東京藝術大学で絵画を学んでいる陽平も、〈川村屋〉にはよく寄るのだという。一年ぶりの再会を喜びながら三人で食べるインドカリーは、格別な味がした。

陽平は長男にもかかわらず東京に出てきたものの、好きな絵でひとかどの人物になれるか分からない。かといって、いまさら北海道に戻っても、農業の経験の少ない自分は何の役にも立たないと、それなりに悩みがある。

「東京で絵描きさんになるの?」と富士子に聞かれ、「まだ分かりません。今、先輩の仕事を手伝ったりしてるんです。あっ、なっちゃんなら、きっと興味があると思うな」と近況を明かした。陽平は今、漫画映画を作る会社でアルバイトをしていた。

「セル」と呼ばれる透明のセルロイド・シートを使った「セルアニメーション」の制作に陽平が

関わっていると聞くやいなや、なつの目は強い好奇心に輝いた。

「見たい！　どんなもの作ってるのか、どうやって作ってるのか、見てみたい！」

　こうして、なつは、新宿の一角にある〈新東京動画社〉という漫画映画の制作スタジオに足を踏み入れた。

　壊れかけた扇風機がカタカタと回る狭いスタジオで、暑さと戦いながら五人ほどの男が机に向かってしきりに鉛筆を動かしている。陽平が「おはようございます」と挨拶しても顔も上げなかった男たちが、なつが挨拶すると即座に顔を上げた。

「遅刻だぞ！　山田くん、いくらまだ学生だからといって、職場でデートをするのはいかがなものかな」と注意した人物は、仲努《なかつとむ》という。陽平を勧誘した張本人で、大学の先輩に当たる。

「違いますよ。彼女は、弟の彼女なんです」

弟の彼女？　なつの戸惑いはおかまいなしに、陽平は続ける。

「北海道から出てきたんです。高校三年生なんですが、アニメーション制作に興味があって、見学を望んでここに来たんです」

　事情を知った仲はにわかに表情を緩め、「いらっしゃい」と歓迎ムードになった。

「アニメーションを見たことある？」

「はい！　子どもの頃に、学校の映画会でアメリカの漫画映画を見て感動しました。まるで、色のきれいな夢を見ているようでした」

「今に、それに負けないくらいの夢を作る予定だから。今日はゆっくり見てってよ」

　仲から許可を得た陽平は、なつを連れてスタジオの中を案内して回った。

「ここで、僕は美術、背景画を手伝ってるんだ」

陽平の机には、白と黒とグレーだけで彩色された背景画が載っていた。

「ここではまだ、モノクロの短編映画を作ってるだけだから。だけどこれだって、白と黒だけでいろんな色を表現してるんだよ」

この背景の上に重ねる作画を描いているのが仲たちだ。まず、動きの基礎となる絵を描く。これを「原画」といって、その原画と原画の間をつなぐように、「中割り」と呼ばれる絵を描いていく。その集合体が「動画」だ。

「この原画と動画を描く人を『アニメーター』と呼ぶんだ。アニメーターの描いた絵を一枚一枚、透明なセルにトレースし、そのセル画を僕らが描いてる美術の背景画と重ね合わせ、一コマ一コマ撮影してゆけばアニメーションになるんだ」

陽平の説明を聞いてなつは「なるほど、そうゆうことか……私がノートをペラペラしてたのは、そう間違いではなかったんだ……」と自己確認しながら、アニメーター一人一人が走らせる鉛筆の動きに目を移し、声を震わせた。「でも……本物はすごい……」

パラパラと紙をめくって絵の動きを確認するアニメーターたちの仕事は極めて精密だった。

仲は、せっかく来たのだからと、なつにテストをしてみようと持ちかけた。

「この紙を五、六枚使って、このまき割りを完成させてごらんよ」

なつを空いた席に座らせ、数枚の紙と鉛筆を手渡す。紙のいちばん上にはすでに、斧《おの》を手にしてまき割りをしようとしている少年の絵があった。これに続く動きを描いてみろというのだ。

「自由に動かしていいけど、少年のデザインとサイズだけはちゃんと守ってね。じゃ、頑張って」

仲は机のライトをつけると、自分の席に戻っていった。

さて、どうしよう……。なつは机に向かって考え始めた。座ったまま、斧を握るまねをして、振り上げる動作をしてみた。すると、まき割りをする照男の姿が思い浮かんだ。斧を振り下ろす動作をすると、自分がまき割りをしていたことも思い出した。もっと具体的に動きを思い出したくて、立ち上がり、机の前で斧を振り上げる動作を繰り返した。こうして動きを思い出しながら絵にしていく。程なくして、出来た動画を一枚一枚めくって動きを確認してから、半信半疑ながら仲に見せた。

「どれ」と仲は受け取った紙をそろえてパラパラとめくり、「なかなかいいよ。感じが出てる。どう？」と陽平に渡した。

「なかなかいいじゃないですか、ちゃんと重力を感じますよ」と陽平も感心した顔をした。

仲は、動画担当の下山克己《しもやまかつみ》を呼んだ。先月、同じテストをして入社した二十代半ばの青年だ。

「これが彼の描いたやつ」と仲がパラパラと紙をめくるのを見て、なつは目をみはった。

「うわ、動きがきれい！　……全然違う……」

下山はなつの絵を「いいですね。自分のより迫力があるかもしれない」と褒めた。

「嘘です。全然だめです。下手です。もういいです……」

後ずさりするなつを、仲は真剣なまなざしで止めた。

「僕たちがお世辞を言ってからかってると思う？　そんなに暇じゃないよ、僕たちは。アニメーションは動きが命なんだよ。絵に命を吹き込むことなんだ。絵のうまい下手は、経験で変わるけど、絵を動かす力があるかどうかは、もっと大事な能力なんだ。この絵には、ちゃんと君らしさが出てると思うよ」

仲は「ちゃんと勉強すれば、アニメーターになれると思うな」と言うが、「あ……なりたいとは別に……」と、なつは言葉を濁した。

「なんだ、思ってないの？」

「彼女の家は牧場なんです。彼女も農業高校に通っていて、酪農の勉強をしてるんです」と陽平。

「そう……残念だな」と肩を落とす仲に、なつは「女でもなれるんですか？」と聞いた。

「そりゃなれるよ。映画でお芝居するのは、男しかだめってことはないでしょ？　アニメーターだって同じだよ。絵で演技をするだけだ」

女性が外に出て仕事をする可能性を認識していなかったなつには、驚く話だ。

「ここは今、仮のスタジオでね、もうじき僕たちは会社ごと〈東洋映画〉に吸収される。そこに新しいスタジオが出来上がるんだ」

「〈東洋〉って、あのチャンバラ映画とかを作ってる映画会社？」

「そうだよ。日本の映画会社も、いよいよディズニーに負けないアニメーション映画を作ろうとしてるんだ。そこにはたくさんの女性が集まってくるだろうね」

「だけど私は、絵の勉強なんかしていないし……」ともじもじするなつに、仲は、下山の前職が警察官だと言った。すると下山は「警察で絵の訓練をしておりました！」と、拳銃を構えて撃つまねをしてみせた。さすがに堂に入っている。

「勉強はどこにいたってできるよ。まずは、人間のしぐさや動きをよく観察すること……日常のありとあらゆるものの中に、アニメーターの訓練は潜んでいる」

仲の言葉を胸に、帰り道、なつは、新宿大通りを行き交う人々を早速観察し始めた。

確かに姿勢も歩き方も表情も、皆違う。なつは頭の中でその特徴を瞬時に絵に置き換えていった。途中、なつは立ち止まって、『新東京動画社』と印刷された大きな封筒から一枚のセル画を取り出した。仲が以前関わった作品に使ったセル画を、なつに記念にくれたのだ。

仲が描いた子うさぎの絵は丸いフォルムや表情が愛らしく、今にも動きだしそうで、思わず空にかざしてみた。セル画から子うさぎが飛び出し、セルの向こうの空に飛び跳ねていくさまを、なつは思い浮かべた。曇り空の灰色が、白い雪の原野に見えてくる。大地にしんしんと降り積もる、十勝の雪景色だ――。

その翌日、なつと富士子はたくさんの出会いを胸に抱えながら北海道に戻った。

北海道の夏は短く、秋の収穫時期が過ぎるとあっという間に冬が来る。だが、その夏になつが東京で見た夢は、決して覚めることはなかった。

なつは、降る雪、その一つ一つの動きとリズムをまるで指揮者のように指を動かしながら、体にしみこませ、その記憶を後で動画として描く練習を続けた。雪が降るたび、夢も降る。すると、なつの心は、東京と北海道の二つに引き裂かれていくのだった。

……いけない、仕事の途中だ。雪の観察をやめて、なつは搾った牛乳を集乳場に運んだ。牛乳を冷やしていると、コツコツと窓をたたく音がして、見れば、雪で煙る白い窓に人影が見える。

「逃げてきたんだ……なつ！　一緒に逃げよう！」

なぜか夏服の咲太郎が集乳場に入ってきた。だが、それをいつのまにか近づいてきた泰樹が阻む。

「お前に、なつは連れていかせん」

さらに警官隊が吹雪を背負って一斉に踏み込んできた。警官隊と泰樹に捕らわれる咲太郎に向かって「お兄ちゃん！　待って！　じいちゃん！　待って！」と必死に叫ぶなつの頬に吹雪が吹き付けた。

「ううっ……ひゃっこい！」

そこで目が覚めた。なつは夢を見ていたのだ。ただし、雪だけは本物で、明美が目覚まし時計代わりになつの頬にかけていた。

「なつ姉ちゃん、寝言言ってたよ。お兄ちゃんを呼んでた。あれ、どっちのお兄ちゃんのこと？」

「そんなこと聞かなくていいの。あんたは無神経なんだから」

明美と夕見子がなつの枕元でもめる。

「今朝はすっかり積もっちゃったわよ」という夕見子の声に、なつは起き上がって窓を開け、外を眺めた。窓の外はどこもかしこも真っ白だった。

咲太郎は、あれから無事に警察を出られたと知らせがあったが、その行方はまた分からなくなっていた。


雪が降る時期、自転車は使えない。朝の作業を終えたなつは夕見子と共にスキーで出かけた。明け方まで受験勉強をして眠そうな夕見子に、なぜそこまでして北海道大学に行きたいかと、なつが問えば、「だって、負けたくないしょ」と答える。

「人に負けたくないから行くの？」

「人っていうか……そんなの無理だとか、女のくせに無理だとか、そういう世間の目にさ」

「よく分かんない」

「私はなつみたいに、分かりやすく戦ってないからさ。なつはどこにいたって戦ってるでしょ。私には何もないから、自分の生きる場所は、自分で選べるような人間になりたいの」

夕見子はストックに力を入れて、すーっと先を滑る。なつもそれを追いかけた。

スキーで十勝鉄道の最寄り駅まで行くと、なつは、十勝農業高校のある川西《かわにし》へと向かう下り列車に乗り込んだ。一方、夕見子は勝農高校とは反対方向の列車で、街中にある高校へと向かった。


夕方、柴田家では、なつたちが帰ってくる前に、泰樹が剛男と富士子に宣言していた。

「……照男を、なつと結婚させると言ったんだ」

「何、ばかなこと言ってんの」と富士子は眉をつり上げた。

「ばかなことじゃない。できないことじゃなかろう」

「それは、できないことではないでしょうけど……できないでしょう、本人たちが」と剛男も戸惑っている。

照男にはずっと前に話してあると言う泰樹に、富士子は「何勝手なこと言ってるの！」と声を荒らげた。

「勝手ではない！　何も言わないのは照男の意志だろう」

「親の私たちに黙って！」

「富士子ちゃん、ここはいったん落ち着こう、ね……それで、なつにも話したんですか？」

なつにはまだ話していないという泰樹の答えに、剛男は胸をなで下ろす。

あまりにも突然に、なつと照男を結婚させると言いだした泰樹をなだめるように、富士子は
「お父さんは、何を怖がってるの？」と聞いた。

「なつが、本当のお兄さんに会ったからかい？　それで、なつが東京に戻ると言いだすとでも思ったんですか？」

「そんなことじゃない。なつが、堂々と兄妹を、ここに呼べるようにしてやるためだ。なつと照男が、もしそれを望むんなら、それに越したことはないと思わんか？　兄妹を捨てないでも、『柴田なつ』になれるんだ」

泰樹は泰樹なりに、なつのためを考えたうえでのことだったが、富士子も剛男も賛成しかねた。

なつたちが帰ってきて食事になっても、泰樹と富士子と剛男は押し黙り、確実にいつもと違う空気が漂っていた。その沈黙を破ったのは明美だ。

「なつ姉ちゃんが黙ってるからじゃないの？　なんか変なのは」

なつが兄の夢を見たことを聞いた剛男は、「どっちの？」と、今朝の明美と同じ反応をしたが、照男の顔を見て、「いや、どっちでもいいか……」と口を閉ざした。

「東京の……寝る前に、今頃どうしてるかなって思ったから、それで夢に出たんだと思う」

なつは言って、「あっ、そうだ！　今日、学校でバターを作ったの」と話題を変えた。

「それでね、じいちゃん、〈雪月〉のおじさんが、うちにバターを作ってほしいんだって。おじさんが、バターを使った新しいお菓子を考えてるみたいだわ」

なつは酪農実習の授業中に雪次郎と話したことを伝えた。

「考えないとね……これからは、ちゃんとそういうことも」

なつに言われて、泰樹は「うん」とだけ返事をすると食事を続けた。そこに漂う微妙な空気がなつと照男に関わっているとは、なつはこれっぽっちも思っていなかった。


数日後、なつは、天陽と共に帯広の映画館にディズニー映画『ファンタジア』を見に出かけた。照男がチケットを二枚くれたのだ。本当は、泰樹からつつかれ、なつを誘うつもりで手に入れたものだったが、言いだせず……。つい出た言葉は「天陽くんと行けば？」で、なつは照男の葛藤を知らずに無邪気に天陽を誘ったのだ。

満員の映画館の照明が落とされ、仰々しい音楽とともにスクリーンに〈東洋〉のマークがでーんと映し出された。社長室のような立派な部屋が映り、中央に立っているスーツ姿の男性に『東洋映画株式会社　取締役社長　大杉満《おおすぎみつる》』とテロップが出る。

「皆様、日本で初めての総天然色、長編漫画映画を、わが〈東洋〉の手によって作りたいと、このたび、新しい映画スタジオが完成しました」

挨拶と同時に、完成した〈東洋動画スタジオ〉のビルが映り、なつは思わず身を乗り出した。

「皆さん、ご承知のごとく、漫画映画は一般の映画と比較いたしまして、多分に国際性を持っております」と大杉が語ると、スタジオの中が映し出された。机に向かって動画を描くアニメーターたちの中に仲らしき人の姿が見えた。なつは目を輝かせて天陽にささやく。

「あそこよ！　陽平さんの……」

「背景」「彩色・トレス」「撮影」など各パートの光景が展開し、大杉の声が鼓舞するように重なる。そこでは女性たちも大勢働いていた。

「私どもは、立派な漫画映画を作りまして、世界に広く進出いたしたいと考え、わが〈東洋映画〉は、日本ではもちろん、世界でも珍しい最新式なスタジオを作りまして、早速制作に着手いたしました。その第一回の作品は、中国の有名な昔話を題材とした『白蛇姫』でございます」

そして、カラー長編漫画映画『白蛇姫』のイメージ画が映し出された。

「もちろん、初めてのことであり、いろいろとこれから改善する点があるかと思いますが、どうか、皆様の絶大なるご支援を頂きますよう、お願いを申し上げます。それとともに、もし、志のある若い人がいましたら、ぜひとも世界を切り開く力になってもらいたい。わが社では、広く新しい人材を求めております。どうか、皆様、新しい〈東洋動画〉を、よろしくお願い申し上げます」

いよいよ、本編の『ファンタジア』が始まった。最初はアニメーションではなく実写で、フィラデルフィア管弦楽団の人たちが舞台に集まってくるところから。指揮者の挨拶があって演奏が始まる。「トッカータとフーガ　ニ短調」「くるみ割り人形」「魔法使いの弟子」「春の祭典」「はげ山の一夜」「アヴェ・マリア」と演奏に合わせためくるめく幻想的な画が映し出され、なつはその世界に飲み込まれていった。馬の動きを、雪の動きをこんなふうに描くんだと、自分の想像力との圧倒的な差に打ちのめされた。二時間があっという間で、明かりがついて人々は席を立つが、なつは呆然と座ったままで、天陽に声をかけられるまで、心はかなたに飛んでいた。

「『白蛇姫』って、すごい偶然じゃない？　ディズニー……『ファンタジア』も、やっぱりすごかった」

映画館を出たなつと天陽は〈雪月〉に向かった。

テーブルに向き合う二人を見て、妙子が「映画は何でもいいのよね、天陽くんには。ね」と意味深に笑った。

「おばさん、何変なこと言ってるんですか！　最近、本当にとよばあちゃんに似てきましたよね」

「ほんと嫌なこと言うね」

なつが妙子とそんなやり取りをしていたら、店の奥からとよが姿を見せて、妙子と全く同じ反応をした。「映画は何でもいいのさ、二人には。ね」と意味深に言って笑うのだ。やはり二人は似てきているとなつは確信した。俗っぽい二人のことは放っておいて、なつは天陽と漫画映画について語り合うことにする。

「ねえ、本当によかったよね、映画？」。なつは再び感動をかみしめる。

「何度も聞くなよ」と、天陽は何だかぶすっとした顔をした。

「だって……あんなふうに音楽を表現できたり、地球の誕生から恐竜の時代を表現したり、妖精も悪魔も神様も、みんなこの世にいることを見せられる……アニメーションって、何でもできるんだね……」

「何でもできるってことは、なんもないのと同じだよ」

「え？　……どういう意味？」

「何でもできる中から、自分にできることを見つけるのは大変だってことだよ。ああいうものを作りたいと思っても、ああいうものは、もう世界にあるわけだし……誰かのまねをしても作ることにはならないよ……日本の漫画映画なんて、そういうことだろ」

天陽は理屈っぽいことを言いながら、〈雪月〉に飾られた自分の絵に目をやった。天陽はこの土地で、この土地だからこそ描ける絵を描きたいと思っていた。あの絵はその象徴の一つである。

「そうかな……初めは誰かのまねをしなきゃ、何も覚えられないと思うけど」

「何でもできるっていうのは、何にもない広い土地に行くのと同じだからな。自分で土を耕す方法を覚えて、作れる種を見つけて、それを手に入れないと、なんもできない。なっちゃんは、それでも行きたいのか？　そういう土地に……」

「……そうか……そういうことか……そういうことだよね！　……やっぱり、天陽くんはすごいな。私が悩んでることに簡単に答えを出しちゃう。無理だよね、そんなの……私がそんなところに行けるはずない。酪農だって中途半端だし……私にできるわけないよね、アニメーションなんて」

「なっちゃん……本当は行きたいんだろ？」

「無理無理無理無理！　芸術大学にいる陽平さんとは違うんだから。ね」

なつは無理して笑うと、妙子が運んできた紅茶のカップに口をつけた。

と、そこへ雪之助と雪次郎がやって来て、新作菓子のバター煎餅をふるまった。ミルク缶の形をした焼き菓子——ビスケットみたいなものだ。

「まだ売り物じゃないけど、たくさん作ったから。ほら、この前学校で作ったあのバターを使ったんだ」と言いながら、雪次郎が試作品を店内の客に配って回る。雪之助は、これを地元の銘菓にしたいと夢を語った。

「帯広に来た人が、みんなこれを買って帰るような……お土産にして、これを食べると、みんなが帯広の風土を思い出せるような、そんなお菓子にしたいんだ」

「だから、地元のバターにこだわってるんですね」となつが言う。

「そのとおり。天陽くんの絵と同じだ。ここで生きてなければ作れないものにしたいんだ」と雪之助は天陽を見てほほえんだ。天陽はその言葉に少しだけ反応したようだった。

それから雪之助は、とよがパッケージのアイデアを出したという缶を取り出した。成の字を丸く囲って『バタ』と印された柄のある赤い缶だ。

「これは、柴田のじいさんなら分かると思うよ」と、とよは目を細めた。

昔、晩成社がバターを作っていたとき、こんな缶だったのだと言いながら、とよは「これ、じいさんに持ってってあげて」と缶にバター煎餅を詰めた。

ふたには『十勝バター煎餅　開拓者の郷』とあり、「そう。これが商品名だ。つまり、十勝の歴史を今に伝え、今の十勝の新しいバターを使ったお菓子というわけだ」と雪之助は胸を張った。

「俺は東京に行かされるしな」と雪次郎がぼそりと言った。

「なっちゃんも、同じ〈川村屋〉のバターカリーを食べてきた仲間だ。安心して任せられる。期待してるよ、なっちゃん！」

雪之助は勝手になつが十勝でバター作りをするものと思い込んでいるようだ。

帰りの列車で、天陽は東京行きを「じいさんに相談してみればいいじゃないか」と言った。

「お兄さんが向こうにいるんだし……柴田家の人だって、だめとは言わないんじゃないか？」

「行きたいなんて言ってない！」

「だったら行くなよ」

列車の走行音が大きい中でしゃべるものだから、自然と声が大きくなる。そのせいか、二人の会話が少し険しくなっていた。それを気にした天陽は、開拓青年団のスキー大会に出ると言いだした。スキー板は自分で作るという。

「え！　大丈夫？」

「大丈夫さ」

二人は笑顔で気まずさを振り払った。

この天陽のスキー大会出場が大変な出来事に発展することになろうとは、このとき二人は思いもしなかった。


天陽がスキー大会に出ると聞いた泰樹は、照男にも出るように促した。それを聞いた悠吉は「お、照男くんと天陽くんの戦いかい！」とやじ馬的に騒いだ。

この大会の戦後の初代優勝者である菊介は、天陽にスキーを教えると張り切っていたが、照男が出ると聞くと「そんなら、俺は照男くんの味方だ。子どもの頃から俺が教えてきたからな」とたちまち気を変えた。

「天陽くんは敵じゃないべさ！」となつはムキになったが、菊介は「いや、照男くんが出る以上は敵だ」と聞く耳を持たない。

泰樹は「勝ったほうが格好いいべ」と、新しいスキー板まで照男に与えるほど肩入れしている。

その様子を見ていた富士子は心配になって、その晩、剛男に相談した。

「もし……もしもよ、照男にその気があって……なつは、じいちゃんのために……私たち家族のためを思って、それを断れないと思ったとしたら……それは二人にとって、残酷な話よね」

夫婦の寝室で読書していた剛男は、本を閉じて言った。

「なつは、天陽くんのことが好きなんだろか？　もし、そうじゃなかったら……照男のことを、好きになる可能性なんかあるのかな？　本気で……」

「そうなってもらいたいの？」

「君は、どうなんだ？　もしそうなったら、反対か？」

「私は……今のまんまがいい……ずっと、今の家族でいたい」

「どんな形にせよ、いずれ家族は、変わるもんだよ」

剛男はまるで哲学者か、作家のような表情をした。


スキー大会の朝は快晴で、目にまぶしいほど太陽が雪を照らしていた。多くの人々が集まって、お祭りのような雰囲気になっている。そのにぎわいから離れるように、新しいスキーを履いた照男が木立の中を進む。その後ろを手作りのスキーを履いた天陽がついていく。

大事な話があると天陽を呼び出した照男は、率直に「……お前、なつを、どう思ってる？」と聞いた。急転回である。

「……どうしてですか？」

「答えろよ」

天陽は意外にも素直に「……好きです」と認めた。

だが、そのことをなつに言ったのかと聞くと、天陽は「いいえ」と首を横に振る。

「言えよ」

「どうして照男さんがそんなことを言うんですか？」

「……俺は……なつの兄貴だからだ！　正真正銘……なつの兄貴だ……」と照男は声に力を込めた。

「いいな？　なつが好きなら、ちゃんと言ってやれ」

「好きだけど……言えません」と天陽は憂いを含んだ表情をした。

「言うと、なっちゃんが……夢を、諦めるかもしれないから」

「夢？　……それは、どういう意味だ？」

「すいません……それ以上は言えません。なっちゃんが自分で言うまで待ってください」

「なつの夢は、お前と一緒になることだべさ！」

「……分かりません」

「何が……分からない？」

「……なっちゃんの気持ちが」

「なつの気持ちの前に、まず、お前の気持ちだべ！」

そう言われて黙る天陽に、照男は「よし、俺と勝負しろ」と挑んだ。

「俺がスキーでお前に勝ったら、お前はなつに好きと言え」

「俺が勝ったら？」

「そんときは……お前の好きにしろ！　一人で悩んでればいいべ」

「……分かりました。俺が勝ったら、なっちゃんのことは諦めます」

予想外の答えに照男は息をのんだ。勝ったほうが諦めるなんて聞いたことがない。

「照男さんは、それでぃいんですね?」と確認され、もう後には引けない。

「……よし。分かった。お前には負けん!」

照男は何としても勝とうと自分を奮い立たせた。それがなつと天陽のためだと思ったのだ。最新型のスキー板の照男が有利だ。天陽が自分で削り出した板は不格好で、それを見た正治が「そんなんで恥ずかしくないのか?」と心配するほどだったが、なつは「なんもだわ! 格好いいですよ、これ!」と本気で、野性味があっていいと思っていた。

開拓青年団のスキー大会は、山のコースを一周して順位を争うクロスカントリーの一種だ。スタートを合図するフラッグが振られると、一斉に選手たちが滑走する。照男はまずまずの順位につけた。ちらりと後ろを振り返ると、天陽が徐々に近づいてくる姿が見えた。走る照男、追う天陽。やがて、天陽が追い上げ始めた。斜面を登るコースで、天陽が次々と選手を抜いていく。ついに照男の背中を捉え、並び、追い越した。

「なんでだよ!」と照男は思わず叫んだ。勝ったら、なつを諦めることになるというのに……。負けられない照男は、最後の直線コース、天陽を必死に追った。天陽も必死に逃げる。二人のデッドヒートに興奮する人々の声援が熱い。天陽と照男がほぼ横並びでゴールに近づいてくる。なつはどっちを応援していいか分からず、声が出せなかった。ただただ両手を握った。

天陽が前に出る。照男が必死の形相で力を振り絞る。歓声が沸き起こる中、照男がゴール直前で天陽を抜いた。

その勢いで雪の上に倒れ込んだ照男を見て、泰樹は「これで、あいつの気持ちは分かったな」と満足そうに口元をほころばせた。その横で「ただのスキーよ……」と富士子は不服そうだ。

「でも、何だか怖かったな……照男のやつ」と剛男は照男の気持ちを計りかねていた。

真っ白な雪の上にあおむけに倒れた照男の胸は、激しく上下していた。そこへ、天陽がひょいとのぞき込む。

「負けました。照男さんの気持ちは、よく分かりました。本当にそれでいいんですね？」

「……当たり前だ。約束は守れよ」

「はい。分かりました」

天陽が手を差し出し、照男はその手をつかんで立ち上がった。

「なつを頼む」

「分かりました」

奇妙な友情が交わされているところへ、何も知らないなつが拍手をしながら近づいてきた。

「いやー、なまらすごかった！　二人とも、よく戦ったよ！　照男兄ちゃん、おめでとう。でも、天陽くんもこの板で頑張ったんだから、負けてないよね」

「ああ、負けたのは俺だ」と照男が言った。その真意を知らないなつは、「二人とも勝ち！　それでいい！」と笑う。

少し深刻な顔をして、天陽が「冬休みの間に、一度、うちに来てくれんか」となつを誘った。

「牛が子を宿してるべ。見に来てくれんか？　話したいこともあるし」

だったら明日行くと、なつは約束をした。

家に帰ると、東京の信哉から手紙が届いていた。そこには咲太郎が新宿に戻ってきたと書いてあった。

咲太郎は、〈川村屋〉のマダムに、一万円だけ返しに来たそうです。

咲太郎は、きっとまた〈川村屋〉に返しに行くと思います。僕は咲太郎を信じます。

「やっぱり……お兄ちゃんは変わってない……。昔のままだ……なんも変わってない……」

昔からいろいろなことをしたけれど、盗みだけは絶対にしない……けれど、正しいことだけじゃ生きられないのは、昔もそうだった……。もし、兄が何か悪いことをしたとしても、私だけは、兄を悪い人だとは思わない――ずっとそう思っていた。

なつは手紙を握りしめ、顔をくしゃくしゃにして笑いながら泣いた。

翌日の空は、前日と打って変わって灰色だった。牛舎で泰樹が仔牛に乳を飲ませていると、なつがやって来た。

「天陽くんのとこの牛、春には仔牛を産むでしょ。その様子を見に来てくれって。なんか、話したいこともあるみたいだから」と言って出かけようとするなつを、泰樹は話があると呼び止めた。

人けのない集乳場になつを連れていき、結婚相手に照男はどうだと切り出した。

「何言ってんの……からかわないでや」と困った顔をするなつに、「からかってなどおらん。わしは本気だ。本気で、そういうことを考えてる」と泰樹は迫った。

泰樹は今すぐという話ではないと言うが、すでに照男には伝わっていると聞いて、なつは愕然《がくぜん》とした。

「お前が、夏に東京に行っている間に話した。気まぐれでもない。照男も、その気がある……まだ返事を聞いたわけじゃないけど、そうわしは確信してる。お前と照男が一緒になってくれたら、この柴田牧場は……このわしは、何よりも……」

泰樹の話を聞けば聞くほど、なつは激しい怒りが突き上げてきた。

「どして……どうしてそんなこと言うの！　どうしてそんなこと話したの！」

「……嫌なのか？」

「嫌とかどうとか、そういう問題じゃない！　そういう問題じゃないよ！　……私は、そんなふうに、照男兄ちゃんから……そう思われていたかと思うと、恥ずかしいよ！　……恥ずかしくてたまらないよ！　それは、照男兄ちゃんに対して、失礼だよ！　悪いよ！　そんなことは……照男兄ちゃんに悪いよ！」

聞いたことのないようななつの逆上する声を聞きつけ、富士子が飛んできた。

なつは泣きながら泰樹に訴えていた。

「そんなこと、一度でも思ったら、もう家族には戻れないよ！　普通にはいられないよ！　……じいちゃんは、私から大事な家族を奪ったんだよ！」

思わず富士子はなつに駆け寄り抱きかかえた。その腕の隙間から、なつは泰樹を火のように激しくにらみつけた。

「私を裏切ったんだよ！」

これまでどんな逆境にも動じず闘ってきた泰樹が、なつを前にして動揺していた。目が左右にかすかに揺らぎ、唇や指が震える。

「……なつ……わしはただ、お前と本当の家族になりたかっただけだ」

「それは私を他人だと思ってるからでしょ！」

容赦なく泰樹を責めるなつに、照男が近づき、なだめるようになつの腕をつかんだ。

「大丈夫だ、なつ。何も変わらない。なんも変わってないから」

そう言うと、今度は泰樹に向き合った。

「じいちゃん、俺はだめだった。なつのこと、そんなふうにはどうしても思えなかった。なつは、やっぱり、妹にしか思えないよ。じいちゃんを、がっかりさせたくないと思ったから、今まで言わなかったんだ。なつは……なつのことは、なつに任せよう。じいちゃん……なつを信じてやれ」

それからまた、なつに向き合って言った。優しい兄の目で。

「なつも、じいちゃんの気持ち、少しは分かってやれ……これ以上、ひどいことを言うな」

なつもようやく気持ちが落ち着いて、自分のしたことを恥ずかしく思った。

「……ごめんなさい……じいちゃん……ごめんなさい……」

だが泰樹は「謝るな」と目を伏せた。

「ごめんなさい……ごめんなさい……」

「謝るな！」

泰樹はなつの言葉を遮って大股で立ち去った。

そのあとを富士子が追いかける。なつも追いかけようとするが、照男が止めた。

「なつは、行ってこい。天陽くんのところへ……約束したんだべ」

「でも……」

「大丈夫だ……少し時間を置いたほうがいい……行ってこい」

なつはうなだれながら、スキーを履いて天陽の家に向かった。雪は音もなく降っていた。


家に戻った泰樹は、逃げるように自室に入り、魂が抜けたように座り込んだ。そこに富士子が「お汁粉作ったから」と言って、盆にお茶と汁粉の椀を載せて入ってきた。

「もう、勝手に話すから……」と言いながら、泰樹の隣に座る。

「……すまん」

「ま、勝手に話してくれて私は助かったけど。たぶん剛男さんも」

「わしは……二人になんて謝ればいい……」

「謝る必要もないんじゃない……二人はもう、分かってくれてるから」

「……元には戻れんかもしれん……。なつの言うとおりじゃ……なつの心は、もう戻らんかもしれん」

肩を落とし、すっかり威厳をなくしたような泰樹に、富士子は優しく言った。

「それを受け入れるのも、家族の務めでしょ。何があっても、受け入れる……それが家族でしょ」

うむとうなずくと、泰樹はそろりと汁粉を手に取り、すすった。

「あ、食べられんだ」

やっぱり泰樹はたくましいと、富士子はホッとした。雪で白くなった窓がガタガタと鳴った。

「あ、風が出てきたわね」

風と雪はどんどん激しくなり、終日降り続けた。雪が深くなり帰宅できなくなった悠吉と菊介は柴田家に泊まることになり、夕食の卓に座った。だが、そこになつがいない。

「天陽くんの家に行ったんなら、もう今日は帰ってこれないわよ」と夕見子が意味ありげに言う。

「それなら、いんだけど」

富士子ののんきな答えに、「え、いいの？　このまま天陽くんの家の人になっちゃうかもよ」と夕見子は得意の毒舌を吐いた。

悠吉が「そうゆうことは今……」と泰樹の顔色を気にすれば、剛男も「今、結婚の話はどうでもいいだろ！」とじろりと夕見子をにらんだ。

だが、「結婚がどうかしたの？」と夕見子は首をかしげる。事情を知らないのだから無理はない。すると「結婚って何？」と明美も食いついてきた。よけいなことを言ってしまったと、慌てた剛男は、新聞を読むふりをして「さあ、知らない」とごまかした。

外では、ゴォォー、ゴォォーと胸騒ぎを覚えさせるような音を立てて、雪が縦横無尽に舞っていた。

第7章

なつよ、今が決断のとき

天陽の家に行く途中、なつは猛吹雪に巻き込まれ、気付けば見知らぬ小屋で寝ていた。

頬に炉端の火が当たって暖かい。攻撃的な吹雪の寒さとはえらい違いだ。寝たまま首だけ動かして見回すと、真っ先に目に飛び込んできたものは熊だった。サケをくわえた、木彫りの熊が何体も。ほかに木彫りの人形のようなものや、何の形か分からない彫刻も所狭しと床に並んでいた。

木彫りの向こうで、ひげ面で野性味あふれる中年の男がしゃがんで木を彫っていた。男の隣には、なつと同じ年くらいの少女がやすりをかけた熊にニスを塗っている。二人を囲む板壁には、動物の皮や、矢じりや猟銃などが掛けてあった。

「……ここは、どこなんですか?」

なつがゆっくりと布団から起き上がると、少女が近づいてきて、なつの手に水を入れたコップを握らせた。

中年の男は阿川《あがわ》弥《や》市郎《いちろう》、少女は砂良《さら》と名乗った。父娘である。雪に埋もれていたなつを砂良が見つけ、弥市郎と二人で森の奥にあるこの小屋まで運んだという。

はて、今、何時だろう。なつは自分の体をまさぐると、砂良が「これかい？」と懐中時計を差し出した。雪の中、拾って持ってきてくれたらしい。見れば、もう夜中だ。「早く帰らないと、みんな心配してます」と慌てて立ち上がるなつを、「外はまだ風がやまん。この闇夜に動くのは無理だ」と弥市郎は止めた。「死にたきゃ帰れ」とまで言う。それだけ外は激しくふぶいていた。

「あなたが外にいると思っているんなら、捜すほうはとっくに諦めてるさ。今頃は、とっくに死んだと思ってる。明日の朝、生きて帰ればいいだけよ」

真顔で言う砂良に、「一晩では、葬式も出せん。安心しろ」と弥市郎がぶっきらぼうに付け加えた。

「安心て……そうかもしれん……私、友達の家に行こうとしてたんです。だから家では今頃、友達のところにいると思ってるかもしれません。それで、その友達は、今日はもう来ないだけだと思っているのかも……えっ、だったら私、もし死んでても、誰にも気付かれなかったってことですか？」と自分に言い聞かせるようになつが言うと、砂良は「あなた、芝居してるでしょう？」と大きな瞳でなつの顔をのぞき込むように見た。

「芝居なんかしていません！　本当のことを言ってます」

「そじゃなくて、農業高校の演劇部で」

驚いたことに、砂良と弥市郎は倉田と知り合いだった。

「よくここへ来て、俺らの話を、しつこく聞きたがっていたからな」と弥市郎はようやく笑った。

「ここに、倉田先生が？　あの先生は、いろんな人の話を聞きたがるんです。芝居のネタになると思って……」

倉田に誘われて、阿川父娘は『白蛇伝説』を観劇したという。こんな偶然、なつはにわかに信じられない。それこそ芝居のようだ。

砂良のほうはあっさりしたもので、なつが東京から柴田牧場に引き取られたことも知っていて、だからこそ森でなつを注視していたと言った。

「もうじき吹雪になるのに、のんきに泣いてる人がいるなあって、大丈夫かなって見てたらあんただった」

「はあ……のんきに泣いてるつもりはなかったんだけど……それが命取りになって、お二人に、ご迷惑をおかけしたんですね」

「あんた、しっかりしてるのか、子どもなのか分かんないね」

「はい……たぶん……しっかりした子どもなんです」

「自分で言うか」

砂良となつのかみ合わない会話を、弥市郎が笑いながら締めた。

弥市郎は、木彫り熊などの彫刻を売って生計を立てていた。

「ここに買いに来る人がいるんですか？」

「ここに来るのは、本物の熊か、雪女ぐらいだべ」

「……あ、私が雪女ですか？」

「ハハハ……雪女というよりは雪ん子だべ」

「子どもですいません」

「しっかりした子どもな」

木彫りの熊は帯広の土産物店で売るためで、弥市郎はそれ以外に、自分の作品も作っていた。昔は東京で教師をしていたが、さんざん子どもたちに軍国主義をたたき込んできたことを思うと、続ける気にはなれず、終戦後、先祖の住んでいた北海道に来て、開拓はせず森に入ったのだという。開拓者たちとはほとんどつきあいがなく、なつと面識がなかったのもそのせいだ。それが、倉田を通して接点があったとは何とも奇妙な縁である。

倉田が弥市郎から聞いたこの土地の伝説を基に、『白蛇伝説』を書いたとは——なつがしみじみしていると、砂良が炉端で焼いた魚をなつに差し出した。これを湖に獲りに行った帰り、なつを見つけたと聞いて、なつはますます縁を感じた。

「もしかして、その魚は、オショロコマですか？　倉田先生の芝居に出てきた！　それじゃ、あなたが……砂良さんが、白蛇の化身だったんですね！　きっと倉田先生は、あなたをモデルにしたんです。白蛇の化身を……だから私を助けてくれたんですね」

奇跡の出会いに瞳を輝かせながら「んっ、本当においしい！　オショロコマ。さすが神様の味！」となつは夢中で香ばしいオショロコマにかぶりつく。

なつの激しい思い込みに、「湖に行けば誰だって獲れるから」と砂良は苦笑した。

「そうですよね。だって、白蛇が人間に与えてくれたっていう伝説だから……あ、倉田先生の芝居はおもしろかったですか？　本物から見て」

「本物って、私は白蛇じゃないよ」

「分かってます」

「あんたの演技がおもしろかったかって聞いてるわけ？」

「あ……そこは忘れてください。私の演技力は問わないで」

「だったらおもしろかったわ」

「……複雑……」

「嘘よ。あんたもおもしろかったよ」

「お気遣いなく」

遠慮のない、からりと明るい娘に見えた砂良だったが、母親を空襲で亡くしていた。

「俺たちも、あんたと同じだ。空襲で大事な人を失って、北海道に来た。だから倉田先生は、あんたの芝居を、俺たちに見せたかったのかもしれないな」

そう言いながら、むしゃむしゃと神の魚を食べる弥市郎を見つめ、なつは「……おじさんは、戦争を恨んでますか？」と少し声を落として問いかけた。

「もちろん、今は恨んでいる。この子の母親を思い出すたび、怒りが込み上げてくる。助けてやれんかった、自分に対する怒りもな」

「……どしたらいいんですか？　そういう怒りや悲しみは、どうしたら、消えるんですか？」

「自分の魂と向き合うしかないべな。消さずにそれを込めるんだ」

「魂を込める？」

「そういう怒りや悲しみから、新たな絶望を生まないために、俺はこうやって、この木の中に閉じ込めてる。それを自分の魂に変えるのさ。倉田先生だって、きっとそうだろう……平和を祈って、魂込めて、ああいう芝居を作った」

弥市郎は魚を食べ終わると作業に戻り、のみで木を削り始めた。視線から指先まで集中力がみなぎるその姿を、なつは見つめた。

弥市郎が一本の木から削り出した像は見たこともない形で、うねうねと気迫が立ち上る。

「これは何ですか?」となつは尋ねた。

「分からん。木の魂、木魂《こだま》としか言いようがないな」。弥市郎は豪快に笑った。

なつは、懐中時計と同じく救出されていたかばんからノートと鉛筆を出すと、彫刻をスケッチし始めた。その集中力は、弥市郎の木彫りの作業と似ていた。

寝る間を惜しんで絵を描き続ける間に、雪と風はやんだ。夜が明ける前に家に帰ろうとするなつに、弥市郎は、まっすぐ森を抜ければ帰れると教え、見送った。

日が昇る前の森はまだ暗い。だが、真っ白い雪のおかげでほんのり明るかった。ぎしぎしと雪をスキーで踏みしめ歩くなつの頭の中には、先日見た『ファンタジア』のラストシーンが浮かんでいた。荘厳な「アヴェ・マリア」の曲に合わせて、暗闇はやがて、トンネルの外に出るように明るく開けていく。森を抜けると、ちょうど眼前の山脈に朝日が顔を出し、なつの全身に陽光が照射した。体温が上がると同時に、全身にエネルギーが満ちてくる。両足を踏みしめて、朝日を望みながら、なつはある決意をしていた。


スキーで滑って家に向かうと、表の道では、泰樹、富士子、剛男と悠吉、菊介、そのうえ天陽までが血相を変えて、なつを捜しに出ようとしているところだった。全員が、なつの顔を見て安堵し、迎え入れた。

風呂に入って温まるようにと富士子が言うのも聞かず、なつは、朝日から啓示を受けた気がして、そのとき感じたことをまず天陽に話したいと、途中まで天陽を送っていくことにした。

もちろん、前日に聞くはずだった天陽の話のことは忘れていない。だが天陽は「ああ……それはまた今度でいいよ。そっちの話は?」と言い、それならばとなつは告白した。

「私ね、やっぱり、漫画映画やってみたい。日本で、これからアニメーションを作る人……アニメーターというのになりたい……いや、なるって……今朝、そう決めたの」

天陽はどう思うかと、なつがその横顔をうかがうと、「なっちゃんが決めたんなら、それで、いいに決まってるだろ。俺はいいと思うよ。頑張れ」となつを励ました。

天陽が肯定してくれたのでなつは気をよくして、その晩、夕飯を食べながら、家族にも話そうと決めた。

まずは阿川父娘に助けられた話からだ。弥市郎たちの住む森の話をすると、熊の出るようなところに住んでいて怖くないのかと明美が青ざめた。

「もう慣れたって。熊も慣れたもんで、来てもお互いびっくりもしなくなったんだって。それどころか、その家のなまら美人の娘、砂良さんに熊が、ラブレター持ってきたっていうもね」

「嘘だー、熊が手紙書けるわけねえべさ」

「手紙でねえのさ。サケ、サケくわえて持ってきたんだって。秋味が熊のラブレターなんだわ。本当に砂良さんが、そう言ったんだから」

「だから、それが嘘でしょ。もう、はんかくさい話やめて」と夕見子の反応は冷たい。

「どこがはんかくさいの!　ファンタジアでねえの」

なつはいつも以上にはしゃぎ、食卓は笑いに包まれた。食事が終わると、なつは居ずまいを正して「私を、東京に行かしてください」と切り出した。

たちまち食卓の空気はさあっと冷えた。

なつは、東京にいる兄を近くで支えながら、妹の千遥も探して、また三人で会いたいのだと言った。ただ、今すぐではなく何年かは牧場で恩返しをしたいと説明すると、泰樹は憮然とした。

「その必要はねえ。行きたきゃ行けばいいべ。お前に牛飼いさせたのは、わしの勝手だ。これ以上、わしの勝手につきあうことはねえ。牛飼いとお前は何も関係ねえんだ。この家とも関係ねえ……出ていきたきゃ出ていけばいいべや……行くなら、すぐに出てけ。お前の顔は、二度と見たくねえ。いつでも勝手に出てけばいい」

なつが何か言う間も与えず、泰樹は弾丸のように言葉を吐き出す。

なつは絶望して、「分かった……分かりました……どうも、すいませんでした」と泰樹に頭を下げて立ち上がると、二階の自室に駆け戻った。

うつむくと涙がこぼれそうなのをこらえつつ、かばんに荷物を詰め始める。机の壁に並べて貼ってある父の絵と子うさぎのセル画を剥がそうとしたとき、その手を富士子がきつくつかんだ。

「今すぐ出てくの？　どこ行くの？　また子どものときみたいに帯広の駅？　こんな時間に出てけば、みんなに迷惑がかかることぐらい、もう分かるべさ！」

富士子の後ろには剛男と夕見子、そして明美が心配そうな顔で立っていた。

「だけど……ここにはもう、申し訳なくていらんない」

ピシャリと音がして、富士子がなつの頰を打った。

「したら……これで、帳消しにすればいいべさ」

富士子は険しい顔で、もう一度なつをぶとうと手を振り上げる。

「出てくあんたに、申し訳ないなんて言われるくらいなら、憎まれたほうがよっぽどましだわ……」

富士子のぬれた瞳にどうしようもない愛情を感じて、なつは胸が張り裂けそうになった。

「一人で苦しみたいなら……家族はいらないっしょ……」

富士子の温かい胸に、なつは思い切り頭をこすりつけて泣いた。

抱き合って泣く二人が落ち着いたところで、剛男が穏やかに言った。

「どっちにしろ、学校はちゃんと出てくれ。な、なつ。ここで酪農をするとかしないとかは、その後の話だ。これからじっくり考えて……なつが、自分で答えを出せばいい。なつが本当に望むことなら、誰も反対しない。じいちゃんだって、本当はそうなんだ」

だが、泰樹となつの仲はそう簡単にはいかない。翌朝、牛舎でなつが「じいちゃん、昨夜はごめんなさい。私が悪かった……昨夜のことは、忘れてください……私、頑張るから。ここでずっと頑張るから」と言うと、泰樹はわなわなと震えた。

「その必要はねえって言ってるべ！」と、ぷいと牛舎を出ていく泰樹の怒った背中を見て、照男がその気持ちを代弁するように言った。

「じいちゃんのほうこそ、本当は、お前に悪いことしたって思ってるんだよ。そんなこと言ったら、じいちゃん、よけいに傷つくべや」

「したけど、やっぱり私が間違ってる、東京行くなんて……」

悩んだなつの足は知らず知らずに天陽の家に向かっていた。

厩舎の中にあるアトリエで、積み上げられた干し草の上になつと並んで座った天陽は、なつの嘘をとがめた。

「東京のお兄さんのためなんて……東京に行きたいのは、それが理由じゃないべや？」

「……それも理由さ。嘘じゃない」

本心を見透かされてもじもじするなつに、天陽は容赦ない。

「アニメーションだろ。漫画映画が作りたいんだろ？　なんでそれを言わねえのさ」

「……言えなかった……自分でもまだ、信じられねえもん、そったらこと……私なんかにできると思う？」

「じゃ、なんで東京に行きたいなんて言ったんだ？」

「そりゃあ……もちろん、やってみたいからに決まってるしょ！」

「そう言えばいいべさ！」と天陽はじれったそうな顔をした。

「酪農よりやりたいことがあるなんて、そんな、じいちゃんを裏切るみたいなこと、言えんかったわ……」

「言わないほうが裏切りだよ、それは」

耳が痛い。なつがうなだれると、天陽はさらに続けた。

「たとえ裏切ったって……その覚悟はないのか？」

「東京へ行ったって、本当にできるかなんて、分かんないのに……」

「そんなやつにはなんもできねえな。行かんほうがましだ」

「だから……行かんよ。もう、行けるわけねえわ」

なつは自分の思いにふたをして「それより、天陽くんの話って何？」と矛先を変えた。

「話したいことがあるって言ってたしょ？」

「……ああ……それはもういい。何でもない。忘れたわ」

天陽はどこか力なく笑いながら、なつを母屋に連れていき、家族と一緒にそばがきをふるまった。天陽が正治たちに、なつが陽平の会社に入りたいのだと伝えると、タミは手紙を書こうかと言いだした。なつは戸惑い、「ちょっと待ってよ。天陽くん……なして、そんな急ぐの？　ちょっと、私の悩みに答え出し過ぎだわ」と天陽を責めるような目で見た。

「なっちゃん、もともと人間の生き方に、よいも悪いもないんだよ。それは人間がこしらえた観念にすぎないのさ。自然の中で生きてるもんは、そんなこと思わんべ？」

「急に難しいこと言わんでよ……」

「なっちゃんも自然になったらいいだけだ……自分がどう生きたいか、どうしたいか、自然な気持ちに従ってみればいいだけだ……なんも悩むことはない」

理屈っぽい天陽の言葉はなつを突き放すように聞こえた。なつは途方に暮れ、そばがきを味わうどころではない。厩舎のアトリエになつが荷物を取りに戻り、うなだれたまま帰ろうとすると、天陽がやって来た。

「……できるかどうか分かんなくても、泰樹さんは、たった一人で海を渡って、北海道に来たんじゃねえのか？　泰樹さんは、なっちゃんの見本だべさ。誇りだべ？　……したら、なっちゃんがどうすべきか、自然と分かるだろ……じいちゃんのために生きることは、じいちゃんのために、諦めることではないべさ。なっちゃんは、自分の信じたことを、やればいい」

天陽の言葉は、彼が描く絵のように明晰《めいせき》だ。だが、それが逆になつを追い詰める。

「分かった……もう、分かったから……天陽くん……そんなに……そんなに応援しないでよ！」

なつは耳を塞ぐようにして、「さよなら！」と厩舎を飛び出した。


雪がしんしんと降っている。さくさくと足音を立てながら泰樹が〈雪月〉のドアを開けて入ってきた。退屈そうにしていたとよの顔がみるみるにやけた。

「なしたの、ほっちゃれみたいな顔して」

「ほっちゃれ？」

「ほっちゃれ、知らんのかい？　川に上ってきたサケ、産卵後のサケよ。オスだって種をまくべ。そのあとは脂が抜けて、熊しか食わねえようなサケを『ほっちゃれ』って言うべさ。あ、イクラが欲しくて、ほっちゃれを熊と取り合うばかもいるらしいけど」

「そんな、はんかくさい話を聞きに来たわけでねえ」

「あれ、なんか話を聞きに来たんかい、私に？」

からかわれて、泰樹は「もういい」とすねた。

「何？　あんたが私に頼るなんてよっぽどのことだべさ」

とよは泰樹を喫茶室のテーブルに座らせ、自分も向かい側に座って話の続きを促した。泰樹の相談とはなつのことだ。雪次郎が東京に行くと聞き、なつのことも面倒を見てほしいと言う。

「あんた、それでいいんかい？　なっちゃんは孫以上に……あんたの愛弟子《まなでし》だべさ。寂しくないんかい？」

「自分でまいた種だ。わしが、なつを裏切ったんじゃ」

無理に照男とくっつけようとして嫌われたと、まるで子どものように泰樹はしょんぼりした。

「なっちゃんにしたら、兄妹で結婚しろって言われたみたいなもんだもね……急に女に見られたみたいで、恥ずかしかったんでないかい？」

「よく分かるな、なつの気持ちが」

「乙女の気持ちは乙女よ」

「誰が乙女じゃ」

とよと話して気持ちが楽になった泰樹が「東京でのことを、頼みたい……なつの力になってくれ」とまっすぐとよを見つめたとき、「泰樹さん、お待たせしました。こんなものを作ってみたんだけど」と雪之助が厨房《ちゅうぼう》からウキウキと現れて、泰樹のテーブルにグラスを置いた。

「パフェです」と言うそれは、グラスの中にクリームが山盛りになっていた。

「フランスのアイス菓子『パルフェ』が発祥と思われるんだわ。パルフェとは〝完璧〟という意味で、つまりパフェとは完璧なデザート。こんなもの、まだ十勝で作ったもんは誰もいないと思うんだわ。まずは、泰樹さんに食べてもらおうと思って。どうぞ！」

山盛りのクリームは、牛乳の脂肪分だけを激しく泡立てたものだ。スプーンですくって口に運んだ泰樹は「なまぬるい。乳脂肪の泡か」と顔をしかめた。

「それだけを食べるものではないからね。けど、それを使ったお菓子が、これからはどんどんはやると思いますよ。バターと同じくらいお菓子に欠かせない乳製品になるんでないかい。東京ではもうはやってるのかもしれんな……春になったら、雪次郎を連れて東京行くんで、調べてきます」

菓子の話になると夢中な雪之助に、とよは声を大にして命じた。

「お前、その東京になっちゃんも連れてってやんな」


天陽の家から帰ったなつは、自室に入り、机に向かって愛用のノートを広げた。スケッチされた絵だらけのノートをパラパラとめくるなつを、その横で受験勉強をしている夕見子がいぶかしげに見つめている。なつは彫刻する弥市郎を描いた絵に得心がいかないようで、消しゴムで消して描き直しながら、先ほどの天陽の言葉を思い出していた。

──なっちゃんは、自分の信じたことを、やればいい。

「ああ！」

記憶を打ち消すように叫んで、なつは頭をかきむしった。夕見子が驚いて「何!?」となつを凝視する。

「ユミ……私はばかだ……」

「知ってる」と夕見子はあっさり勉強に戻った。

天陽は天陽で、なつのことを考えるともやもやする気持ちを抑え込むように、アトリエに籠もり、ベニヤ板に馬の絵を描いていた。そこへ照男が心配してやって来た。

「お前、なつが東京に行ってもいいのか！」

照男と天陽は、なつを巡ってスキーで競った仲だ。照男はなつの兄として、天陽になつを任せるつもりだったから、天陽がふがいなくてならない。

だが天陽は鋭い目で言った。

「俺にどうすることができますか？」

「どうするって……どうしたいんだ？」

「俺はずっと、思ってたんです。いつか、なっちゃんは……この土地からいなくなるって。なっちゃんにとっては、それが自然なことだろって……自然には逆らえんでしょ」

「だから、諦めんのか？」

「俺は、ここで生きると決めたから、子どもの頃に……。なっちゃんには、まだ、それができてないだけです。……だから……昔、なっちゃんが俺にしてくれたように……なっちゃんが決めたことを、俺は守ります。なっちゃんの意志を潰すなら、俺は柴田家とも闘います。俺もなっちゃんと一緒に……諦めませんから」

天陽が挑むようなまなざしで言うものだから、照男は何も言えなかった。


その晩の食卓。ちゃぶ台の真ん中には、照男が作ったという、白濁したような石狩鍋《いしかりなべ》――牛乳鍋がでんと置かれた。鍋から温まった牛乳の匂いがして、夕見子は「うえ！」と鼻を押さえて後ずさった。照男は気にせず「みそと牛乳が合うんだわ」と鼻歌交じりに皆の椀によそう。食卓には、なつだけがまだいない。部屋に籠もって、ずっと絵を描き直し続けていた。

そこへ弥市郎と砂良が訪ねてきた。昼間、富士子と照男が、なつを助けてくれたお礼に牛乳を届けた、その返礼に来たという。なつは阿川父娘の声を聞いて二階から走り下りてきた。

「お返しと言っちゃなんだが、これを受け取ってください」

弥市郎は、包みを上がりかまちに置いた。ほどくと木彫り熊が現れ、「わあ、なんて立派な」と剛男が声を上げる。

「あっ、サケがラブレターくわえてる！」と、明美はなつの話を思い出し、おかしそうに指さした。

「ば、ばか、何言ってんだ、失礼だべ」と照男は慌て、「なんで兄ちゃんが照れてんの？」と夕見子に突っ込まれる。

「て、照れてねえべよ」とごまかす照男と、それをちらと見る砂良の目線がかすかに交差したことをなつは見逃さなかった。自分のことは分からなくても、他人事だと勘が働くものだ。

食事を一緒にと剛男が誘ったが、二人はそのままカンテラを提げて暗闇の中を帰っていった。

居間の目立つところに立派な木彫り熊を飾ると、照男たちは鍋を食べ始めた。実は牛乳鍋は、照男が弥市郎の家で砂良にごちそうしてもらい、気に入ったものだった。

ひとしきり牛乳鍋でほっこりしたあと、泰樹がぼそりと口を開いた。

「お前のことは、〈雪月〉に頼んどいた。雪次郎と一緒に、東京行けばいい」

「お義父さん、何ですか急に……？」と、その場の誰もが浮かべた言葉を剛男が口にした。

「〈雪月〉の大将が、お前も連れてってくれるみたいだ。雪次郎と一緒に、学校を出たら行けばいい」

「じいちゃん……私はもう、じいちゃんと……家族ではいられんの？」

泰樹はよほど怒っているのかと思い、なつが声を震わせたが、意外にも泰樹の口調は穏やかだ。

「いつでも戻ってくりゃいい。ここは、お前の家だ……それは変わらん。先に、東京の用事を済ましてこい。そんで……そんでもし、東京がつらくなったら……いつでも戻ってくりゃいい」

「じいちゃん……」

「したけど……お前がもし、東京で幸せんなるなら……それも立派な親孝行だ。それを忘れんな」


困った……。翌日、なつは思い詰めて、〈雪月〉を訪ねた。

「あ、東京のことかい？　柴田のじいさんから……」と笑顔で迎えるとよに、「ばあちゃん！」となつはすがった。その勢いに、とよは思わずのけぞる。

「どしたの？」

「私は、ずるい……。じいちゃんを……裏切ってしまった」

なつの様子がおかしいので、雪之助も妙子も雪次郎も心配してやって来て、なつを取り囲んだ。

雪之助は手回しよく、〈川村屋〉の光子に電話してなつのことを相談していた。

「そしたらマダムは、いつでもなっちゃんに来ていいってさ。お兄さんと会えるようにするって言ってくれたよ。そんで、向こうで仕事を見つけなきゃならんと思うけど、なっちゃんがよければ、〈川村屋〉で雇ってもいいってさ」

「よかったな！　俺もなっちゃんがいてくれたら心強いわ」とニコニコする雪次郎を、「ばか、あんたがなっちゃんを頼ってどうすんのよ。あんたがなっちゃんの力になってあげるんでしょや」と妙子がどやした。

「そだった。俺がついてるよ、なっちゃん！」

なつを盛り上げようとしてはしゃぐ小畑家の人々だったが、当のなつは浮かない顔をする。それに気付いた雪之助は「どうした、なっちゃん？　〈川村屋〉は嫌かい？」とあたふたした。

「なんも、そじゃない、とってもありがたいわ……けど、仕事は、自分で見つけるつもりだから……」

「したけど、向こうで酪農できるわけじゃないしな、学校だって、今から東京の仕事を世話できるかどうか……」

なつには何か考えがありそうだと、とよが察して助け船を出した。

「なっちゃんの好きにさせればいい。あんたが、そこまで面倒見ることもないべさ」

「マダムには、私から手紙を書きます。おじさん、本当に、どうもありがとう」と、なつが雪之助に頭を下げた。

「なっちゃん、人の世話になることを、心苦しいと思うことはないから」

気にかける妙子に、とよは「知ったようなこと言うんじゃないよ」とピシャリと言った。

「なっちゃんには、なっちゃんの考えがあるべさ。何でもかんでも親切にしてやることが、なっちゃんを助けることになるとは限らんべさ」

「とよばあちゃん、いいのさ……全部、私のわがままだから……」

「わがままのどこが悪いのさ。なっちゃんは子どもの頃から、自分のことを何一つ選べなかったべさ。それがやっと、選べる年になっただけの話さ。わがままに選んで、何が悪いの？　それが、柴田家を裏切ることにはならんべさ」

「違うの……そじゃない……私は、自分で選んで、あの家にいたと思うのさ……心から、そう思って生きてた……けど、その心ん中ではずっと、あの家を、いつか出たいと思ってたんだわ……。あの家に来たときから、私はずっと、いつかここを出なくちゃいけないって……そう思ってた。それをずっと隠してた……隠しながら、酪農をするのが、自分の夢だと言ってきたんだわ……学校まで、行かしてもらって……」

「それはしょうがないべさ……なっちゃんには本当の兄妹が、本当の家族が、ずっとどっかにいたんだから」と雪之助は慰めるように言った。

「なっちゃんは、ずっと苦しんでたのかい？」と雪次郎。

「だから、ずるいのかい？」ととよ。

「そんなこと、ちっともずるいなんて思うことないわよ」と妙子。

親身な小畑家の人たちに、なつは逆に心苦しくなって、ついに「違う！」と感情がはじけた。

「本当は違うの……本当は、自分勝手で……自分勝手な理由で……今は、あの家を出たいと思ってるの……ここまで大きくしてもらったのに、何の恩返しもやらないまま……じいちゃんにまで、気を遣わせて……私はじいちゃんを、だましたことになってしまったんだわ……」

苦しそうななつの背中をそっとなでながら、とよは言った。

「なっちゃん……よく分かんないけど、東京行ったらいい。そこまで、自分の気持ちが分かってんなら、行くべきだ。したけど、そういう気持ちも、じいちゃんにしゃべったらいい。なっちゃんとじいちゃんは、何でも言い合える仲になったんでしょ？　何でも我慢しないで言い合えなければ、ここでは、心までしばれてしまうんだわ」

「とよばあちゃん……」

「そう思って私は舅、姑《しゅうとめ》、小姑《こじゅうと》とも闘ってきたよ！　夫がえんどう豆の相場で借金と女を作ったときも、子どもを守るために私は家を出たんだ。後悔はない。したから、なっちゃんも、強くなんないと」

いかにも〝肝っ玉母さん〟というふうに、思い切り胸を張り武勇伝を語るとよに、妙子が「お義母《かあ》さんの体験は、なっちゃんに当てはまらんべさ」と注意した。

「ありがとう……とよばあちゃん、妙子さん、おじさん、雪次郎くん、ありがとう」

本当のことを泰樹に話してみよう。なつは決意した。

その晩、家族全員が夕食を終えたのを見計らい、なつは切り出した。

「ごめんなさい……私、嘘つきました」

食卓の時が止まったように、その場にいる全員の動きが固まった。

「……東京に行きたいのは、本当は、兄に会うためではなくて……本当は、やりたいことがあるからです」

なつはついに言った。

「漫画映画を作りたいのさ」

「やっぱり」と富士子がつぶやくと、「えっ、知ってたのかい、富士子ちゃんは？」と剛男が目を剝いた。

富士子は、礼を言いに弥市郎の家を訪ねたとき、なつが実に熱心に絵を描いていたことを聞いていた。その後、なつの部屋に置かれた何冊ものノートの中もこっそり見て、なつの絵に対する情熱を確信していたのだ。

「作れるかどうかなんて、まだ分からないけど……どうやって作ったらいいのかも分からないけど……やってみたいのさ……挑戦してみたいのさ。じいちゃんが、一人で北海道に来て、開拓したみたいに……私も、挑戦したい。なんも分からんけど、行ってみたいのさ……ずっと、なんでこの家を出たいのか、自分でよく分からんかった……こんな大好きな家、大好きな家族と別れてまでって……けど、さっき、やっと分かったのさ……私は、じいちゃんみたいになりたかったんだって……そのために、この家をいつか、出なくちゃなんないって……ずっと、そう思ってたんだわ」

皆は黙って、なつの話に耳を傾けた。

「それが、私にとっては……漫画映画を、目指すことなんだわ……そんなの無理だと思おうとしてきたけど……今は思えなくなったのさ……思いたくない……それだけのこと……じいちゃん、ごめんなさい……酪農を、じいちゃんを、裏切っても、私はやってみたいの」

畳に頭をこすりつけるように頭を下げるなつに向かって、泰樹は耳を塞ぎたくなるほどの大声でどなった。「何が裏切りじゃ！　ふざけんな」

ビクリとするなつに泰樹は近付き、大きな手で小さななつのあごをぐいと持ち上げた。それから、両手でふわりと、こわばるなつの顔を包み込んだ。

「……よく言った……それでこそ、わしの孫じゃ！」

なつの頬に触れた泰樹の手は温かかった。

「行ってこい……漫画か、映画か知らんが……行って、東京を耕してこい！　開拓してこい！」

言えなかったことを言えたなつ。なつが言いたかったことを聞けた家族。こうして柴田家は再び一つになった。

翌日、なつは満面の笑みを浮かべながら、勢いよくスキーを滑らせて、天陽のアトリエに向かった。

「天陽くーん！」。澄んだ声で呼びかけると、振り返った天陽の胸になつは飛び込んだ。

天陽が体全体でその勢いを受け止める。「どうした……？」

「許してくれた……じいちゃんが……認めてくれた」

「……そうかい……」

「天陽くんのおかげだわ。よかったー！　天陽くんのおかげ」

ひとしきり腕の中ではしゃいだなつは、天陽の顔を見上げる。

「ありがとう……」

「よかったな、なっちゃん」

いつものように、さえざえとした天陽の声を聞いて、なつは急にわれに返り、体を離した。

「天陽くんが、私に教えてくれたから」

「何を？」

「なんもかもよ！　北海道に来て、私は、天陽くんに出会えてよかった」

それが、天陽に別れを告げてもいることに、なつは気付いていなかった。

それからなつは、いつものように、母屋で山田家に交じってそばがきを食べた。

陽平の会社に入ることを目指すというなつに、「なっちゃんはてっきり、牛飼いとして生きていくんだと思ってたけどな」と正治が言い、なつは「本当にひどいよね……」とうなだれた。

「それはもういいでしょや」とタミがやんわり言った。

「兄ちゃんに手紙を書くよ。なっちゃんのことよろしくって」

「あ、それなら自分で書くわ。陽平さんの連絡先知ってるから」

天陽となつの会話を聞きながら、正治とタミは顔を見合わせ、天陽の気持ちをおもんぱかった。

「東京行っても、なっちゃんとは、陽平でつながっていられるんだな」と、正治がわざと明るく笑って言う。

「そうなれたらいいけど」

「何よりもなっちゃんには、本当のお兄さんがついてるんだから、一緒にいられたら安心でしょ」とタミも優しく言い添えた。


瞬く間に時は過ぎて、三月。北海道の三月はまだ雪が残っている。卒業式は雪の中だ。

クラスメートや演劇部の仲間たちと別れを惜しんだあと、なつは天陽のアトリエを訪ねた。

ちょうど仔牛が生まれたばかりで、なつは張り切って天陽に初乳の飲ませ方を教えた。

充実感を抱きながら、雪を踏みしめ家路につく。ふと寂しさとも悲しさともつかない感情が湧き上がり涙がこぼれそうになったとき、「なっちゃん!」と声がした。

振り向くと、天陽が駆けてくる。息せき切って追いかけてきた天陽は、勢いよく体ごとぶつかってきて、雪の上になつを押し倒すような形になった。

「……どしたの……？」

なつの長いまつげにちょこんと乗った雪が、大きなまばたきではじかれた。

雪にあおむけになったなつのすぐ上に天陽の顔がある。息がかかりそうな近さだ。天陽はなつを押し潰さないように腕で自分の体を支えながら言った。体にも顔にも緊張感がみなぎっている。

「……なっちゃん……俺は待たんよ」

「……え？」

「なっちゃんのこと……ここで……帰るのは待たない」

天陽の目は怖いほどなつを見つめている。

「待つ必要もないと思ってんだ」

そう言って天陽は、気持ちを振り切るように起き上がり、空を仰いだ。

「なっちゃん……俺にとっての広い世界は、ベニヤ板だ。そこが俺のキャンバスだ。何もないキャンバスは広すぎて、そこに向かっていると、自分の無力ばかり感じる。けど、そこで生きている自分の価値は、ほかのどんな価値にも流されない。なっちゃんも、道に迷ったときは、自分のキャンバスだけに向かえばいい。そしたら、どこにいたって俺となっちゃんは、何もない、広いキャンバスの中でつながっていられる」

天陽は、上体を起こし真剣な表情で話に聞き入るなつに、右手を差し出した。

「頑張れ……頑張ってこい、なっちゃん」

万感の思いを込めて、なつはその手を強く強く握りしめた。

第8章

なつよ、東京には気をつけろ

三月の終わり、夕見子が地元の新聞に載った。見出しは『音問別初の女子北大生誕生』、小見出しは『柴田夕見子さん「女性の開拓者になりたい」』。それは地元ではちょっとした事件だった。

大学に合格してからというもの、夕見子は電池が切れたように毎日、こんこんと眠り続けていた。

「……よっぽどつらかったんでないかな？」

姉妹の部屋で眠り続ける夕見子の姿を見て心配する明美に、なつは愛情を込めて言った。

「ユミは自分で挑戦したんだから、つらいことも当たり前だと思って楽しかったんでないかい……受かったことより、それをやったユミを、私は本当に偉いと思う」

さあ、今度はなつの番だ。東京で漫画映画を作ることに挑むのだ。

旅立ちの日、なつは帯広に泊まり、翌朝一番に、雪之助と雪次郎と一緒に東京に向かうことになっていた。また帯広に泊まる日に〈雪月〉で、なつと雪次郎の送別会と夕見子の合格祝いを行うことも決まっていた。出席者は、雪之助、妙子、とよ、雪次郎、剛男、富士子、照男、なつ、夕見子、明美、悠吉、菊介、正治、タミ、天陽だ。

柴田家では泰樹一人が、牧場で留守番をすると言った。

「牛を放っとけねえべ……わしはもう十分だ」

泰樹の言葉の裏にある気持ちを誰もが分かっていた。旅立ちの朝、牛舎で黙々といつものように働く泰樹に向かって、なつは腰が折れそうなほど深く頭を下げた。

「今まで、ありがとうございました」

「……そんな他人行儀な挨拶はやめれや」

「……うん……また帰ってくるから」

「気ぃつけて行け」

牛舎を出る前に、なつは一度振り返ったが、泰樹はぎこちないほどそっぽを向いていた。一人になるやいなや、泰樹がおいおいと泣いていたことは、牛たちしか知らない。


会では、夕見子、雪次郎、なつの順に挨拶をした。なつははち切れそうな思いを何とかかんとかまとめあげた。

「……私の目標は、東京で、漫画映画を作ることです。あの……子どもだった頃、ここに来て……戦争で死んだ父が書いた手紙に、家族の絵があって、私は空想の中で、それを動かしていました。昔が、生き返ればいいなって……。そんときから、漫画映画は、私の中にあった、夢だったような気がします……天陽くんの絵が、その夢を、膨らましてくれました。けど、現実の私を幸せにしてくれたのは、柴田家の家族です。できれば……ずっと家族のそばで、酪農を手伝いたいと思っていたことも本当です……それを裏切るのは、とてもつらいけど……厚かましいけど、今は……」

感極まるなつに、剛男は何度も「ありがとう」を繰り返す。

「言っとくけど、なつ、それは裏切りじゃない。それは、成長だ。九年前、まだ九歳で、この北海道まで来て……十勝に来て……うちに来て……ここまで成長してくれて……本当にありがとう、なつ……父さんは、本当にうれしい」

「なつ。みんな応援してるから、元気に行っといで」

富士子は言葉少なながら、母らしい思いやりを込めて言った。

最後に天陽が立ち上がった。

「今まで、ありがとう、なっちゃん……俺はなっちゃんが好きだ。これからも、それは変わらない」

「なっちゃんが好きだ」という天陽のシンプルな言葉の中に、何十倍もの思いを感じて一同が息をのむが、それを打ち消すように天陽は笑いながら大きく手をたたいた。それに引っ張られるようにして、皆はなつに拍手を送った。

「……ありがとう……ありがとう……ありがとう……」

なつは泣きながら、泰樹からもらった大切な懐中時計を握りしめた。

十勝平野のように広い愛。雪のように深い愛。なつはその手に故郷を持って、東京へと向かった。

昭和三十一(一九五六)年。東京・新宿は、戦後の焼け跡から復興し、デパートや飲食店、大型書店や映画館、さまざまな娯楽施設が立ち並ぶ文化の中心地になっていた。戦前の浅草に代わって、新しい庶民の街として活気づく新宿に、雪之助は目を白黒、口をあんぐりさせ、立ち尽くした。

「すっかり変わったな……『角筈』という町名もなくなって……けど、今も同じ場所に〈川村屋〉があるだけでホッとする。さあ、行こう」

雪之助がなつと雪次郎の背中を押しながら〈川村屋〉に入ると、野上が待ち構えていた。

「お懐かしい！」と雪之助は駆け寄って野上を強く抱き締めた。

なつは、この澄ました顔をした野上が、大正元（一九一二）年から〈川村屋〉にいる、小僧からたたき上げの店員だったことを、雪之助から聞いて初めて知った。

雪次郎がここで世話になるので、なつたちが改めて深々と頭を下げると、野上は「困りますね、店先で。どこでも頭を下げれば礼儀になると思うのは大間違いです」と、やはり澄ました顔で嫌みを言った。それがこの男の持ち味なのだ。「失礼しました！」と三人は懲りずに大きな声でまた頭を下げ、野上は顔をしかめた。

それから光子が待つ事務所の応接間へ通される。雪之助は「いやいやいや、光子ちゃんかい？立派になられて……」とまたまた感無量で、顔はもうクシャクシャだ。

「いやいやいや、あのころは光子ちゃん、可憐《かれん》な少女だったもね」とはしゃぐ雪之助に、「今はマダムです」と野上はこほんとせきばらいしてたしなめた。

光子は、なつが六月に行われる〈東洋動画〉の臨時採用試験を受けるまでの間、生活費を稼ぐために厨房《ちゅうぼう》で皿洗いの仕事をするといいと言った。富士子からも手紙でくれぐれもと頼まれていたのだ。

「お兄さんと会うためには、ここにいるのが、あなたにとっていちばんいいのでしょ？」と物分かりのいい光子。だが、咲太郎はあれから一度も〈川村屋〉に顔を出していない。借金も十万円のうち、一万円を返しただけと聞き、なつはうなだれた。

光子は、なつが絵を描くと知って興味を持った。〈川村屋〉には、創業者である光子の祖母の時代から、絵描きや演劇人など芸術家が大勢集まってくる。早速、なつは光子に絵を見せたが、「うーん……なるほど……漫画ね、これは……」と反応は芳しくない。だが、なつは気にしなかった。自分がなりたいアニメーターの仕事は、その絵に命を吹き込むものだからだ。

「漫画映画は動きが命なんだと教えてもらいました。だから、いつも動かすことを考えて絵を描くんです。漫画は紙の上で物語を描きますが、漫画映画は、絵が物語を演じるんです。アニメーターは役者と同じように、物語を絵で演じる人なんです。だから、女優がいるように、女の人でも当たり前になれる職業だと教わりました」

アニメーターの仕事の説明を聞いた雪次郎は「なっちゃん、それなら演劇部の経験を生かせるね！」とうれしそうな顔をして、「東京の演劇もたくさん見たほうがいいよ」と勧めた。

「マダムは、どう思いますか？　私に、できると思いますか？」と聞くなつに、光子は「不安を誰かの言葉で解消するのはよくないわ。その不安と戦わないと」と毅然《きぜん》と返した。

光子の自信に満ちあふれた様子に、雪之助はほうと感嘆の息をついた。

「マダム、あなたは先代のマダムの意志を、立派に継がれたんですね。いや、安心しました、〈川村屋〉は〈川村屋〉で。いや、新宿の街は、すっかり変わりましたからね」

「そりゃ、一度は何もなくなって、それから立ち上がったんですもの。なつさん、この新宿も、ある意味、北海道と同じように、開拓者が集まる所なのよ」

「開拓者が？」

「ええ。文化の開拓者……あなたのように、新しいことに挑戦したいという若い人が、これからどんどん集まってくると思うわ。この〈川村屋〉も、そんな新宿でありたいと思っている。ここから、あなたも頑張りなさい。ようこそ、開拓者の街へ」

光子は両手を広げた。なつの目には、そこから光がさし込むように見えた。

それから光子は、厨房になつと雪次郎を案内し、戦後、店を再開したときから職人たちを束ねる「職長」、つまり調理長を務める杉本《すぎもと》平助《へいすけ》を紹介した。還暦まであと四年だが、かくしゃくとしたものだ。緊張する雪次郎に、「ま、ここは軍隊じゃないから、そう固くならずに」と杉本は笑った。だが、後に杉本が厳しく雪次郎を鍛えていくことになろうとは、そのとき雪次郎は思いもしなかった。

なつは土産にバターを持ってきていた。とよがデザインした、バター煎餅用に作った赤い缶の中にバターをぎっしりと詰めて。なつは杉本に「これを、インド風バターカリーに使ってください！」と差し出した。泰樹となつ、照男までもが加わって作ったバターだ。

やがて、「今日は特別ですよ。そのバターでは、お客様には出せませんから。賄いとして調理しました」と野上がしぶしぶという顔で、カレーを運んできた。〝賄い〟とは従業員用の食事のことだと聞いたなつは「じゃ、野上さんも食べてくださいね、十勝のバターカリー」と自信満々で勧めた。

「それはどうでしょう……〈川村屋〉の味にはなりませんからね。落書きが芸術にはならないように」

野上は嫌みを言ったが、そのころ厨房では、光子も杉本もいいバターだと口々に褒めていた。

「北海道でなければ、取り引きしたいくらいです」と杉本は言い、「こんなバターを作れる子なら、大丈夫かもしれないわね」と光子はなつをだいぶ見直したようだった。

スパイスが効いた〈川村屋〉の〝カリー〟は、光子の祖母が、その昔、インドの独立運動に関わっていたインド人革命家を助けたことから、ここで作られるようになったものだ。第一次世界大戦の頃に、その革命家はイギリス政府に追われて日本へ逃げてきた。しかし日本でも捕まえられそうになり、光子の祖母は彼を店にかくまった。そのとき、彼が本場のカリーを伝えたのだ。

「そのカリーに感動したマダムは、この〈川村屋〉のメニューにした。いわばこれは、命懸けで守ったマダムのカリーだ。革命が生み出した〈川村屋〉の味だ。それが今もこうして残ってる」

と雪之助はカリーの歴史をすらすらと語った。

「名物となるものは、その店、その人間の覚悟なんだわ。分かるか、雪次郎？」

「何となく」

「何となくじゃなくなるように、しっかり修業しろ」

雪次郎には、雪之助の言うことがピンときていなかったが、なつには十分響いた。

「その覚悟を、今のマダムも受け継いでるんですね……」

いろいろな思いや歴史の溶け合ったカリーを、なつは口の中で確かめるように味わった。

「だから、あんなに強くて優しいんですね……。そんなマダムに、私の兄は、借金をしたんです……」

「なるほど。カリーじゃなくて借りを残したか」

「それは別に、言わなくていいべや」と雪次郎がたしなめた。

雪之助はいいことも言うが、何かとひと言多い。そこは母親のとよ譲りか。なつは話題をそらそうと、雪之助たちをクラブ〈メランコリー〉に誘った。昨年、富士子と新宿に来たときに、咲太郎の行方を探して行った場所だ。

そこでは、人気歌手の煙カスミが、流行歌の「ガード下の靴みがき」を歌っていた。靴磨きの少女の心情は、まるでなつの心のようだった。雪之助もご機嫌な様子で聞き入っていた。

ステージが終わると、カスミと付き人のレミ子が、なつたちのいるテーブルに近づいてきた。カスミはなつが咲太郎の妹であることを覚えていた。

なつは「今度は、東京に出てきたんです」と報告し「兄が今どこにいるか、知りませんか?」と聞いたが、カスミは昨年と同じく、知らないと言った。だが、この日は以前と少し違って、カスミはなつたち三人を店の外へと連れ出した。

薄暗い路地裏を入ると、赤いちょうちんが下がっている店があった。『風車』と書いてある。店の戸を開けると、中にはすらりと美しい中年女性・岸川亜矢美がいて、しゃれた赤いカウンターの向こうで、大きなおでん鍋の火加減を見ていた。濃いだしのいい香りが立ち上っている。

雪次郎、雪之助、なつ、カスミ、レミ子の順にカウンターに並ぶと店はもういっぱいだ。すでに〈メランコリー〉でしたたか酔っていた雪之助は、席に着くなりコップ酒を注文し、水のようにガブガブ飲み続け、雪次郎をやきもきさせた。

カスミは亜矢美とは親しいようで、亜矢美から「姉さん」と呼ばれていた。そして、なつが、生き別れた兄を探しに東京へ来たのだと亜矢美に説明した。すると酔いの回った雪之助が、

「女将《おかみ》……女将、この子はね、なっちゃんは、本当に苦労したんだ」と言いだし、あることないことしゃべり始めた。

「子どもの頃に、北海道の牧場に預けられて、そこにいたのはなんと、人の苦労を苦労とも思わねえような、おっかない開拓者のじいさんでな、朝から晩まで働かされて、牛の乳が搾れなきゃ学校も行くな！　って言われてたんだ」とか、「お兄さんは〈川村屋〉に借金残してるんだべ？その借金を返すために、なっちゃんは〈川村屋〉で皿洗いを……」とか――。悪気はない。ただ酔っているだけなのだ。なつは困って「すいません、帰ります」と雪之助を追い立てるようにして席を立った。

暴れる雪之助を左右から支えながら、雪次郎となつが路地裏を行くと、レミ子が手を貸そうとついてきた。それから、いきなりなつの手をつかんで、のぞき込むように言った。

「サイちゃんにさ……お兄さんに、私にも返すように言ってよ」

「……兄は、あなたにもお金を借りてるんですか？」

「お金じゃない……私の心よ。心の操！　真心を一晩……貸したままだから」

レミ子はそう言うと、「返してもらうわよ」と捨てゼリフを残し、〈風車〉に駆け戻った。

「さっぱり分かんねえ……」

なつは変な人に絡まれたような気分で、首をかしげながら、アパートに戻った。

なつと雪次郎は、光子の配慮で〈川村屋〉の社員寮のアパートに住むことになっていた。なつは従業員の三橋佐知子《みはしさちこ》と相部屋で、雪之助は雪次郎の部屋に泊まった。

翌朝、なつは北海道の生活と同じように早く目が覚めた。牛を恋しく思っていると、佐知子がずいと膝を突き合わせ「これ、少ないけど……お兄さんに渡してくれる」と封筒を差し出した。

「少しでも、足しになればと思って」

封筒には金が入っていた。

「なしてお金を……？」

「力になりたいからでしょ……私からじゃ遠慮して受け取ってくれないかもしれないから、あなたから渡してあげて。ね」

「……あの……兄と何かあったんですか？」となつがおずおずと聞くと、佐知子は「やだ……まだないわよ」と、てれたようになつを小突いた。

「まだ？　……もしかして、兄はあなたにも……借りがあるんですか？」

「借りなんてないわよ。私とサイちゃんは同志だもの。この新宿で、ずっと一緒に強く生きていこうって誓ったの……やだ」

頬を染めてしなを作るように身をよじる佐知子を、なつは食い入るように見つめた。その姿が、昨晩のレミ子と重なって見えた。

「やだ……兄って、どんな人なんでしょう？　……怖い……」

なつの知らない間、若い女たちに「サイちゃん」と呼ばれる咲太郎は一体どんな生活を送ってきたのだろう。そして、咲太郎は今、どこにいるのだろう。

心配は尽きないながら、その日からなつは〈川村屋〉で皿洗いを始めた。雪次郎は、早速、杉本にしごかれている。なつは真面目に働きつつ、休憩時間になると、働く雪次郎をこっそりスケッチした。「頑張れ」と心で声援を送りながら。

閉店後、なつが店の片づけを手伝っていると、驚くことに、咲太郎が現れた。

咲太郎に気付いた佐知子は、「心配しないでね。なっちゃんのこと、自分の妹だと思って大事にするから」と自分を売り込んでいる。咲太郎はなぜか頭から湯気を出すようにかっかとしていて、なつをここから連れ出すと言う。

いきなりのことになつは戸惑うばかり。「お久しぶりね」とやって来た光子に、咲太郎は「妹を働かせるなんて、〈川村屋〉のマダムも、ずいぶんあこぎなまねをするもんですね」と突っかかっていき、懐から封筒を取り出してテーブルにたたきつけた。だがその音は快音には程遠い。

「返済金です……また一万円だけですけど……これからは必ず、毎月返しに来ますよ。その代わり、妹は解放してもらいます」

「妹がここにいると知って、慌てて返しに来たわけ？　相変わらずね」と光子。

「いいえ、閉店後に来ただけ大きな進歩です」と野上。

咲太郎は「行こう、なつ」と有無を言わさず、なつの手を強くつかんで〈川村屋〉を出る。

「お兄ちゃん、待って。どこ行くの？」

新宿大通りに出たところで、なつは咲太郎の手を振りほどいた。

「俺の家だ……もう心配ないよ」

「何がさ？　何なのよ、もう！　やっと会えたのに、何なの？　マダムにあんなこと言って……何て言うか、話についていけないべさ！」

北海道なまりのなつに、咲太郎は顔をしかめた。

「お前……すっかり北海道に染まったな」

「言葉はしょうがないしょ」

「言葉だけじゃねえ……なんか、苦労が顔ににじみ出てる」

「……聞きようによっては失礼だからね、それ」

「悪かった。すまん、このとおりだ」

往来で頭を下げる咲太郎を、行き交う人たちがじろじろ見るので、なつはバツが悪くなった。

「やめてよ……お兄ちゃんが謝ることなんてないから……」

「俺のために、皿洗いなんかさせて……」

「だから、なんか勘違いしてるみたいだけど……なんもお兄ちゃんのためではないから！」

「分かった。とりあえず行こう。話はそこでだ」

グイグイと歩いて、咲太郎がなつを連れてきたのは、見覚えのある路地裏だった。

「もう、そこだ。なつ……なつに、会わせたい人がいるんだ」

赤いちょうちんに『風車』と書かれた小さな店。戸を開けると、モダンな店内におでんのだしの香りがして、湯気の向こうに、亜矢美が立っていた。店には彼女しかいない。

身を固くするなつに、「いらっしゃい。おばんです」と亜矢美はほほえみ、「咲太郎、今日はもう店閉めちゃって」と声をかけた。咲太郎は手慣れた様子で赤ちょうちんをしまう。二人の間には妙な親しさが漂っていた。

「なつさん、おなかすいてる？　咲太郎、今日は奥の部屋で、三人でごはん食べよう」

「ああ、いいね、そうするか。なつ、奥行こう」

「待ってよ、お兄ちゃん……もう、いいかげんにしてや！」となつは声を張り上げた。

「どうした、なつ？」

「こんな大人の人まで……。ここで一緒に暮らしてるってこと？」

「まあ、そういうことだ……」

レミ子に佐知子……咲太郎はたくさんの女の人と懇意になっている。そういうことに鈍いほうのなつも、さすがに想像ができた。そして、それは妹として耐え難いことだった。

「言うよ！　私、言っちゃうからね！　この人のために言うからね！」

なつは右手をうんと伸ばして亜矢美を指さした。

「去年の夏休み、浅草で会った踊り子の人は、お兄ちゃんによろしくって言ってたよ！　またいつでも遊びにおいでって！　朝まで一緒にいたんでしょ⁉」

「ああ、マリーのことか？」

「それから、煙カスミさんと一緒にいた人も」

「付き人の土間レミ子ちゃん？」

「そうです。その人が、お兄ちゃんに返してだって！　心の操！　真心だって！」

「何だそれ？」。咲太郎は脱力して、口をぽかんと開けた。

「知らんわ、そったらこと！　それから佐知子さんは……」

なつがあまりに顔を真っ赤にして訴えるものだから、咲太郎も状況を察して、慌てふためく。

「待て！　分かった！　言いたいことは分かった。違うよ。それは勘違いだ」

「勘違いさせてんのはお兄ちゃんでしょ！」

「まあ、落ち着け！　落ち着け……」

「本当にばかでね、困っちゃうでしょ、咲太郎には」と亜矢美がのんきにおでんにだしをかけている。〈風車〉のはんぺんには、風車の焼き印がしてあった。

「……なんで落ち着いてるんですか？」

「あ、私が、そんなことで妬《や》くと思った？」

亜矢美のほほえみには余裕があった。レミ子や佐知子にはない、落ち着きだ。

「ばか、この人は違うよ。この人は、俺の母ちゃんだ」

……え？　なつは足元が崩れるような衝撃を覚えた。それはそれで聞き捨てならない。

「ま、母ちゃんみたいなもんていうか……岸川亜矢美って、元〈ムーランルージュ〉の踊り子だ。今から、ゆっくり話すよ」

ようやくなつは思い出した。昨年、富士子と東京に来たとき、〈川村屋〉で会った藤正親分こと藤田が、戦後のマーケットでうろうろしていた咲太郎を助けたのは岸川亜矢美という踊り子だと言っていたことを。「亜矢美が、あの子を俺のところに連れてきた。亜矢美は、母親のように咲太郎をかわいがってた」と――。

人気の踊り子だったと言われたら、カウンター越しに強く漂う色香は、なるほどとうなずけるものがある。

なつはおとなしく店の奥の部屋に案内され、ちゃぶ台の前に座った。だが、どうにもげせないのは、カスミの対応である。「去年、東京にお兄ちゃんを探しに来たときも、そうだったし、この間も、あなたのことを私に隠してましたよね？」と不満げな顔をするなつに、亜矢美は「それは、私に気を遣ってくれたのよ」と言った。

「どうしてですか？」

「さあ……どうしてかしらね」

「なつ、そんなことはどうだっていいだろう、会えたんだから……それより、なつ、ここでお前も一緒に暮らさないか？　なつさえよければ、ここに住んでいいんだよ」

「私も一緒に？」

「そう。あなたさえよければ。狭いけど、上に二部屋あるし」

「生活の面倒は俺が見るよ。何とかする。俺に任せろ」

鼻息を荒くする咲太郎の頭を亜矢美は「ばか」とはたいた。

「あんたの、その何とかがいちばん当てにならないからこうなってんだろ」

「何とかするしかないだろう！」

「どうやって？」

「だから、なつのために働くよ」

「新劇で食べられるの？」

「ほかの仕事も探すよ」

「あんたは好きなことやってなさいよ。私が何とかするから」

「その何とかだって当てにならないだろ。やっとこの店を借りて生活してるくせに」

二人のやり取りに、なつは口を挟もうにも挟めない。その親密な空気にたじろいでいるなつに気付かず、二人はなおも言い合いを続けた。

「とにかく、ここにいてもらって、食べさせればいいんだろ？」

「食べさせられるのかよ？」

「もしよかったら、ここで働いてもらうよ」

「客もろくに来ないこんなところで働いてどうするんだよ」

「あの子がいてくれたら、客が増えるかもしれないじゃない」

「おい、俺の妹を商売に使おうってのかよ」

「ちょっとぐらい手伝うのはいいでしょ。あの子だって、そのほうがここにいやすいわよ。ねえ？」

ようやく亜矢美がなつを見たので、素早くなつは口を開いた。

「嫌です……やめてください……」

咲太郎と亜矢美は声を合わせて「え？」となつを見た。それがまたなつを刺激する。

「二人して、私をばかにしないでください」

なつは泣きそうな顔で立ち上がった。

「私はもう、一人で生きられます……ここは、私とは何の関係もないとこですから……帰ります」

部屋を抜け、〈風車〉の玄関から外に飛び出すなつを、咲太郎が追いかける。

「待てよ！　どうしたんだ、なつ？」

「お兄ちゃんは、私と千遥を捨てたんでしょ。それで楽しかったんでしょ、ずっと？　死ぬほど心配してたのに……私と千遥のことはとっくに忘れて……もう関係なかったんでしょ！」

なつは咲太郎を上目使いでにらんだ。亜矢美との仲のよさに嫉妬を感じていたのかもしれない。

べそをかきながら帰るなつをそのままにできるはずもなく、咲太郎は〈川村屋〉のアパートまでついてきた。なつの話をもっと聞きたいと粘る咲太郎に、なつは佐知子に気付かれてはなるまいと、雪次郎の部屋を訪ねた。そこにはまだ雪之助がいた。

「明日帰る。今日は銀座《ぎんざ》に行って勉強した。日本人はパフェよりまだクリームソーダだ」と言いながら雪之助は、初めて会うなつの兄にバター煎餅をふるまった。咲太郎は、なつが北海道で、さんざんこき使われたあげく、追い出されて東京に来たと思い込んでいるものだから、北海道から来た雪之助たちを警戒している。雪次郎は「なっちゃんは、夢があって東京に出てきたんですよ」と説明した。

雪次郎は、咲太郎が新劇の劇団関係の仕事をしていると知って、そわそわしていた。俳優をやっているのかと聞く雪次郎に、咲太郎はぶっきらぼうに答えた。

「ああ、たまに出てくれって言われることもあるけどな、性格が奥ゆかしいから、今は制作部にいる。昨日まで『桜の園』をやってたんだよ。知らないと思うけど」

「チェーホフですか！」と雪次郎は声のトーンを上げ、咲太郎ににじり寄った。

「何、新劇に興味あるの？」

「はい！　高校で演劇部だったんです。なっちゃんも、同じ演劇部の舞台に立ってたんです」

「何だよ、なつ、お前の夢って女優になることか。よし、兄ちゃんに任せろ」

「違うから！　私がやりたいのは漫画映画だから」

「漫画映画って……ディズニーとか？　子どもが見るもんだろ、あんなのは」

「あんなのって……私は子どもの頃、漫画映画にどれだけ救われたか……」となつは口をとがらせた。

「ほら、お兄ちゃんが昔、上野の街でアメリカ兵に向かって踊ってたことがあったでしょ？　あれと、漫画映画の中で踊る絵が、私には同じに思えたんだ……うまく言えないけど、そういう夢みたいなことが、現実のすぐ近くにあるって思えたの。そういう、子どもの夢を作りたいの！　子どもの見るものだから、私は作りたいの！」

今度はなつが、咲太郎の夢を聞いた。

「俺の夢は、〈ムーランルージュ〉を復活させることだ」

「まだ、そんなこと言ってるの？　マダムに借金したのに」

「なつ……さっき、お前が会った人は、〈ムーランルージュ〉で踊ってたんだ。兄ちゃんは、あの人を舞台に戻してやりたいんだ。俺を救ってくれた人だからな……あれでも」

そう言うと咲太郎は、「また来るわ」と立ち上がった。帰りがけに、佐知子について「さっちゃんはな、かわいそうな子なんだよ。疎開中に空襲で親を亡くして、苦労してきたんだ……なつも優しくしてやってくれ」と言うので、なつは「お兄ちゃんは、あんまり優しくしないほうが、いいと思う」と忠告した。だが、咲太郎は意味を理解できないようだ。

どうやら咲太郎には、同情と愛情の垣根がないらしい。それも困ったことに、女の子に限って、その優しさが時々出過ぎてしまうようだ。なつは咲太郎を見送ると、ため息をつきながら部屋に戻った。寝ている佐知子を起こさないようにそっと机の前に座ると、壁に、父の描いた家族の絵と、仲にもらった子うさぎのセル画と、夕見子の取材に来た新聞記者が撮ったものの使用されなかった柴田家の集合写真を貼った。父の描いた少年の咲太郎の絵を眺め、それからノートを広げ、大人になった咲太郎の絵を描きながら、心の中で北海道の家族に呼びかけた。

――じいちゃん、父さん、母さん、照男兄ちゃん、札幌のユミ、明美ちゃん、悠吉さんと菊介さん……天陽くん……千遥……今日、お兄ちゃんに会いました……だけど、お兄ちゃんには、お兄ちゃんの家族がいるみたいで、今のお兄ちゃんと、私はどうやったらまた家族になれるのか……今の私には分かりませんでした……だから、そんなこと、今は手紙にも書けません。


数日後、〈川村屋〉に信哉が訪ねてきた。会うのは去年以来だ。

「手紙もらったのに、なかなか来られなくてごめん」

「いいの。ノブさんも就職したばかりでしょ？」

「うん。本当は、新聞記者になりたかったんだけど、全部落ちちゃって。そしたら運よく、放送局には受かったんだ」とうれしそうに言う信哉は、真新しいジャケットを着ていた。

「放送記者になるんだよ。ラジオとか、これからは、テレビジョンの時代になるから、そこで流すニュースを取る仕事だ。これは、もしかしたら、新聞記者より大きな可能性があるかもしれない」

「すごいな……開拓者なんだね、ノブさんも」

「え？　まあ、これからだよ。それでこの一か月、泊まり込みの研修があって動けなかったんだ」

「ノブさんはすごい……ずっと一人で生きてきたんだもんね」

「どういうこと？　僕には、空襲で亡くした両親しかいなかったからね……けど、一人で生きられる人なんていないよ」

そう言う信哉に、なつは、一緒に行ってほしい場所があると誘った。

それは〈風車〉だ。戸を開けると、カウンターの端にはすでに藤田がでんと座っていた。なつは改めて、藤田と亜矢美から、咲太郎が新宿でどうやって生きてきたのか聞こうと思ったのだ。

「闇市で勝手に靴磨きを始めてね、ほかの浮浪児から袋だたきに遭ってるところを、私がたまたま助けたのよ」と亜矢美は言った。

「顔見知りのいない新宿で、ほかに生きるすべがなかったんだろうな」と藤田は遠い目をした。

「それで私は、しかたなく親分のところに連れてったんだよ」

「ラーメンを食わしてやったら、ポロポロ泣きだしてな」

昭和二十一年の夏、バラック小屋の中で、ラーメンをすすりながら涙を流す少年の咲太郎は、

「北海道に行きたいんだ……妹を迎えに……だから、お金が要るんです……親分、俺は、どうやったら金を作れますか？　北海道へは、どうやったら行けますか？」と藤田に聞いたという。

「お兄ちゃんが……北海道へ……？」。意外な事実になつは目をみはった。

「そうよ。妹のためと思って行かせたけど、一人になったら、急に会いたくてたまらなくなったって」

信哉は声を震わせ、隣に座ったなつの横顔を見つめた。

「全く同じことを考えていたんだな……なっちゃんと、同じことをしていたんだよ、あいつも……帯広と新宿で……」

「だからね、別にあなたを捨てたわけじゃなかったのよ。私が捨てさせたの」

亜矢美が目を伏せると、藤田は「違うだろ。あんたはまた踊っただけだ」と優しく訂正した。

「それを見てあいつは、ここで生きる決心をしたんだ」

客のいないステージで亜矢美と踊る少年・咲太郎の姿が、なつの脳裏に浮かび上がった。

「それで、救われたのは私のほうだったんだよ。生きる希望なんて何もなかったからね、あのころは。あんたのお兄さんを、長い間引き止めちゃって、悪かったね」

「いえ……あなたがいてくれて、本当によかったと思います」

少しばかりの嫉妬でこわばっていたなつの心は、いつのまにか解けていた。

「私にも、北海道に家族がいるんです……亜矢美さんが兄を支えてくれたことを、私が否定してしまったら、私は、私の家族も否定してしまうことになるんです……だから、あなたに失礼なことをしたなら、謝ります……本当に、すいませんでした」

なつは立ち上がって、頭を下げた。

「それから、お礼を言いたいです。兄を助けてくれて、本当にありがとうございました！」

思わず信哉も立ち上がって、一緒に頭を下げるものだから、亜矢美はオロオロする。

「……もういいから！　咲太郎に聞いたけど、夢があるんだって、あんた？」

「はい。それも北海道に行けたから、夢を持つこともできたんです。〈ムーランルージュ〉を今でも夢見てる兄と同じです」

「……そんな苦労なら、してよかったんだね」と亜矢美は心からほほえんだ。

二人の会話に、こわもての藤田の目にも涙がにじんだが、気付かれないようにそっと拭った。

「悲しみから生まれた希望は、人を強くします。喜びから生まれた夢は、人を優しくします」。

不意に信哉は、顔を上げてつぶやいた。

亜矢美は、おでんをよそう手を止めて、なつに聞いた。

「この人は詩人なの？」

「いえ、放送記者です」

咲太郎も、亜矢美も、信哉も、そして雪次郎も……。この新宿では、皆が自分の生き方を必死に探している。なつにはそう思えた。


私も頑張ろうと、毎日を大切に過ごしていたある日、なつは、休憩時間に〈川村屋〉へ仲と陽平に来てもらい、これまで練習した絵を見せた。

「うん……この絵でも、いけると思うよ」と仲の反応は好感触だった。

「『白蛇姫』の制作が遅れてるんだ。今は、一人でも多くの人材が欲しいときだからね」

「本当ですか？　私は、仲さんに頂いたセル画を大事にしています。私のお守りです」

「それは責任を感じちゃうな」

「あ、そういうつもりじゃないです」

付き添いの陽平は、「責任を感じてくださいよ。仲さんがなっちゃんに希望を与えたんですから。おかげで、僕の弟は寂しがってますよ」と仲に迫った。

「天陽も元気に絵を描いてるみたいだ」と陽平から聞いたなつは、「はい。私も負けません」と瞳に力を入れた。

そこに、「おお、なつ！」と咲太郎がやって来た。なつは仲と陽平に、咲太郎を紹介した。たちまち佐知子がやって来て「サイちゃん、座ったら？」とにこやかに声をかけた。咲太郎も「さっちゃん、コーヒーね」となつの隣に遠慮なく、どかっと座る。

「なっちゃんもゆっくりしてね。休憩中でしょ」

咲太郎がいると、佐知子は妙に優しくなる。その下心がなつには重い。

「どうですか？　なつは、ものになりそうですか？」と咲太郎は仲に、保護者気取りで聞いた。

「大丈夫ですよ。やる気さえあれば。もうからないし、きつい仕事だけどね」

「初めは何でもそんなもんですよ」

「軽い気持ちで妹さんを誘ってしまった手前、僕も援護します」

「あんたが誘った？　そりゃ責任重大だよな……」

咲太郎が仲の肩をつかみ「裏切ったら海に浮かぶよ」とすごむものだから、「お兄ちゃん！」となつは青ざめた。

「ジョークだよ。ショービジネスのジョーク」

美術系のもの静かそうな仲や陽平と、下町のべらんめえ口調の咲太郎とは、かみ合わないように思えてなつはハラハラした。そんななつをなだめるように、陽平が「あ、これをさっきそこの本屋で買ってきたんだ。仲さんがおもしろい本だって言うから」と『角筈屋書店』と印刷された紙袋を差し出した。

袋の中には大判の洋書が入っていた。めくると動物の動きが連続写真で載っている。

「わあ、すごい……いろんな動物の動きがよく分かる」

「それを、なっちゃんにプレゼントするよ」

「アニメーションのために作られた本ではないけど、動きの基礎を勉強するのにいいと思うよ」

と仲もニコニコと勧めた。

「もらっていいんですか？」

「僕も責任を感じるから」

「陽平さん、ありがとうございます！」

本を抱えて喜ぶなつの隣で、咲太郎が立ち上がり、「奥原なつを、どうか、よろしくお願いいたします！」とテーブルに頭がつきそうなほど頭を下げた。

この咲太郎の派手な行動に気付いた光子と野上が、目をつり上げてすっ飛んできた。

「ちょっと、またお金を返しに来たの？」

「あ、いえ、それはまだ……」

「マダム。いっそ利子もつけましょう」と野上が言うと、「つきあいが長くなる」と光子は首を横に振る。「さようでした」と野上は素早く口をつぐんだ。

ともあれ、なつは昼間、〈川村屋〉で働きながら、夜は自室で絵の練習に励んだ。もらった洋書を見ながら、馬の連続写真をノートに何度も何度も模写し続けた。

そして、六月。北海道にはない梅雨空が東京を包む頃、いよいよアニメーターになる試験の日がやって来た。

〈東洋動画〉のスタジオが入るビルを訪れたなつは、お守りのように胸元の懐中時計を強く握りしめ、試験会場のドアに向かって確かな足取りで歩きだす。

「じいちゃん……行くべ」

第9章

なつよ、夢をあきらめるな

「やれ……なつ」

遠く北海道の空の下から、泰樹はなつの試験の成功を祈った。

それから一か月、なつからは一向に報告がない。

「まあ、便りがないのがいい便りってこともあるし」と希望的観測を述べる富士子に、「それはないだろうな……なつの性格からして」と剛男は首を横に振った。

「ない、ない」と明美もすかさず同意する。

「いい知らせなら、すぐよこすべ。電報とか」と照男も続く。

皆、なつの性格をよく分かっていた。

富士子だって本当は同じ気持ちだ。「こっちから電報打つか？　……レンラクヲ、マツミノツラサ、ツレヅレニ」という剛男の冗談を、「俳句じゃないんだから」と軽くいなした。

「だって露骨には聞きづらいだろ」

「あ、農協から電話すればいいべさ、その、〈川村屋〉に」

照男の思いつきに、そうだそうだと一同、盛り上がったのもつかの間、「落ちてたらどうすんの?」という明美の言葉に、たちまち押し黙る。

「なつ姉ちゃん、北海道に帰ってくる?」

明美にはむしろ、そのほうがうれしい。が、そうはいっても、なつが試験に落ちていたら、どう対応したらいいか策はない。誰一人、なつが落ちたときのことを考えていなかったのだ。

なつ自身、落ちるなんてことを考えていなかった。

〈東洋動画〉から不採用の通知をもらったなつは、しばし呆然としたものの、このまま北海道に帰る気はなかった。光子は、無謀なことにあえて挑戦したなつをたたえ、このまま〈川村屋〉で働いてもいいと言う。しばらくの間は〈川村屋〉でバイトを続け、アパートにも住むことができる。でも、そのあとはどうしよう……。このまま、夢が日々の労働にかき消されていくことが怖かった。

なつは、自室の机の前で、子うさぎのセル画を手に取り、ため息をついた。

弱ったなつの後ろ姿を、布団の上に寝そべり雑誌を読みながら、佐知子がチラチラと見ていると、入り口のドアを乱暴にノックする音がした。佐知子はなつを制して立ち上がり、ドアを開けるなり、「わあ、サイちゃん!」としなのある声を上げた。

「よお、さっちゃん! 元気?」

「元気よ。どうぞ」

咲太郎が慣れた調子でずうずうしく入ってきて、なつを見るなり明るい調子で言った。

「なんだ元気じゃねえかよ。もっとしょげてるかと思ったよ」

咲太郎は、なつを心配した雪次郎が〈風車〉まで相談にやって来たので、矢も盾もたまらず、なつの様子を見に来たのだ。

「……しょげてますよ、これでも」

口をとがらすなつに、咲太郎は、未成年が飲んではならないビールを勧めてひとしきりからかうと、机の前の壁を見つめた。そこには絵と写真が一枚ずつ貼ってある。絵は、亡き父の描いた奥原家のもの、写真は柴田家のものだ。どちらにも存在しているなつの姿を見比べて、「大人になったな、お前も……」と咲太郎は感じ入りながら、畳にどかっと腰を下ろした。

咲太郎の体温で部屋の空気が熱を持つ。佐知子は二人から少し距離を取ろうと窓辺に寄って、風を入れると、開けた窓の桟に腰掛けた。風は、咲太郎となつの元にも届く。

わだかまりを風に流せよとばかりに、咲太郎は芝居じみた口調で言った。

「なつ。大人は、ビールより苦いものを、時にはぐっと飲み込んで生きていかなくちゃならないんだ。〈東洋動画〉なんて、ビールの泡みたいなもんだよ。気にするな」

「……泡なのは、こっちだよ、お兄ちゃん」

兄なりの慰めを聞いたなつは、ぺたりと畳に座り込んだ。

「私みたいなのが、あんな大きな会社に、本気で入れると思ってたんだから……落ちたときのことなんて、考えてもなかったんだから……そりゃあさ、自信あったわけじゃないけど……絵のことだって何も知らないし、美術の大学も出てないし、農業高校だし……けど……私にもできるって言われて、それ真に受けて……それしか考えられなくなってたんだ……怖いね、自分て……あんなに、みんなに迷惑かけて、心配かけて、何も考えてなかったんだから……怖いよ、自分が……ばかだね……」

不採用の現実を突きつけられてからずっとこらえていたものが、涙になってあふれ出る。大粒の涙が、手に持っていたセル画の上に落ちて、なつは慌てて拭った。

「お前、面接は受けたよな？」

咲太郎の様子が、どこかおかしい。

「いたのか、大杉社長も？　お前に気付いてたか？」

「え？　どういうこと？」

「いや……お前、自分の名前は言ったんだろ？」

「当たり前でしょ」

「そうだよな……何か聞かれなかったか？」

「何も……普通だよ……面接は別に、関係ないと思う」

帯広で天陽と一緒に見た『ファンタジア』の上映前の宣伝映像で挨拶していた大杉は、面接のとき、癖のある話し方で「アータ、ご両親はご健在かね？」と聞いたが、生みの親を亡くし、育ての親がいることで試験を落とされるとも思えない。

「絵がだめだったんだ……実力がなかったんだよ……」

なつは仲の描いた、シンプルながら躍動感のある子うさぎのセル画を、手の届かない夢を追うように見つめた。

そんななつがふびんで、咲太郎は翌日の昼どき、〈東洋動画スタジオ〉を訪れた。新宿から電車で数駅のところにあるそこは、中庭を擁した落ち着いた建物だった。

目指す人物は、中庭の噴水の縁に座って昼食のパンを食べていた。咲太郎は仲に歩み寄ると、威嚇するように顔を近づけて「……どうして、なつは落ちたんでしょうか？」とぶしつけに尋ねた。すると、仲は寝耳に水と、目を点にした。その態度に、咲太郎は逆に腹が立った。

「それはちょっと無責任じゃないですか？　なつに入れると言ったのは、あんたなんでしょう！」

思わず、仲の肩を押すようにたたくと、不意を突かれた仲は、背中から噴水の中に倒れた。

咲太郎に引っ張り上げられた仲は、場所を変えようと、近くの喫茶店〈リボン〉に向かう。スタッフに渡された大判のタオルを頭からかぶって座る仲に、咲太郎は頭を下げた。

仲はひどい目に遭ったにもかかわらず、咲太郎を責めようともしない。

「あんたに当たったってしょうがないのにな」と咲太郎は自分を恥ずかしく思った。

「僕は、てっきりなっちゃんは受かったもんだとばかり思ってたんです」と仲は首をかしげた。

「採点は悪くなかったはずです。そりゃ、経歴から言えば、ほかの人には劣るかもしれないけど、その分、入社したら僕が責任を持って育てようと思ってたんだ。それなのに、どうして……」

面接で何かあったのか、という仲の言葉に、咲太郎は思い当たる節があった。

「俺が勝手に、よけいなことを言ったのか……」

以前、劇団の俳優の売り込みに〈東洋映画〉に行ったとき、偶然、社長の大杉に会った咲太郎は、なつを頼むと売り込んだのだ。そこでなつとの関係を明かしたことが、なつにとって不利になったことは間違いないと咲太郎は激しく後悔した。それにしても、釈然としない。

「孤児院にいようがどこにいようが、そんなの関係ねえじゃねえかよ……」

新宿大通りを咲太郎は肩で風切るように歩き、〈風車〉に戻ると、亜矢美はいなかった。どうやら買い出しに行っているようだ。咲太郎はコップと酒瓶を用意して、カウンターに座ってやけ酒を飲み始めた。亜矢美が帰ってきた頃には、すっかり出来上がっていて、カウンターにぐたっと上半身をもたせかけ、うつろな目で「俺は……ばかだ」と嘆いた。

「いまさらそんなことで悩んでんの？」。亜矢美はあきれて、大きく口を開けた。

「どうやったらなつの力になれるのか……分からない」とか、「今までさんざん、ほっといて……やっと会えたのに、住む場所さえ与えられないし……迷惑ばかりかけてるよな」とか、「俺と会ったって、あいつには、何一ついいことなんかないよな、母ちゃん」とかぶつぶつ言う咲太郎から、亜矢美は勢いよくコップを取り上げた。

「だったら、そんなことしてる場合じゃないだろ！」

亜矢美は咲太郎の目を覚ますように、声を大きくして諭した。

「あんたがしょげてて、どうやって妹を励ますのさ？　ばかでも何でも、一生懸命、生きてる人間だけが、あの子の力にもなれるんじゃないのかい！」


ゴシゴシゴシゴシと、〈川村屋〉の厨房でなつは無心に皿を洗う。汚れの落ちた皿の白い面を見ながら、なつは天陽の言葉を思い出した。

「何もないキャンバスは広すぎて、そこに向かっていると自分の無力ばかり感じる。けど、そこで生きている自分の価値は、ほかのどんな価値にも流されない。なっちゃんも、道に迷ったときは、自分のキャンバスだけに向かえばいい……頑張れ……頑張ってこい、なっちゃん」

徐々に気力が戻ってきた。なつは、皿を洗う手に力を込めた。

そのころ、咲太郎は〈川村屋〉の前で店をじっと見つめていたが、声をかけることもなくそのまま立ち去ったことを、なつは知らなかった。


何日か過ぎた昼間、なつを訪ねて信哉が〈川村屋〉にやって来た。野上に休憩をもらったなつは、信哉のテーブルの前に、少し気兼ねしながら座った。

「悪いな、仕事中に」

「休憩もらったから。そっちこそ、忙しいのに」

「勤務明けなんだ、これでも。昨夜から寝てなくて」

「放送記者って、一日中働くの？」

「今は、サツ回りをしてるから」

〝サツ回り〟とは警察署を回って事件を取材することで、新人はまず、そこで多くのことを学ぶのだと聞いて、なつは「へえ……おもしろそう」と顔を上げた。

「大変だけどね。俺なんかまだ、何の役にも立たないよ」

「ノブさんはすごいよ……私はだめだった。そりゃ、ノブさんみたいに努力もしてこなかったんだから、当たり前だけどね」となつは肩をすくめた。

「何言ってんだよ。なっちゃんだって頑張ってここまできたんじゃないか。今ここで生きてること全部が、なっちゃんの努力だろ」

「ありがとう……さすが記者さん、いいこと言うね」

「からかうなよ。それで、夢は諦めるの？」

「それが……諦めたくないの……ばかだけど……何とかして、アニメーターになるために、ほかの道を探してみようと思ってる」

なつが信哉に決意を話していると、仲と陽平が店に入ってきた。仲が「君の絵は、正直言って悪くなかったよ」と言うので、なつは少し安堵した。

では、なぜなつは試験に落ちたのか。仲が調べたところ、社長の判断で落ちたことが分かった。咲太郎が大杉に会ったとき、新劇の劇団「赤い星座」の座員であることを大杉が知って、それがいけなかったらしい。

「アータ、あの子の兄は新劇をやってるんだよ。『赤い星座』だよ。あそこは戦前からプロレタリア演劇の流れをくむ劇団じゃないか。しかもあんな愚連隊だか太陽族だか分からないような、不良の兄がいる子を入れるわけにいかないよ、アータ」と大杉は言ったという。

「そんなことないはずです！　兄がそんな……」。なつは青ざめた。

「そうです。咲太郎がそんな深いことまで考えて新劇をしているとは思えません」と信哉も断言した。

「兄は、新宿の〈ムーランルージュ〉で育ったんです。あ、ムーランルージュも、〝赤い風車〟という意味だけど……」

「それは関係ないよ！　あ、むしろ咲太郎は、〝赤い〟という言葉のつながりだけで、その『赤い星座』に入ったのかもしれませんね」と信哉が推理を働かせた。

「誤解だとしても、それじゃまるでレッドパージじゃないか。本当に腹が立ったよ」

仲は顔をしかめた。自分が認めた大切な戦力を不採用にされたことが悔しいのだ。

「ばかだな、咲太郎のやつ……よけいなことしなければ、なっちゃんは入れたかもしれないのに……」と、信哉はなつを気の毒そうに見つめた。

諦められない仲は、九月に行われる「仕上《しあげ》」の試験を受けないかと、なつに持ちかけた。

「セル画に色を塗ったり、トレースしたり、アニメーターの勉強にもなる。まずは、中に入ることが重要だからね」と仲は言う。

「仕上には高卒の女子も多いから、今回より間口は広いと思う」と陽平も賛成した。

「お兄さんへの誤解も解くから、どう、それに挑戦してみない？」

仲が熱心に勧め、なつは二つ返事で受けることに決めた。皆の心遣いがうれしかった。

それにしても、咲太郎は何をやっているのか……なつは気が気でない。


数日後、さらに咲太郎はなつを心配させることになった。歌舞伎町《かぶきちょう》で、無許可でサンドイッチマンをやっていた咲太郎が警察の取締りを受けたことを、サツ回りをしている信哉がたまたま聞きつけてきたのだ。

なつは〝サンドイッチマン〟という仕事を知らず、サンドイッチを売る仕事かと誤解するくらいだったが、心配でたまらず、信哉と歌舞伎町に向かった。

歌舞伎町は、戦後の復興とともに、新宿に生まれた歓楽街だ。当初は歌舞伎の劇場も出来る予定だったが実現せず、名前だけが町に残った。煙カスミのいる〈メランコリー〉もその一角にあったが、なつはそこが「歌舞伎町」という名であることをこの日、初めて知った。

煌々《こうこう》としたネオンの下にうごめく人だかりを縫っていくと、一段高い台を設け、その上で『踊り子キャバレー・スウィートホーム』の看板を前後に下げて、ロイド眼鏡で扮装《ふんそう》した咲太郎が、軽妙にタップダンスを踊りながら呼び込みをしていた。

「買ってください、私の真心。売ってください、あなたの恥じらい。こよい花開く夢のひととき。踊るあほうに見るあほう。同じあほうなら、朝まで踊ってください、いとしいあの子と。さあ、夢のスウィートホームへ帰りましょう！」

台のそばにはレミ子がいて、道行く人に店の宣伝ビラを配っていた。

笑顔でタップを踏む咲太郎を見つめるなつの目が、悲しみにかげっていく。

なつの愁いを帯びた視線に、咲太郎が気付いた。

「おう、なんだ、なつ？　こんなところに来るな、お前」

案の定、酔った男がなつに近づいて「この子、店の子？」と触ろうとするので、咲太郎は「違うよこの野郎！　その子に触るな！」と激しく蹴散らした。

「なんだ客に向かってその口は！」と客は機嫌を損ねて帰ってしまったので、「ちょっと、仕事の邪魔しないでよ！」とレミ子が眉をひそめた。だがなつは気にせず、「お兄ちゃん！」と咲太郎の腕を取って引っ張る。困った咲太郎は、「おい、なつ、ちょっと来い」と路地裏に向かった。

そのあとを、レミ子と信哉も慌てて追う。

「分からない……お兄ちゃんが何やってるのか、私には全然分からない」

路地裏の暗がりでなつは、咲太郎を責めた。

「何言ってんだよ？　何も悪いことはしてないよ。なつ、お前がつらいのは分かるけど、もう忘れろ。あんな会社、入らなくてよかったよ。お兄ちゃんは本気でそう思ってるよ。俺たち孤児院にいたような人間は、いつまでたっても差別を受けることがあるんだよ。きっと、そういうことだ。だから、そんなくだらない会社、早く忘れろ。な」

「咲太郎、お前、自分が何をしたか分かってるのか！」

　事情を全く分かっていない咲太郎の胸倉を、信哉がつかんで揺する。なつは「ノブさん、いいから！」と割って入り、咲太郎をにらむようにして、今何をやっているのかと聞いた。

「だから、見てのとおりサンドイッチマンだよ。鶴《つる》田《た》浩《こう》二《じ》の歌がはやってから人気があるんだよ」

「それがお兄ちゃんのやりたいこと？　全然やりたいことが分からないよ」

「何が分からないんだ？　マダムに借金を返すために働いてるんだろ。お前に、少しでも肩身の狭い思いをさせないために働いてるんだ」

「私のためなの？　だったらやめてよ！　私……タップダンスを踊るお兄ちゃんを見てて……何だか、悲しくなったよ。だって、お兄ちゃん、昔とちっともやってることが変わってないんだもん……焼け跡で、進駐軍に向かって踊ってたときと、やってることは同じじゃない！　昔は楽しいと思ったけど、今は悲しかったよ！」

　なつの言葉に、レミ子の顔が険しくなった。

「ちょっと待ちなさいよ！　あんたは北海道で生きるために、牛の乳搾りをしてたんでしょう？田舎には田舎の芸があるように、東京には東京の芸があるのよ。ばかにしないでよ！」

「ばかになんかしてません。ただ、お兄ちゃんのやりたいことが分からないと言ったんです」

「だから……俺は〈ムーランルージュ〉を復活させたいんだって言ったろう」

「それだって亜矢美さんのためじゃない！」

「お前に何が分かるんだ？」

「分かるよ！　〈ムーランルージュ〉を復活させるために、人にだまされてお金を借りて、その肩代わりをマダムにさせたんでしょ？　それじゃ、人に迷惑かけてるだけじゃない！　お兄ちゃん……私が北海道に行って最初に教わったのは、自分の力で生きるなら、人を当てにするなってことだった。夢も同じじゃないの？　人の夢を当てにして、それをかなえようとしたって、お兄ちゃんが何かしたことにはならないよ。お兄ちゃんがちゃんとした自分にならなかったら、人を助けることなんかできないよ！」

　正論をぶつけるなつの言葉に、レミ子はますます顔をこわばらせる。

「サイちゃんがそうなったのは、あんたがいたからでしょ。子どもの頃、あんたたちを食わせるために、自分のことは後回しにしてきたからじゃないよ！」

「レミ子、いいから！　お前はもうカスミ姉さんとこ帰れ」

「お兄ちゃんが、自分のために真面目に働いてるなら、何をしててもいいの……もっと自分のことを考えてよ！　もう人のために頑張らなくていいんだから！　……自分のために頑張ってよ！人のことは放っといてよ！」

　感極まったなつが、咲太郎の足元に泣き崩れたとき、声を聞きつけた警官が駆けつけてきた。

「女の子を泣かせて何やってるんだ！」

警察から光子に連絡が入り、咲太郎がようやく解放されたときには朝になっていた。

「……私には、兄のことがよく分からないんです」となつは光子に相談した。

「分からない？　それはしかたないわよ。ずっと離れていたんだし……」

「いつも人のことばかり考えてて……兄自身は、ちゃんと生きてないみたいな気がして……。それは、私のせいでもあるんです……私が東京に来たせいで、兄はますます、昔のまま、自分のために生きられなくなっているのかもしれません……」

深刻に考えるなつに、光子は「サイちゃんは、そういうやつなのよ」とあっさり言うと、その根拠を語り始めた。

「サイちゃんは、自分のことより、人のために生きるのが好きなのよ。そういう人もいるのよ。私の亡くなった祖母はね、〈ムーランルージュ〉のことはあまり好きじゃなかったけど、サイちゃんのことだけは、なぜか気に入ってかわいがってたのよ。それで、〈ムーランルージュ〉が潰れたとき、サイちゃんを、この〈川村屋〉に雇おうとしたの。サイちゃん、すごく喜んだんだけど、結局それを断ったわ」

咲太郎が断った理由は、岸川亜矢美にある。彼女の〝居場所〟を作るため、〈ムーランルージュ〉を復活させたいのだ。その気持ちはなつも知っていた。

「つまり、そういうやつなのよ……サイちゃんは、ばかなとこがあるけど、人を思う気持ちは、純粋すぎるくらい、まっすぐなの。その理由が、ずっと離れて暮らしてきたあなたを見たとき、私にはようやく、分かったような気がしたのよ。サイちゃんはずっと、心の中で、何を本当は求めているのか……その答えが、あなたなんじゃないかしら」

そこへ、野上が亜矢美を連れて入ってきた。〈風車〉にいるときより服も化粧も派手めにしている亜矢美は、「お納めください」と封筒をすっと差し出した。

「咲太郎の借金です。一万円だけですけど」

「あなたから受け取る筋合いはございませんよ」と光子は受け取らない。しばし二人は押し問答のような形になったのち、亜矢美が強く言った。

「いいえ、あなたがいくら咲太郎に恋をしていたからといって、咲太郎のしたことは許されることじゃありません」

「ちょ、ちょっと待ってください！　何か誤解してるようですけども」

「いいんです！　誰だろうと、恋をするのはしかたがありません」

「してませんから！」

「恋をせずに、あなたのような人が、咲太郎の保証人になるほうが不自然です」

「してない！」

金に関する押し問答は、いつしか恋の話に変わっていた。なつはぽかんと口を開けて二人の大人の女の顔を交互に見つめた。傍らで野上が頭を抱えていた。

「それから、なつさん、あなたに聞きたいことがあるんだけど」と亜矢美はなつに視線を振った。

「してませんから」となおも言う光子を、亜矢美は「ちょっと黙ってて」と制し、一息入れると、父の描いた絵を持っているかとなつに聞いた。

「咲太郎は、その絵を思い出しながら、自分でも家族の絵を描いて、それを私に見せてくれたことがあった。それが、この絵」

亜矢美は大判の古びた封筒を差し出した。中には、少したどたどしいながら、父親の絵とそっくりにうまく描かれた家族の肖像が描いてあった。

咲太郎は、その絵を自分で描いて、眺めては、心の支えにしてきたのだ。

「咲太郎はね、そういうやつなのよ」と亜矢美は優しい瞳をした。

「あの子が、あなたにどんな迷惑をかけたかも分からないけど、今も、そうやってあの子は生きてるの……それだけは、分かってあげて」

なつが長らく心の支えにしてきた父の絵の筆致をなぞるような絵から、咲太郎の思いが伝わってきて、なつは泣いた。


夕方、〈風車〉のある路地裏に豆腐屋のラッパの音が通り過ぎると、トントン……とやや重い足音が聞こえて、なつが入ってきた。

「昨夜はごめんなさい……ひどいこと言って」

まともに兄の顔が見られず、つい部屋を見回したなつは、文机と小さな本棚に目を留めた。

「あ、いろいろ勉強してるんだね」

演劇の本がたくさん並んでいる中から、なつは何気なくチェーホフの戯曲集を手に取った。

「ああ……下の母ちゃんが、いろいろ買ってくるんだよ。昔から、本を読め読めって、うるさいんだ」と言いながら、咲太郎は、西日のさし込む窓の桟に腰掛けた。

「なつ……お前が〈東洋動画〉に落ちたのは、俺のせいだ。俺が、大杉社長と会って、よけいなことを言ったばっかりに……」

「そんなことない！　……そんなことないから……そんなことはありえないから……あれは自分の実力……そうじゃなきゃ、見返せないでしょ」

「見返す？」

「そう。まだだめと決まったわけじゃないの。九月にね、もう一度試験があるの。アニメーターの試験ではないけど、それに受かって、必ずそこから漫画映画を作ってみせる。もし、それがだめでも、私はいつか必ず漫画映画を作りたい……それだけは、絶対に諦めたくない……そう決めたの」

「俺には、そうはっきり言えるものが、ないってことだな」

咲太郎は自虐的に薄く笑った。

「なつの言うとおりだ……自分のために生きてないやつは、人のことも助けられない……今の俺じゃ……誰の力にもなれないよ」

「お兄ちゃんは……そこにいるだけで、私の力だよ」

なつはかばんから、父の手紙を取り出した。

「お父さんの手紙と同じ。これを、今度はお兄ちゃんが持ってて」と咲太郎に差し出した。「今度は、お兄ちゃんの番」と——。

なつは、子どものとき、この絵を頭の中で動かした話を咲太郎にした。

「まるで生きてるみたいに……頭の中でね、楽しんでたの……お兄ちゃんのタップダンスと、歌を思い出しながら……家族みんなに、命を吹き込もうとしてた……だから……漫画映画を作りたいなんて思ったんだよ」

なつの話を聞いて、咲太郎も空想するように絵を見つめた。

「ありがとう……お兄ちゃん……この手紙と一緒に、お兄ちゃんが私を励まし続けてくれたんだよ」

「……ばか……俺の踊りと歌じゃ、飯は食えねえぞ。ちゃんと絵をやりたいなら、もっと上を目指せ」

そう言うと、咲太郎は、手紙と絵をなつに返した。

「これは、ずっとお前が持ってろよ。俺は、なつに、見せてもらうほうがいい。ずっと、命を吹き込んでてくれよ」

咲太郎は、窓の並びの壁に立てかけてあったサンドイッチマンの看板を取って、仕事に出かけようとする。看板の絵も咲太郎が描いたものだった。

「人に頼むと金かかるからな。昔から俺も絵は得意なんだ。舞台美術も手伝ってたしな」

「お兄ちゃん……やっぱり私ら、このお父さんに似てるんだね」

なつは感慨深く、父の手紙や絵をじいっと見つめた。

「千遥も絵を描いてるのかな？　私らのことは、もうすっかり忘れててもいいから、どこかで、絵を描くのが好きでいてくれたらいいね」

「そうだな」

「うん……きっと、そうだよね」

なつと咲太郎は窓から夕暮れの空を見上げた。

空の気配に秋の訪れを感じるようになった九月。なつは再び〈東洋動画〉の採用試験を受けた。今回の面接には、社長の大杉の姿はなかった。

「奥原さんは、どうしてもうちに入りたいですか？」と所長の山川周三郎《やまかわしゅうざぶろう》に聞かれたなつは、

「はい。どうしても、漫画映画を作ってみたいです。大好きなディズニーみたいに……きっと、同じだと思うんです。少なくとも、絵に命を吹き込む、その人間の魂は同じはずです。それを、日本の漫画映画で示したいんです！」と力説し、それがよかったのか、実力ゆえか、とにもかくにも今度は合格した。

不合格のときは、柴田家に報告の手紙を書くまでに一か月以上もかかったなつだが、合格となると違う。すぐに連絡した。柴田家では吉報が届いた晩、家族をはじめ、悠吉と菊介も交えて、ビールやお茶で乾杯した。

富士子が腕によりをかけたごちそうが並び、かつてなつが座っていた場所には木彫り熊が鎮座している。それを見た菊介は「けど、なんで熊なんだ？」と首をかしげた。

「まあ、何もないよりかは……なつはこの熊が好きだし」と照男がゴニョゴニョ言うので、明美はすかさず「それはお兄ちゃんでしょ。ラブレター熊」とからかった。

富士子が「ちょっとでも帰ってこられるといいのにね」とため息をつき、「これでなつは、ますます忙しくなるだろうしな」と剛男も諦め顔だ。

「帰ってこんのが、いい知らせだ」と泰樹はぶすっと言ったが、「すごい……強がり」と富士子に見透かされた。誰よりも、なつが帰ってきたらいいのにと思っているのは泰樹であることを皆知っている。その視線を散らすように「うるさい」とかすれた声で言うと、泰樹はてれくさそう

にビールをぐいっと飲んだ。

札幌にいる夕見子は、〈川村屋〉のなつ宛てに電話をかけた。

「電報受け取った。電話代かかるから手短に。おめでとう、なつ」

「ありがとう、ユミ！　元気かい？」

「うん元気、時間のむだになること聞かねえの。いい？　なつ、負けんな。中に入ったらとにかく負けんな。負けたらつまらんぞ」

「じいちゃんみたいなこと言わんでよ。負けんよ。特にユミには負けんから」

「はい、お金もったいないから切るね。とにかく本読め、本」

「分かった。ユミ、電話くれてありがとう」

「うんうん。とにかく頑張れよ、なつ」

公衆電話に十円玉がどんどん落ちていく音が聞こえてはいたが、ここまで慌ただしいとは。

「……もう、すぐてれんだから……ほんと、じいちゃんそっくり」

通話が切れた受話器に向かって、なつはほほえんだ。


その晩、なつは〈風車〉に、咲太郎の絵を返しに立ち寄った。それはあくまでついでで、本題は別だ。ここの二階に住まわせてほしいと頼みに来たのだった。

亜矢美は、もともと自分が提案したこともあって、なつの決意を歓迎した。反面、やや複雑な顔をするのは、他人どうしで暮らすことへの心配もあったからだ。

なつと一緒に暮らせると分かって舞い上がった咲太郎は、早速二階を案内する。二階には咲太郎の部屋のほかに、もう一部屋あった。階段から続く狭い廊下を挟んだ対面の三畳間。咲太郎はそのふすまを開け、真っ暗な中に入り、裸電球をつけた。すると、たくさんの色鮮やかな衣類がなつの目に飛び込んできた。

所狭しと掛けてある服は舞台衣装のようだが、それはほんの一部で、ほぼ亜矢美の私服だという。

「なまらすごい……見てもいいですか?」

「どうぞ。これでも一応は〈ムーランルージュ〉のスターだったからね……街でファンに会って、あ、また同じ服を着てると思われたら恥ずかしいでしょ。戦前はもっと、こんなもんじゃなかったんだけど」

なつは服を分け入るように物色した。戦後に街娼《がいしょう》が着ていたような露出度の高い服や、派手な柄の服もあったが、なつにとっては、それらも「きれい……」と嘆息するものだった。

「あ、そうだ、気に入ったのがあったら好きに着ていいわよ。今はほとんど着てないものばかりだから、使ってくれたら服も喜ぶわよ」

亜矢美の提案を受け、咲太郎が、この服を自分の部屋に移し、そこをなつが使い、この三畳間を自分が使うことにしようと言いだした。なつは、自分は三畳間でいいと遠慮した。

「この状態でどうやって暮らすんだ? ミノムシじゃないんだから。いいから、俺はどうせ寝に帰るだけだ」

なつの月給は、五千円。そこから、千五百円を家賃として支払うことになった。この家にあるものは全部、食べ放題、使い放題、着放題なので、かなりお得である。

翌朝、なつは、光子に引っ越しの報告をした。

「あなたが人のために無理しちゃだめよ。夢を追いかけるのは、女が働くということは、それだけで大変なことなんだから。しっかり自分を持って、自分を支えていきなさいね」

光子はなつに助言し、「いつでも、いらっしゃい」とほほえむと、手を差し出した。

「頑張ってね。おめでとう、なっちゃん」

「ありがとうございました」となつもその手を強く握り返した。

その夜、厨房で働く一同に挨拶をするなつに、雪次郎は拍手を送ったが、どこか羨ましい気持ちが拭えなかった。

数日後、なつが引っ越す日、非番の雪次郎は何か手伝おうと申し出たが、代わりに就職祝いに参加するよう咲太郎が誘った。佐知子にも声がかかった。

「おいしいもん作るからな。何でもできちゃうんだよな、兄ちゃんは」と胸を張る咲太郎に、雪次郎は「それで、何でもないのが不思議ですよね」とひと言多い。

その晩の咲太郎のとっておきのメニューは天丼だった。昔、料理人だった父が作ってくれた天丼の味が忘れられなかった咲太郎は、どこの店で天丼を食べても納得がいかず、自分で作ったほうが早いのではないかと考えた。それ以来、天丼作りに励んでいたのだ。

「おいしいと思った店では、その作り方を聞いたりしてるうちに、まあ、いつのまにか、父親の味がどうだったかなんてすっかり忘れて、ただおいしい天丼だけを追い求めるようになったんだ。それが、これから作る天丼だよ」

咲太郎は素材を手早く調理しながら熱く語るが、なつは天丼のことを全く覚えていない。

「天ぷらというのは、結局、衣で決まるんだ。いいネタを生かすも殺すも衣なんだ。粉はかき混ぜちゃだめだ。こうやって、優しく溶くんだよ」

その手つきがあまりに慣れているものだから、雪次郎は「修業したみたいですね」と見とれた。

「雪次郎、人生は、何事も修業だ」

「なるほど。だったら、目標を一つに絞れないってこともあるんでしょうか？」

「あるだろうな」

「料理に絞ってみたら？」となつが口を挟んだ。「料理人を目指せばいいじゃない、お兄ちゃん。昔は、お父さんの店を立て直すんだって言ってたでしょ？」

「それがいつのまにか、〈ムーランルージュ〉の立て直しに変わっちゃったんだな、母ちゃんと出会って」

「私のせいにしないでよ」と亜矢美が隣で調理を手伝いながら、不服そうに言った。

「今でも、演劇の修業をしているようなもんだからな」

「やっぱり絞れてないんですか？」と雪次郎はしつこい。

「何だよ、さっきから。雑巾じゃないんだから」と咲太郎がいなしていると、亜矢美が「天丼のタレはこんなもんでいい？」と煮ていた鍋のタレをスプーンですくって、咲太郎の口に運んだ。

「うん、いい味だ」

「そう？　よかった」

二人の阿吽《あうん》の呼吸のやり取りは、何度見ても、なつをドキリとさせる。

そこに、信哉がやって来て、「なっちゃん、就職おめでとう」と差し出したのは、リボンで結ばれた可憐な花束だった。

「わあ……忙しいのに、ありがとう。お花をもらうなんて初めて」

花に顔をうずめるなつを見ながら、咲太郎は「よし。これで、昔の家族もそろったな」と満足そうだ。「千遥がいないけど」と気にするなつを、「千遥のことは言うな」と止めた。

「そのことだけど、親戚の移転先は、探さないのか？」と心配する信哉に、「探してどうするんだ。幸せを壊すのか？」とかみついた。

咲太郎なりに千遥のことを気にしているのだ。「今日はいいだろ」と話を打ち切るように、衣をつけたネタを熱した油に入れる。じゅうぅぅと大きな音がして会話が途切れたところに、ガラリと戸が開き、カスミとレミ子が勢いよく入ってきた。

二人は就職祝いに呼ばれたわけではなく、出勤前の腹ごしらえに来たのだが、貸し切りと知って帰ろうとした。佐知子が、自分は最初から呼ばれていたとばかりカウンターでふんぞり返ってみせたので、レミ子は対抗意識に燃え、二人の間に火花が散る。それを知ってか知らずか、咲太郎はにこやかに言った。

「カスミ姉さん、俺の天丼食べてってください」

「それじゃ、お言葉に甘えようかしらね」とカスミが応じ、なつと亜矢美が「どうぞ」と声をそろえた。

カウンターには、なつを中心に、雪次郎、佐知子、信哉、カスミ、レミ子が並び、カウンターの奥に咲太郎と亜矢美が並んで座り、全員で天丼をほおばった。

「うん、うまいよ……こんなにうまい天丼は初めて食った」と信哉が声を詰まらせる。

「咲太郎さんは、役者やダンサーを目指さないんですか？」。雪次郎が話を蒸し返した。

「私も、やるならちゃんと勉強しろって言ってたんだけどね。裏方ばかりやりたがるのよ、この子は」と亜矢美も、咲太郎の芸を見込んでいるようだ。

「昔からそうだったわよね、サイ坊は」とカスミ。

「なんか好きなんだよな、裏の仕事って。表に立ついい役者や、いい芝居が見られると、それで満足しちゃうんだ」

「咲太郎らしいといえば咲太郎らしいな」と信哉は深くうなずき、なつも「私も同じかもしれない」と共感で目を輝かせた。「私も、そういう仕事がしたい……」

「うん。本来、仕事ってそういうもんだよ、きっと。人目に触れない人たちの活躍で、物事の大半は作られてるんだ」

信哉は自分にも言い聞かせるように言った。

「俺も裏方だな、今は……」と雪次郎。

「今は？」と佐知子はそこに引っ掛かりを覚えた。でもその答えは聞けなかった。

「何でもいい。自分を生かす仕事を見つけた者は幸せだ」

咲太郎の言葉を聞きながら、その場にいる全員が天丼を味わう。からりと揚がった衣に幸せがしみていた。

第10章

なつよ、絵に命を与えよ

〈東洋動画〉の出社初日、なつは着ていく服を亜矢美に選んでもらった。初日なので少し控えめながら、気合いの伝わる色やデザインの服にしたため、東洋動画スタジオ仕上課に、なつを含めて十人ほどの新人が立ち並ぶ中、埋没することはなかった。いや、むしろ、目立っていたかもしれない。

「仕上」とは、作画スタッフが描いた画を、透明なセルロイドに描き写し、色を塗って、「セル画」に仕上げることである。描き写すことを「トレース」、色を塗ることを「彩色」と呼び、この二つが仕上の仕事だ。

仕上課の課長は山《やま》根《ね》孝《たか》雄《お》、三十五歳。彼の説明を聞きながら、スタジオの中の様子を見て回ると、トレースと彩色の仕事に携わっている人々は、若い女性が多かった。

仕上検査担当の石《いし》井《い》富《とみ》子《こ》は、山根から「皆さんの大先輩」と紹介され、「といっても、私もまだ三十歳です」と苦笑した。だが、その後の彼女の説明は、長くここで仕事をしている誇りに満ちていた。

「ここで働く人たちは、みんな若いです。皆さんとそう年が変わりません。私も十年近く仕上をしていますが、何しろ本格的に総天然色の漫画映画を作るのは、日本でここが初めてなのです。ちなみに世界では、漫画映画を『アニメーション』と呼んでいます」

なつたちは富子に導かれ、壁の一角を眺める。そこにずらりと貼り出してあるのは、今制作している映画『白蛇姫』の「色見本表」だ。登場人物一人一人がカラーで描かれて、色の一つ一つに番号が書き込まれている。男、女、動物……いろいろな登場人物の中で、ひときわなつが見とれたキャラクターは白蛇姫だった。大きな瞳の色も細かく指定されていて、興味深い。

「やっと会えた……白蛇姫に……」

白蛇姫はなつに向かってほほえんでいるように見えた。

ひとしきりスタジオ内の説明を受けたあと、いよいよ自分の作業机に座る。隣で彩色をしている森田桃代《もりたももよ》と挨拶を交わし、ふと見れば、白蛇姫の色を塗っている。羨ましそうに見つめていると、富子がなつの机の上に「カット袋」と呼ばれる大判の封筒を置いた。

「奥原なつさんには、まずこのカットをやってもらいます。よろしくね」

「はい！」となつは勇むあまり、素手でカット袋を開けようとして、桃代に制された。中に入っているセルは素手で触ると指紋が付くので、支給された白い手袋をはめて扱わなくてはならない。なつは筆を持つ指のところだけが空いた手袋をはめ、その指の出ていないほうでカット袋の中身をそろりと取り出した。

動画用紙とそれをトレースしたセル画が一枚ずつ重なっていて、カット分が束になっている。動画枚数は少ないが、後ろ足で人間のように立った動物が、数歩歩く絵が描いてあった。

「わあ、かわいい……」

この動画用紙からセルを外して、いちばん上の動画用紙に記された色指定を見ながら、セルの裏側から色を塗る。なつはセルを外し、動画用紙を見つめた。抑えられない衝動が起こり、桃代に「この紙、全部外してもいいんですか?」と聞くと、後で戻せばいいと言うので、カット袋の動画用紙を慎重に全部取り外し重ねて、パラパラとめくってみた。キャラクターに命が吹き込まれたように、三等身の動物が、愛くるしいしぐさをしながら二足歩行をした。

「すごい……なまらかわいい……! 先輩、やっぱりすごいです……こんな絵、こんな動きは、私には描けません」

「それは当然でしょ。ちゃんと、そういう人が描いてるんだから」

「どんな人が描いたんでしょ……」

「その袋に書いてあるでしょ、名前が」

カット袋の表に、原画、動画、トレースの各担当者の名前を記す欄がある。原画の欄に『仲つとむ』とあった。

「あっ、仲さんだ! ……仲さんが描いたものなんだ」

「知り合いなの?」

「はい。私も仲さんみたいになりたいと思って、ここに入ったんです」

「あなたも作画をやりたいってこと?」

「はい。あ、だけど仕上も頑張ります」

なつに手取り足取り作業のしかたを教える桃代は、今年四月の入社で、年齢はなつと同じ十九歳だった。桃代は気さくに「モモッチって呼んで」とほほえみかけた。

仲の絵に色を塗れる喜びに震えながら、なつが色指定に沿ってセル画に慎重に色を塗っていると、富子が見回ってきて、「うん、なかなかうまいじゃないの」と顔をほころばせたが、一枚目と聞いたとたん、「遅い！」と顔をしかめた。

なつはペースを早めようと手を懸命に動かしながら、改めて桃代に聞いた。

「これ、牛みたいに白黒なんですけど、仲さんが考えた架空の動物なんでしょうか？」

「パンダでしょ。中国にいるらしいわよ、そういう熊が」

「熊なんですか！　……いるんですか、実際に、こういうのが……」

「脚本に書いてあって、誰も見たことはないらしいけど」

〝脚本〟と聞いて、またなつの好奇心が頭をもたげた。

「あの、台本は配られないでしょうか？　この絵が、一体どんな話のどのシーンなのか、それが分かったら、もっと色を塗ってても、気持ちが入ると思うんです。きっと、楽しいんじゃないでしょうか？」

「脚本はないけど、絵コンテならあるわよ」と桃代は答えた。

〝絵コンテ〟とは、脚本を基に演出家がイメージする絵の構図や、カメラの動きなどが書き込まれた、映画の設計図みたいなものだ。それを手の空いたときに見ていいと桃代に言われたなつは、夢見心地の顔をした。

「私はずっと作りたいと思ってたんです、漫画映画を」というなつと、好きとか嫌いとか考えたこともなく、高校で求人を見て、ほかの仕事よりおもしろそうと思っただけという桃代。お互いのことを話しながら、なつがようやく一枚を仕上げたときには昼休みになっていた。桃代はすでに十枚を仕上げていた。カット袋はまだ何百何千とある。即戦力として雇用されたなつはもっとスピードを上げなくてはいけない。『白蛇姫』の作業の手は足りないのだ。

昼休み、なつが食事もそこそこに、『白蛇姫』の絵コンテを眺めていると、仲と陽平がやって来た。仲に誘われて、なつは、夕方、仕上の仕事が終わると作画課を訪ねることにした。

そこでは、陽平たち美術スタッフが議論を交わしながら背景画を作っていた。壁一面に貼られた背景画はなつを興奮させた。奥に進むと動画を描くアニメーターが机を並べている。その中には若い女性もたくさんいる。フロアのいちばん奥に、原画を描く仲と井戸原昇《いどはらのぼる》の机があった。

「あ、君」と不意に声をかけられて振り向くと、下山克己が笑顔を向けていた。

「僕のこと覚えててくれた?」

「もちろんです。元警察官の!」

下山はうれしさを表すように、親指と人差し指をエルの形にして、拳銃を撃つまねをした。

なつは「ううっ!」とノリよく真に迫ったリアクションを取る。のけぞった体が背後を通りかかった大沢麻子《おおさわあさこ》にぶつかった。「ちょっと!」とにらんだ麻子は、なつよりいくらか年上のようで、クールな美しさをたたえていた。服装は派手ではないが、洗練された印象だ。

下山が机に向き直り、作業を再開した。なつがのぞき込むと、中国の兵士らしき人物の立ち回りシーンを描いている。その迫力になつは嘆息した。

「……これは動画ですか?」

「これは原画に近いね。ラフな原画をもう少しきれいにしてから動画を描く人に渡すんだよ。何しろここで原画を描いてるのは、仲さんと井戸原さんの二人しかいないから、そんなに手が回らないわけ。本当のアニメーターと呼べる人は、まだあの二人しかいないんだから」

下山が尊敬のまなざしを向ける仲と井戸原は、一心不乱に鉛筆を走らせている。

アニメーションというのは、まず二枚以上の原画が描かれ、その原画と原画の間をつなぐ「中《なか》割《わり》」と呼ばれる動画が何枚か描かれて、一つのシーンカットになる。これら原画と動画を描く人を「アニメーター」と呼ぶが、中でも原画はそのシーンの基礎となるので、たった二人で描くというのは大変なことなのだ。彼らを助けるために、下山をはじめとした六人が「セカンド」となって、仲たち原画担当との間に立って、動画担当を指導しているのだという。

「つまり、ここでは新人が新人を育ててるようなもんだよ」

下山がなつに状況を説明していると、先ほどの麻子のとがった声が部屋中に響いた。

「だから、できてるかできないかじゃないの、いいか悪いかなの！」

「だから、悪いならどこが悪いか言ってくれよ！　こっちは指示どおりに描いてるだけなんだからさ」と反論しているのは、麻子と同年齢くらいの動画担当・堀内幸正《ほりうちゆきまさ》だ。

「その指示に従って、自分で考えるのが動画を描く人の役目じゃないの？　これじゃ人物の気持ちが伝わってこないのよ」

「それは、むしろ原画の問題じゃないの？　原画をこっちで直しちゃいけないのに、こっちにばかり文句を言われても納得がいかないよ」

「その原画のキャラクターを捉えきれてないような気がするのよ。分からない？　とにかく、もう一度考えてみて。お願いします」

動画用紙を置いてその場を離れる麻子の背中に、堀内が嫌みを放つ。

「なんだよ、美人だからもてはやされてるだけのやつが」

その言葉に、麻子は一瞬、ピクリとして立ち止まった。それがちょうど、なつの目の前だったので、麻子の表情が、こめかみのかすかな動きまでよく見えた。横で、下山が「彼女も僕と同じセカンドだ。マコちゃん」とささやいた。


二日目の朝。亜矢美は初日よりも、色柄の派手な服を選び、なつを躊躇《ちゅうちょ》させた。

「これぐらいいかなくちゃ。おしゃれは最初が肝心なんだから。あ、この人はおしゃれだって、第一印象で決まるのよ。初日は少し遠慮したけど、今日からこれが私です、って行かなくちゃ」

「かえって印象悪くないですか？　新人なのに」

「それで厚化粧したら、ちょっとね。あんたはまだ、そこまでしなくていいんだから、堂々と、自信持って行ってらっしゃい」

亜矢美に背中を押されたものの、案の定、その服は同僚の女性陣を刺激した。桃代はなつが新宿に住んでいると聞くなり、「それじゃ、毎日、遊びに帰ってるようなもんじゃない」と顔をしかめ、「そんなおしゃれして」ととがめるように言うので、なつは誤解を解くのに必死になった。両親を戦争で亡くし苦労もした。だが、戦後からこれまでの十年を振り返ると、北海道では十分恵まれていた。自分は決して不幸ではない、むしろ過保護なくらいだとなつは改めて思った。

なつの生い立ちを聞いた桃代は「ここではたくましいほうよ、きっと。ここはわりとお嬢さんがそろってるからね」と言うと、なつに顔を近づけ「まるで会社が、いい花嫁になりそうな人を選んで集めてるみたい」と小声で言った。

「そのほうが面倒ないでしょ。いくら給金が安くても。お金に困らない花嫁修業中のお嬢さんなら、文句言われないでしょ」

「モモッチさんもですか？」

「私は違うわよ。お金には困ってるもの。でも実際、みんな遊びに来てるようなところがあるからね、ここには」

桃代はそう言うと、おしゃべりをやめて仕事に集中し始めた。


若い社員の大半は、昼どきになると、噴水のある中庭に集う。自然のある場所で、昼食を取ったり、バレーボールなどに興じたり、ひととき気分転換するのだ。だがなつは一人、素早く昼食を終えると、仕上課に戻った。中庭で気晴らしをするよりも、『白蛇姫』の絵コンテを穴の開くほど眺めるほうが性に合っていた。


『白蛇姫』

中国・杭州西湖《こうしゅうせいこ》のほとりに住む若者・許仙《しゅうせん》は、胡弓《こきゅう》を弾いて金を得ながら、子分のパンダと、楽しく暮らしていた。ある日、許仙は、市場で見せ物にされていた白蛇をかわいそうに思い、金を払って逃がしてやった。許仙に恋をした白蛇は、ある嵐の晩に美しい人間の娘・白娘《パイニャン》に変身し、かつて戦で滅んだ城をよみがえらせて住み着く。そこに許仙を招き、二人は互いに深く恋に落ちていく。だが、幸せもつかの間、白蛇が、戦で滅んだ城の姫の生まれ変わりであることを知った僧・法海《ほっかい》は「このままでは、許仙が姫の妖怪に取り殺されてしまう！」と、その城を滅ぼした今の王に進言し、兵を差し向けさせた。白娘はその兵たちを打ち負かすが、その罪で許仙が捕らえられ、蘇州《そしゅう》に流されてしまった。白娘は嘆き悲しみ、許仙に会いたい一心で蘇州へ向かう。

人の寄り付かない塔の上に隠れた白娘は、許仙を呼び寄せようと使いを送り、許仙も白娘が恋しくて急ぎ塔に向かう。しかし、またしても法海が立ちはだかる。二人を会わせまいと、法海は白娘の前に現れ戦いを挑む。妖術と法術を駆使した激しい戦いの末、白娘は負け、自分の体が半分蛇になりかけていることを知る——。


何ともスケールの大きい幻想的な物語だ。なつはうっとりしながら、作画課に向かうと、机で下山が、戦う兵士の絵を描いていた。白娘と戦う場面だとなつはすぐに分かった。

「悲しい恋の話なんですね、『白蛇姫』って」となつが目をうるませると、「だから、こういう戦うシーンはおもしろくしたいんだよね」と下山は張り切った。

「僕、立ち回りは得意だから」と鉛筆を走らせる下山が羨ましく、なつは「私もいつか描いてみたいです」とつぶやいた。

「描いてみる？」と下山は真っ白な動画用紙の束を取ってなつに差し出した。

「僕も、家に帰ってから練習してるんだよ、今でも。ごみ箱から拾って、先輩の絵をどんどん模写して、自分なりに描いてみるといいよ」

なつは礼を言うが早いか、紙入れの箱に飛ぶように近づき、破棄された動画を探った。

ふと顔を上げると、動画用紙を手にした麻子が前を通りかかり、なつを見て口元を固く結んだ。

その顔のまま堀内の席に近づいた麻子は「やっぱりだめです。やり直してください」と動画用紙を突きつけ、「表情が死んでるように思うんです」とまた書き直しを要求し始めた。

「原画と同じように描いてるつもりだよ」と刃向かう堀内に「だからだめなんじゃないですか？　表情を変えずに泣き崩れても、何も伝わってこないんですよ」と一歩も譲らない。

「だったら、その表情を原画で描くべきだろ」

「動画はただのつなぎじゃないでしょ？　それじゃおもしろくないでしょう？　やってておもしろいの？　これは、戦いに敗れた白娘が、白蛇に戻ることを知って、許仙を思って泣くシーンでしょ？　それを思って動かしてよ！」

麻子は力説するが、堀内は相手にできないというように、大きくかぶりを振った。

「もういいです。ここは私がやる」

麻子は動画用紙をたたきつけるように置いて、自席に戻った。紙入れに手を突っ込んだまま、あっけにとられて見ているなつのほうへ、堀内が怖い顔をして近づいてきた。思わず身をすくめたが、堀内はなつにはお構いなしで、箱の中に動画用紙を投げ込んだ。

なつは、堀内の捨てた白娘の動画を拾った。

夕方、噴水のある中庭でなつは、拾った動画用紙をかばんから出してじっくり見ようとしていると、麻子がつかつかと近づいてきて、いきなり険しい顔でまくしたてた。

「あなた、何なの？　何しに来てるの、ここに？　結婚相手でも探しに来てるの？」

麻子はなつの服装を上から下までじろりと見ながら「そんなおしゃれにばかり気を遣って。それしか考えてないんでしょ？　会社の男は自分のものみたいな顔しちゃって。将来の旦那に会いたいって気持ちがにじみ出てんのよ、その顔から！」とまるで機関銃のようだ。

「男を探しに来てるだけなら、目障りだから、私の前をうろちょろしないでちょうだい！」

言いたいことだけ言うと、麻子は大股で立ち去っていった。

取り残されたなつは、「……えー……はあ？　……なん……なんだべ、今の……」と呆然とするばかり。それは初めて味わう、いささか面倒くさい、会社の人間関係だった。


せっかくの動画をかばんにしまったまま、家路についた。「ただいま！」と〈風車〉の戸を開けると、店は大繁盛で、客が一斉に振り返り、変な顔で見る。亜矢美も「どうしたの？　何怒ってるの？　怖い顔して」と聞くので、なつはつい「私、怒ってますか？　怖い顔してますか？　私の顔って、そんなに何か見えますか？　分かりやすいんですか？」と声を荒らげた。

「え？　何言ってるの？」

「いえ……分かりやすいというより、誤解されやすいんでしょうか……にじみ出てるなんて、ありえない……」

なつは自問自答しながら、店を通って奥の居住スペースに向かおうとすると、奥の席に茂木がいて「なっちゃん」と呼び止め、ニコニコした顔で言った。

「男が美人と接したときに冷たく感じてしまうのは、自分が、どう思われているかを気になり過ぎているからだね。だからおびえて、相手は誤解してしまうんだ」

「私の相手は男じゃないし、私は美人でもありません」

「相手は女か。その人は美人かい？」

「その人は美人です」

「それなら、きっと同じだ。自分が男からどう思われているか、君を通して、それを気にしてるだけだね。つまり、自分が誤解をされたくないとおびえてるんだよ」

んー、となつは考え込み「……なんでそんなことが分かるんですか？」と聞いた。

「それから、君が美人じゃないなんて、それこそ誤解だよ」と茂木は付け加えた。

「社長、その子口説いたら、この店出入り禁止にしますからね」。亜矢美がギロリとにらむ。

「口説かないよ。僕が口説きたいのは女将だけだ」

「それなら毎日来てくださいよ」

大人の社交にはついていけない。なつは「ありがとうございました」と奥に引っ込んだ。


なつは上着を脱いでそのまま机に向かい、かばんから動画用紙を取り出した。『白蛇姫』の白娘の顔がうつむくように泣き伏すカットだ。麻子が堀内に言ったことを思い出しながら、なつはその紙の上に動画用紙を重ねて置き、白娘の顔をなぞるように描き始めた。

「なんだよ、美人だからもてはやされてるだけのやつが」と堀内に言われたときの麻子の顔が思い浮かんだ。あの顔を白娘の顔になつは重ねて描いてみた。「そんなおしゃれにばかり気を遣って」、「それしか考えてないんでしょ？」と言ったときの麻子の顔も思い浮かべた。

「……人の顔って、おもしろい……」

なつは夢中になって、夕飯もそこそこに、朝方近くまで白娘の表情を描き続けた。

三日目の朝。亜矢美が「三時間しか寝てなくてこの肌つやって、若さって憎たらしいわね」とふくれっ面をしながら、これまで以上に派手な服を選び始めた。なつは躊躇した。昨日、おしゃれは誤解されることを、嫌というほど味わったばかりだから。

「男の人の目を、意識してるとか……」となつがおずおずと言うと、「誰かにそう言われたの？」と亜矢美がキッと目をつり上げた。

「それ認める？」

「認めません！」

「だったら、どうする？」

「うーん……いっちゃってください。いきましょう」

「よし。おしゃれは意地でするもんなのよ」

結局、初日と二日目を超える派手な色柄の服を着て、なつは出社した。だが、寝不足のせいか、塗りがうまくいかない。はみ出すたびに、慌てて手袋で拭こうとして傷口をより広げてしまう。あたふたしているなつを横目で見ながら、桃代は「しかし、あなたの服の色も日に日に増してゆくのね」と不思議なものを見るような表情をした。

「はい。負けませんから」と燃える目をするなつに、「何と戦ってるのよ？」と桃代は返した。

負けられない。なつは、昼休憩の時間になっても、彩色作業にいそしみ、自分に課したノルマをクリアしたうえで、白娘の動画の自主練習を始めた。そこに、富子がやって来て、「勉強熱心なのはいいけど、ちゃんと食べてないと、また手元が狂うわよ」と注意する。

「服に気を遣う時間はあるのに」とあきれたような富子に、なつは「私の服装って、だめですか？」と率直に聞いた。

「……いいんじゃない。そういう変わった子がいても」

「か、か、変わってるんですか、これ⁉」

「自分は変わってるって主張したいんじゃないの、それ？　いいのよ、絵を描く人間なんて、そういうのいっぱいいるんだから」

富子は、なつの服装よりも、着ている当人がそれを自覚していないことに驚いていた。


昼食用のパンを買ったなつが中庭にやって来ると、噴水の縁に腰掛けて下山がスケッチをしていた。隣に座ったなつは、下山のスケッチをのぞき込んだ。周りにいる人々の似顔絵を片っ端から描いているようだ。「すごい……似てるしおもしろい」となつは絵をなめるように見た。

「誰でも描けるよ、これくらい」と下山は、パンをかじるなつをスケッチし始めた。

「あの……下山さんから見て、大沢さんは怖いですか？」となつが思い切って聞くと、「怖くないよ、ちっとも。熱心なだけで」と言う。かなり高評価のようで言葉数が多くなった。

「とにかく彼女は優秀だからね。美大を出て、ここに入社して、すぐに仲さんや井戸さんに認められて、セカンドに抜擢《ばってき》されたんだ。その能力が分からない人には、怖く見えるのかもしれないね。ほら、彼女によく怒られている堀内くんっていう人、彼は芸大で油絵を描いてた秀才なんだけど、マコちゃんの言わんとしていることが分かってないんだよ。それが分かれば、マコちゃん自身が一生懸命悩んでるんだってことが、ビシビシと伝わってくるんだけどね。何とかしてあげたいって思うはずだよ」

「それは、アニメーターとしてですか？」

「もちろんだよ。マコちゃんは、アニメーションにとっていちばん大事なことを、初めから感覚として分かってる人なんだ」

「それって何ですか？」

「命を吹き込むことだよ。アニメーションは、ラテン語で『魂』を意味する『アニマ』っていう言葉から来てるんだ。動かないものに魂を与えて動かすこと、つまり命を与えるってことなんだ」

「アニメーションって言葉が、そういう意味だったんですね」と心に刻みながらなつは、下山の手元を見ると、パンを食べるなつの似顔絵が早くも完成していた。実物よりかなりの大口にデフォルメされていたが、悔しいかな、生き生きして見えた。

「それには、見る人の気持ちをとことん考えなくちゃいけない。アニメーションは、初めから命のある役者が演じるよりも、もっと芝居をして、観客と深い関係を築いていかなければならないんだ。どう動かせばどう見えるか、どう感じてもらえるか……本気で命を吹き込もうと思えば、悩まないアニメーターなんていないよ」

「だから、怒りもするんですね……」となつは、ふむふむと考えながら、パンを咀嚼《そしゃく》した。


食事を終えて仕上課に戻ると、なつは青ざめた。描きかけの動画がないのだ。桃代に聞いても知らないという。どうしようかと困っていると、富子が来て大沢麻子が持っていったと言う。

「あなた、あれ勝手に作画の部屋から持ってきちゃったんだって？　あれはなんでも、大事なラフだったらしいわよ」

富子から聞いたなつは、猛ダッシュで作画課に向かった。息せき切って作画課の入り口にたどりつくと、麻子が堀内と話しているところだった。

「これ、どうして捨てたの？　いいわよ、これ。私は、これいいと思う！」

麻子が興奮気味に堀内に見せているのは、なつが描いた動画だ。

「ただ中割できれいに動きをつなぐだけが動画の仕事じゃないんだもの。こんなふうにしていいのよ」

麻子は満足げに動画を取ってパラパラめくる。白娘がうつむきながら泣き伏す直前に、一瞬、天を仰ぐように振り向いて恨みがましい目をし、それからその目を伏して泣き崩れる。

「泣く直前に、一瞬何かを振り向いて、まだ戦う目をしてから泣き伏す。これよ。この一枚を中割に入れるだけで、見る人に、白娘の気持ちの伝わり方が全然違うでしょ！　この強くて恨みがましい目が入ることで、蛇に戻りかけた白娘の悲しみが際立つじゃない。戦いに敗れてもまだ納得がいかず、許仙は自分のものだと言いたげに、何よりも許仙に会いたいという気持ちがにじみ出てるのよ、この顔から！　……あれ、前に誰かに同じこと言った気がするけど……ま、いいか」

なつは自分の意図を麻子が理解してくれたことに感激して、涙がにじんできた。

「その顔が泣くから、より一層、白娘の絶望が伝わってくるのよ。私が言いたかったのは、こういうこと。ただのきれいな中割は、動きを正確に見せるためには必要なことだけど、感情表現ではただの記号にしかならないこともあるのよ。それ、ちゃんと分かってたんじゃないの、堀内くんも。これは遊びのつもりで描いただけかもしれないけど、私はずっとこれを望んでたのよ！」

麻子はすっかり感じ入って堀内に語り続ける。だが、堀内はぼそっと返した。

「僕が描いたんじゃない。僕はこんな稚拙な絵は描かないよ」

「だってこれは、ラフでしょ？」

「ラフでもこんな絵は描かない！　こんな絵を描いたと思われたら、心外だよ」

慣れないなつが描いた絵は、勢いはあるが、線がかなり荒かった。

「……じゃ、誰が描いたのよ？」と麻子が辺りを見回す。そのとき、そろりそろりと部屋の中に入ってきたなつに下山が気付いた。「なっちゃん」と声を上げると、皆が一斉になつを振り返った。「えっ……まさか……」と麻子は手にした動画となつの顔を交互に見た。

「すいません……それは、私が描きました」

仲と下山が動画を手にして、しげしげと眺めた。

「うん、うん……なるほどね」と仲。

「よく気付きましたよね、この一枚に……この表情に！」と下山はやられたという顔をした。

井戸原も「そう……原画を描いた僕にも、この発想はなかったな」としきりに感心する。

ところが麻子は「どうして描いたの？」となつを鋭い目つきで見た。

「すいません！　人に見せるつもりで描いたんじゃないんです。勉強のために、勝手に、あそこから拾って描きました……絵をなぞっているうちに、そうしてみたくなったんです」

「だから……どうして、そうしてみたくなったの？」

「どうして？　……ただ、白娘の気持ちになっているうちに、そうなったんです……あ、私は高校の演劇部で、偶然、白蛇の化身を演じたことがあるんです。話は違うんですけど……そのときに、自分の経験から想像して、自分の魂を動かして、演じなきゃいけないと先生から教わったたんです……だから、その顔は……自分はただ、許仙が好きなだけなのに、それを周りから、どうして悪く思われなきゃいけないのか……そういう怒りが、自然に湧いてきたんです。白娘は、ただ許仙が好きなだけですよね？　本当は誰も傷つけたくはないし」

「もう分かったわよ！　勝手に勉強してたってことでしょ」

麻子は声を大きくしてなつの言葉を遮った。場の空気が険悪になっていくので、それを変えようと、井戸原が堀内に話しかけた。

「堀内くん。君もなかなか正直でよろしい。君の絵も、純粋な絵だと僕は思ってるんだよ。発想のしかた一つでいくらでも変われると思ってるんだ。技術はあるんだから」

そして、「この絵は、今の君とは正反対だね。これを、君のきれいな線で、クリーンナップしてくれないか？　動画として完成させてくれ」となつの描いた動画を堀内に差し出した。

「それが、僕の仕事ならやりますよ」と堀内は淡々とした口調で応じた。

描いた絵が認められた喜びをかみしめながら、なつが戻ってくると、富子がとげとげしい空気を放って待っていた。

「今は彩色の仕事に集中しなさい」と注意され、「はい。すいませんでした」となつは机に向かったものの、仕上課の人々の視線が一様に冷たい。一人、桃代だけが「大丈夫？」と親身だった。

「ただの塗り絵かと思っていたけど、そうじゃないのよね、これも」と桃代は手を動かしながら言う。「私もさ……ちゃんと漫画映画のことを勉強したいと思えてきたわ、あなたを見て。だって楽しそうなんだもの」

「楽しいですよ！　私も今日、初めて、その楽しさが少し、分かったような気がしたんです」

「今日？　何があったの？」

「いえ……今は、彩色に集中しないと」

なつは、彩色筆を持つ手に力を込め、セル画にぐいっと顔を近づけた。


四日目。昼休み、なつは仲に喫茶店〈リボン〉に呼び出され、昼食をごちそうしてもらった。何事かと思えば、作画課に入るための社内試験を受けないかという誘いだった。

通常は、六か月の養成期間の中で、二か月ごとに能力審査を行い、合格した者から動画を任されるようになる。なつは特別に、そうした養成期間中の者たちが受ける次の試験に参加できることになったのだ。しかし試験の実施される十二月まで一か月くらいしかない。仕上の仕事をしながらでは、勉強する時間もないだろうと仲は心配したが、「受けさせてもらえるだけでありがたいです。うれしいです。ありがとうございます」となつは心を決めた。

やるしかない。なつは仕事を終えると、家で練習するため足早に帰宅した。

〈風車〉には、雪次郎がおでんを食べに来ていた。

「あららららら、なっちゃん、ずいぶんあか抜けたもな」

「そ言ってくれんのは、雪次郎くんだけだ」

「せっかくだから、なっちゃんもここでごはん食べたら、一緒に」という亜矢美の気遣いに、

「いやあ、雪次郎くんとのんびりしてる時間はないんだわ」と言いながら、雪次郎の横でおでんをガツガツかき込んだ。特別に試験を受けることを許されるというまたとないチャンスをつかんだのだという話を聞いて、雪次郎は「チャンスか……いいな」とぽつりとつぶやいた。

そこへ、咲太郎が帰ってきた。

「あ、来た！　待ってました」と雪次郎の顔がぱっと明るくなった。

「ドサ回りの役者か俺は」

「よっ、咲太郎！　って名前がぴったりだ」と亜矢美。

「いい名前ですね、役者として」

「雪次郎に言われたくねえよ」

「あ、ほんとだ。咲太郎と雪次郎って、旅回りの看板役者になりそう」と亜矢美が笑う。亜矢美の笑顔はいつもぱあっと花が咲いたように見える。舞台に立っていた人はどこか違う。

咲太郎は、劇団の次回公演、イプセンの『人形の家』のポスターを携えてきていて、亜矢美の許可をもらうと、店内の目立つ場所にポスターを貼った。

「俺、絶対見に行きます！」と目を輝かせる雪次郎に、咲太郎は「おう。チケットは任せろ。三十枚は売らせてやる」とからかう。彼らの楽しいやり取りになつも交じっていたいのはやまやまだが、今は試験が大事。なつは部屋に戻り、机に動画用紙を広げた。


おおよそ一か月間、なつは試験に向けて、寝る間も惜しんで勉強をした。やる気の余波なのか、不思議と彩色の仕事も上達していくようだった。

ある日、なつが噴水のある中庭でパンをかじりながら、下山のように、周りにいる人々の似顔絵を描いていると、麻子が近づいてきた。気配に気付いたなつは慌ててノートを閉じた。

「あなたに恥ずかしいこと言ったでしょ、ここで。男の人に、会いたそうな顔をしてるとかって」と麻子は失言を反省するように言った。

「けど、同じことを私の絵にも言ってくれました。白娘に。あのときは、うれしかったです」

「そんな、おしゃれなんかしてるからいけないのよ」

「マコさんだって、十分おしゃれじゃないですか！　それに、私よりずっと似合ってる」

「あなたのおしゃれと一緒にしないでよ」

「……そうですよね。美大出てるんですもね。十勝農業高校の私とは違いますもね」

「……自慢してるみたい」と麻子は笑った。

「あなた、自分が田舎者だってことに自信持ってるでしょ」

「どんな自信ですか、それって……」

麻子はまた笑うと、「……うちの試験を受けるんだって？」と聞いた。

「はい。あ、それもマコさんのおかげです」

「あの絵で？　あなたには絶対に無理よ」

不意に冷たい顔になって、麻子は立ち去っていった。一瞬、好意的になったと思いきや、この落差。「な……なんだべ……油断大敵……」となつはそっと自分の肩を抱き身震いした。

北海道では天陽が馬の絵で絵画展に入賞したと、陽平から聞いた。それがなつには心の支えだ。天陽にとってのベニヤ板が、なつにとっては動画用紙だった。

だが、なつはまたしても試験に落ちた。

なつの描線は、勢いはいいが荒く、動画としての完成度が低いと判断されたのだ。その一方で、個性的な線は、仲のみならず、口うるさい演出家の露木重彦《つゆきしげひこ》までが一目置いた。基礎を学んでいないにもかかわらず、ディズニーの手法を取り入れているようにすら感じられる部分もあった。

とはいうものの、動画には線のきれいさが求められる。なつは、十五枚でいいところを三十枚も描き、それがプロの目には、どれも完成度としては中途半端に見えた。枚数を減らして丁寧に仕上げず、なぜ枚数を多く描いたのか、井戸原に聞かれたなつは、こう答えた。

「課題の絵をたくさん見たくて、見たらイメージが湧いてきて、どうしても描きたくなったんです。でもだめです。自分の描きたいものに、自分の手が追いついていかないんです。それがもどかしくて……自分は下手なんだって、よく分かりました。特にきれいな線で描こうとすると、全然だめで……複雑な線のキャラクターになるほど、イメージした動きを、きれいに描くことができませんでした……それが悔しくて……。今の自分には、おいしい牛乳はまだ搾れないんだって、それがよく分かりました」

「え？　なんで牛乳なの？」

「あ……乳牛を育てることなら、ちょっとは自信があるので……すいません、何でもないです」

この会話のあと、井戸原と仲が顔を見合わせていたことを、なつは知らない。

「まいったね……イメージに手が追いつかないか……あれでもう、われわれと同じことで悩んでるんだからね」

「あの子も、一生悩むんでしょうね……」

なつは、一流のアニメーターたちと同じ、絵を描く上での産みの苦しみを抱えていたのだ。だが、プロの道は厳しかった。

――天陽くん、元気ですか？　私は試験に落ちました。実力が足りませんでした。今は毎日、仕上の仕事、彩色に打ち込んでいます。それも、まだまだ未熟です。当分、北海道には帰れません。帰りません。じいちゃんや天陽くん、家族や、私を応援して見送ってくれたみんなに、送り出してよかったと、胸を張って、今の自分を感じてもらえるまでは。私はここで、おいしい牛乳を搾れるように、自分を育てていきたいと思っています。

お正月は、新宿の花園《はなぞの》神社に初詣をしました。天陽くんのことも、祈っておきました。照男兄ちゃんと砂良さんのこと、心からうれしいです。ばかなことを考えた菊介さんと、天陽くんにも、心から、ありがとうと言いたい。

十勝に帰りたい……みんなに会いたい……だけど今は、振り返りません。私はここで、生きていきます。ああ、私よ、力をつけよ！

年を越えて、正月が過ぎてから、天陽はなつの手紙を受け取った。

昨年の暮れ、照男と砂良の結婚が決まった。照男がなかなか行動に出ないことに業を煮やした菊介と天陽が協力して、砂良にプロポーズする作戦を立てたのだ。天陽が当て馬のような役割を演じ、菊介がいかに照男が砂良を思っているか、その純粋な心を伝えたのち、マタギから借りた熊の毛皮をかぶって砂良の家に照男が現れる。恐怖のどさくさにまぎれて、プロポーズするという喜劇じみた作戦だ。危うく弥市郎に銃をぶっ放されそうになったが、作戦は成功した。

「照男の気持ちには一点の曇りもない。十勝晴れだわ。十勝晴れを作る太陽みたいに、砂良ちゃんの人生を照らしたいと、そう願ってるんだ。照男はいつも心に砂良ちゃんを、強く思ってんのさ！」

菊介の渾身《こんしん》の演説は傑作で、思い出すたび顔がにやける。サケを持った照男の熊の扮装と、銃を向けられて焦る姿も――。

アトリエの牧草に座って、なつから来た手紙を読む天陽の傍らには、ベニヤ板に描かれたなつの絵があった。馬の絵が絵画展で入賞したあとに描いた最新作だった。その絵は、なつが、膝を抱えて座り、じっと正面を見つめている絵だ。視線はとても強く、天陽を突き抜けて、さらにさらに遠くを見据えているようにも見える。

天陽はペインティングナイフをそっと手に取ると、茶色の絵の具をすくって、その絵を絵の具で塗り潰し始めた。

天陽は、タミから、戻ってこないなつのことを忘れるように諭されていた。この土地で農業や酪農をやりながら生きていくためには、伴侶が必要だ。柴田家の跡継ぎである照男の結婚も決まった今、山田家の跡継ぎとなる天陽にも、その時期は近づいている。

なつを送り出すとき、待たないと宣言したものの、なつから頻繁に手紙が来ることもあって、返事をするたび、天陽はまだどこか吹っ切れないものを感じていた。照男と砂良が幸せそうに笑っている姿を見ても、少し心がうずく。

絵を描きながら、畑を耕し、牛を飼う。絵を描くことは、生きることと同じ。自分の好きな絵を、自分そのものの絵を描き続けたい。絵画展の授賞式で天陽はそう挨拶した。

その道に、なつはいないのか――。

第11章

なつよ、アニメーターは君だ

「皆さん、お疲れさまでした！　動画総枚数、六万五千二百九十八枚、すべてのトレース、彩色が終わりました！　本当にご苦労さまでした！」

日に日に厳しい表情になっていた山根の顔がほころび、仕上課のスタッフは解放の喜びに激しく手をたたいた。不眠不休で、残業の毎日が続き、終盤は、仲をはじめとした、すでに作画の作業を終えたスタッフまでもが仕上を手伝うほどの強行軍がとうとう終わったのだ。

このあと、出来たセル画と背景画を合わせて撮影し、編集し、声優が吹き替えたセリフの声や音楽と重ね合わせると、映画『白蛇姫』は完成する。

昭和三十二（一九五七）年、中庭には桜が咲いていた。初めて携わったアニメーション制作作業を終えた満足感は、疲れも忘れさせる。なつが跳ねるように〈風車〉に帰ると、客はたった二人。カウンターに肩寄せ合って座る男女に、なつは飛びつくように後ろから抱きついた。

「照男兄ちゃん、砂良さん、結婚おめでとう！　結婚式、行けなくてごめんね、仕事がいちばん大変なときで」

結婚式を挙げたばかりの照男と砂良が、東京に新婚旅行にやって来たのだ。

「いいんだ。俺らのほうから会いに行くって言ったんだから。それに、畑仕事が忙しくなる前にって、式を急いだ俺が悪いんだ」

「次の冬まで待てなかったの？」

「待てなかったな。お前も言ってたべ、善は急げって」

「そんなこと言ったっけ？　逃げられると思っただけっしょ？」

「それもあるな。うるさい！」

久しぶりに会っても、照男となつのやり取りは兄妹らしく、遠慮がない。

亜矢美はこの日、照男と砂良のために、店を休みにしていた。おかげでなつは思い切り、照男や砂良とおしゃべりできる。柴田家のこと、結婚式のこと、夕見子のこと……。柴田家では、なつが雪の中で倒れて、弥市郎と砂良に助けられたことで、砂良が照男の嫁になったのだから、これはまるで、〝なつの恩返し〟だと盛り上がったという。

「あ、ほら、お土産お土産」と砂良にせかされて、照男は隣の席に置いた旅行かばんから、手製の保冷箱に入ったバターを取り出した。

「じいちゃんがこれ持ってけって。結婚式が終わって、出発する前に三人で作ったんだ」

照男とバターを作りながら、泰樹がこう言ったと、照男はなつに伝えた。

「なつに会ったら……このバターは、砂良さんと三人で作ったもんだと言って、渡してやってくれないか。なつの夢を、砂良さんが受け継いでくれたら、何より、あいつはホッとするべさ。このバターを、ただ懐かしく思うべ」

泰樹の願いどおり、なつはバターの香りを吸い込むと「懐かしい……」と目をつむった。久しぶりに北海道の風を、吸い込んだ気がした。

照男は、〈川村屋〉に渡す分も富士子から預かってきていた。「それからこれは、天陽くんからだ」とじゃがいもの入った風呂敷包みを取り出した。「なつのお兄さんに食べてもらいたいって」

「すごくうれしい……また手紙を書くわ」

とはいうものの、じゃがいもは剛男が農協からたくさん送ってきていたので、「食べきれるかね」と心配するなつに、亜矢美が「大丈夫。おかげで、うちのおでんはじゃがいもがいちばんおいしいって評判になってるから」と軽く返す。

ただ、亜矢美の興味は一つ、「テンヨーくんって誰？」ということだ。

「なっちゃんの恋人です」と砂良から聞いた亜矢美は「へえ、いたの？」とニヤニヤした。

「いや、そんなんじゃないですってば！」

「分かりやすいてれ方ね」

「天陽くんは、私の、なんていうか、目標とする人です」

「結婚が目標？」

「違います。仕事が目標です。あれ、それも違うか……うーん」

顔を真っ赤にして困るなつに、砂良が「話を変えようか？」と助け船を出した。「これは、うちの父さんから」とかばんから包みを出す。包みをほどくと小ぶりの彫刻が現れた。

「出た！　木彫り熊」

なつの叫び声と同時に、戸が開く音がして、「あ、こっちも出た」の亜矢美の声に皆が振り向くと、顔を出したのは咲太郎だった。

照男と咲太郎、なつの兄どうし、てれくさそうに初対面の挨拶を交わす姿を見た亜矢美は「ま、とにかくゆっくりして。おでんでも食べてよ」とおでん鍋のふたを開けた。

「結婚祝いにおでんはないだろうよ」と咲太郎。

「そう？　なら、おすしでも取ろうか？」

「いや、いいんです！」と照男は打ち消すように、手をひらひらさせる。

「食事は上野駅に着いたときに済ませたんです。ラーメン」と砂良が続けた。

「俺ならラーメンなんか食わせないな」と咲太郎がぶしつけなことを言うので、なつは慌てて「砂良さん、きれいでしょ？」と話題を変えた。

「ああ、きれいだ。北海道に置いとくのはもったいない。うちの劇団に欲しいくらいだ」

「お兄ちゃん、もう人の奥さんだからね。遠慮してね」

「きれいなものを褒めるのに遠慮がいるか！」

「正直な人だ」。照男は、そんな咲太郎が嫌いではなかった。

「結婚とは奇跡である。おめでとう」と、咲太郎は少し気取って、照男の肩をたたいた。

結局、そのまま、おでんを食べることになり、咲太郎と照男は酒を酌み交わした。

「お兄さん、劇団やってるんですか？」と照男が話を振ると、咲太郎は店に貼ったポスターを指さして「今、稽古中で、もうじき公演が始まります」とうれしそうだ。

「なっちゃんも演劇やってたんだわ」と砂良の言葉を聞いて、亜矢美が「今の仕事が向かないと思ったら、また演劇やればいいじゃない、なっちゃんも」と言った。

「お、やるか？」と咲太郎がのってくるので、なつは「そんな中途半端な。私はアニメーターの仕事に懸けてるんです。それに、演劇をやってたことも、役に立ってるんだわ、今に」とムキになって首を強く横に振った。

なつの本気は、彼女の部屋によく表れている。ひとしきり飲んで食べておしゃべりしたあと、照男と砂良がなつの部屋に案内されて見ると、机の中央に描きかけの動画用紙、その脇に、描き終わった動画用紙が山と積まれていた。照男は「頑張ってるな」となつをねぎらった。

「柴田のお義母さん。なんか伝えることある？　お義母さん、なっちゃんが心配なんだわ」と砂良が聞いた。富士子は「なつも、東京でうまくやってるのかね」と気にしていたのだ。

「あの子は、天真爛漫《てんしんらんまん》そうに見えて、人に気を遣ってばっかりいる子だからね……。なつに会ったら、砂良さんから励ましてやって。好きな仕事を頑張るようにって。それから……私や父さんはいいから、じいちゃんには、手紙を書くようにって伝えてくれる」

砂良は富士子からそう言いつかってきた。こんなふうになつを心配する富士子の母としての愛情が、空襲で母を亡くした砂良にはまぶしかった。

「いいもんだよね……おかあさんって」

「うん……私は大丈夫だって伝えて。好きな仕事を頑張って、必ず夢をかなえるからって」

「亜矢美さんとも、うまくいってるみたいだしな」と照男が言う。

「うん……うまくというか、すごく助けられてる……人に助けてもらってばっかりだわ、私は」

「家族が増えていくみたいでいいじゃない」と砂良。

「……でもね……大事な家族に、まだ一人、会えてないの……」

千遥は今どこにいるのか。五歳のときに預けた親戚はどこかに引っ越してしまって、行方がしれなかった。

照男と砂良はこれからしばらく東京で新婚旅行を満喫する。帰りがけ、なつは「これ、荷物になるけど、みんなに持ってって」とデパートの袋を差し出した。新宿のデパートで買った手袋で、包みの一つ一つに『じいちゃんへ』『母さんへ』と似顔絵入りで区別してあった。

照男は、なつが北海道にはちゃんと夢をかなえてから帰りたいと考えていることを、天陽から聞いていた。

「向こうじゃいつでも待ってるんだ。帰れなくても待ってるからな。したけど、つらいときは甘えに来い。他人みたいに遠慮はすんでねえぞ。そんだけは、みんな寂しがるからな」

そう言って、店を出ると、砂良が「あ、きれいなお月さん」と空を見上げた。なつも照男も、兄妹らしい息の合い方で、顔を上げた。空には大きな満月が浮かんでいた。

二人を見送ったなつは、部屋に戻り、机に向かう。「よし、頑張ろう」と動画の練習を始めると、階下からムーディなシャンソンが聞こえてきた。洗い物を終えた亜矢美が、シャンソンのレコードをかけながら、咲太郎と二人しんみり酒を飲んでいるのだ。いつしか満月は、空の最も高いところに昇っていた。北海道でじいちゃんもこの月を見ているだろうか……。

それからまもなくして、咲太郎の劇団「赤い星座」の四月公演『人形の家』が幕を開けた。

雪次郎と一緒に見に行ったなつは、芝居に人形が出てこないことにめんくらった。それは、夫に人形のように扱われる女の苦しみが切々と描かれた物語だったのだ。

クライマックス、主人公のノラがスーツケースを手に取って言う。

「私たちの生活が、本当の結婚になるなら……さようなら」

夫のヘルマーが嘆く。

「ノラ！　ノラ！　――もういない、行ってしまった！　ああ、奇跡！　奇跡だと⁉」

さっそうと出ていくノラの姿の迫力に、なつも雪次郎も、身を乗り出すほど見入った。

終演後、楽屋に寄ったなつと雪次郎は、興奮で頬を赤くしていた。

「よかった！　お兄ちゃん、なんていうか……すごくよかった！」

「はい……俺は見ている間、ずっと体が熱かったです」

「かぜでもひいたのか？」

「いえ、そういうんじゃなくて……」

「分かってるよ。な、いい芝居だろ？　俺たち裏方がおもしろいと言う芝居は、本当におもしろい芝居なんだよ」

「亀山蘭子《かめやまらんこ》さんっていう女優は、本当にすごかった」

なつはうっとり、今見た場面を反芻《はんすう》した。蘭子はノラを演じた俳優だ。咲太郎は、蘭子を紹介しようと、なつと雪次郎を蘭子の楽屋に連れていく。

咲太郎に声をかけられた蘭子が、メイクをしたままガウンをはおって現れた。

「これ、俺の妹なんです」

「どうでしたか、舞台は？」

「よかったです！　あの、なんていうか……すごかったです」

「よかったとすごかったしか言ってないぞ、お前」と咲太郎が苦笑した。

「ほかに言葉が浮かばなくて……あ、絵に描きたいと思いました」

「なつは漫画を描いてるんです」

「漫画映画です。それにまだ描いてません。あ、でも、この感動は絵に描けないとも思いました。それぐらいすごかったです、亀山さんのお芝居は」

「なんだか、とてもこんがらがった感想ね。でも、ありがとう。うれしいわ」

今見たばかりの芝居について、初めて会う本物の俳優に話すのだから、うまく話せるはずもない。

「それからこいつは、なつの友達で、北海道の農業高校で演劇をやっていたやつなんです」

その雪次郎の感想も舌足らずなもので、「本物は……普通なんだと思いました」と言いだして、咲太郎を慌てさせた。

「あ、普通というのは……普通の人が、まるでそこにいるみたいというか……そういう、アマチュア精神を感じるというか……」

「お前、失礼だろ！」

「あ、いえ、普通の人が言いたい言葉を、代弁するというか、伝える力がプロなんだと思ったんです。別にスターとかじゃなくて、普通の人間だから伝わる精神を持っているのが、本当にすごい俳優なんだと思いました。それが新劇なんだと思いました」

「すみません、蘭子さん、こいつの感想もこんがらがってます」

「あなた今、何をしてらっしゃるの？」と蘭子はじろりと雪次郎を見た。

「はい……新宿の〈川村屋〉で、お菓子作りの修業をしてます」

「雪次郎くんの家は、帯広でお菓子屋さんをしてるんです。お菓子と同じくらい、雪次郎くんは、本当にお芝居が好きなんです」と、なつも雪次郎をかばうように説明した。

「そう……それでよく、芝居をやめられたわね」と蘭子は言うと、「今日はどうも、ありがとうございました」と丁寧におじぎして楽屋に戻っていった。一見ちぐはぐな出会いをした蘭子と雪次郎たちの関係は、これっきりではない。だが、それはまたのちの話となる。

劇場を出て、三人は〈風車〉で食事をした。

なつはまだ興奮が冷めず、亜矢美に、今見た芝居の感想を熱っぽく話した。

「私はびっくりしました。家を出たあと、あの奥さんは何をするんでしょう？　どうやって生活していくんでしょう？　そういうこと考えて出ていったように思えないんです」

「そこに驚いたの？」

「はい。だって、飢え死にするかもしれないじゃないですか」

「なるほど。戦時中を思えば、人形の家出はぜいたくか」と亜矢美がふむふむとうなずく。

「それぐらい、じっと我慢していた自分に気付いたんですよね」となつは視線を落とした。

「そうだ。目覚めることが、この芝居のテーマなんだから。戦中戦後は関係ない」と咲太郎はすでに酒が回っているが、言ってることは正論だ。

「私は、無理やり家を出ようとしたとき、母さんにたたかれたことがあった。それで目が覚めた」

「お前の場合は、牛の家だろ。牛はたたけばいいが人間はそうはいかないからな」

「牛だってたたいちゃだめだ」となつは眉をひそめた。

「長い間、女は家の中に閉じ込められてきた。それを解き放とうという運動なんだよ、この芝居は」。得意げに言う咲太郎に、雪次郎は、それは違うという顔をした。

「芝居は運動なんかじゃないです」

「なんか、いつもと目が違うわよ」と亜矢美は雪次郎の本気におされている。

「演劇や文学の目的は、問題の解決にあるんじゃないとイプセンは言っています。その目的は人間の描写です。人間を描き出すことです。イプセンは、詩人や哲学者としてそれを描いたんです。そして、それを見た観客も、詩的や哲学的になることなんです」

「お前、よく勉強してるな、本当に」と咲太郎も酔いがさめたように、居ずまいを正した。

「いや、いくら本を読んでも分からなかったことが、あの人の演技を見て、よく分かったんです。実感できたんです」

あの人とは亀山蘭子だ。

「人間の描写か……うん……あんな芝居も、絵に描けたらすごいな……」

深夜、なつは机で白娘と許仙の結末を示すような動画をなぞるように描きながら、一人、声に出していた。

「そうか……『白蛇姫』は、『人形の家』とは逆なのか……白娘は、許仙と結ばれるために、最後は人間になる……人間の妻になっていいのか？ ……人形になっちゃだめよ、白娘」

かみしめるように、鉛筆を動かす。なつは、アニメーターになる練習を続けていた。

作画から仕上まで、『白蛇姫』の仕事が終わると、嘘のように暇になったなつたちに、富子がトレースの練習を勧めた。皆が尻込みする中、なつはおずおずと手を挙げた。なつは、実際にやってみることになった。席に着き、すずりで墨をする。ペンに墨を付けてトレースする。描き慣れた白娘の顔の線をきれいに写し取ることができた。それを富子は褒め、「それじゃ、それが乾く間に、もう一度同じ絵を描いてごらんなさい」と言った。こうして、なつは通算で、同じ絵を十枚描いた。

十枚のセル画を富子が重ねると、一本のきれいだった線画がぶれて、白娘の顔がぼやけたように見えた。次に富子が、ベテラントレーサーの西部《にしべ》が描いたセル画を十枚重ねて同じように見せると、ほぼ一本の線画に見える。たちまち、なつは敗北感にさいなまれた。

「映画のフィルムは一秒間に二十四コマです。私たちが作るアニメーションは、大半がセル画一枚を二コマずつ使って、十二コマで出来ています。その一秒間に、動いていない部分が、これだけ動けばどうなりますか？」

富子はなつのトレースしたものを、もう一度、皆に見せて、説明した。

「しかし、こっちも、きれいに一本の線に重なっているように見えて、微妙にずれがあります。どんなにうまく描いても、完璧に重なることはないんです。けど、これが絵に命を与えることになります。動いてないように見えるところでさえも、こうやってかすかに動いているから、絵が生きているように見えるんです。ここまで正確に線を写さなくてはそうなりません。これがトレースの技術です。それじゃ、みんなも心して練習してください」

桃代いわく、〝トミさんのいけにえ〟にされてしまったなつ。昼休みに桃代と中庭で昼食のパンを食べながら、なつは少し肩を落とした。

「でも、うまく描けたほうなんじゃないの？　初めてにしては」と桃代が慰めるが、なつは浮かない顔をした。

「子どもの頃、初めて見よう見まねで牛の乳を搾ったときのこと思い出した。そんときはうまくいったんだけどね……やっぱり、どんな仕事も奥が深いんだわ」

「ねえ、その服は自分で買ったの？」。桃代は話題を変えようと、なつの服の袖を触った。

「え、買ってない。これも同居してる亜矢美さんの」

「いいわね。給料安くてそんなに買えないもんね」

「モモッチは、どんどんおしゃれになっていくじゃないの」

「安物で工夫してるのよ」

「モモッチ、色のセンスあるわ」

「なっちゃんのセンスに合ってるだけでしょ」

最近の桃代は、なつの着ている多彩な色柄の服装に感化されてきていて、二人が並ぶとかなり異色な雰囲気が漂う。仕上課の女性をお嫁さん候補に見ている男性スタッフもいたが、二人には一切寄ってこなかった。

「二人とも、よく頑張ってるよ」

不意に背後から声がして、振り返ると、スケッチブックを抱えた下山が立っていた。

「今のところ、同じ服装を見たことないもんね。同じ服は着てても、必ず何か組み合わせは替えてある。感心するよ」

「どうして、そんなこと分かるんですか？」と驚く桃代に、「だって、証拠がある」と下山は自信満々な様子でスケッチブックを見せた。そこには二人の服装を記録した似顔絵がつづられていた。

「えっ、毎日描いてたんですか!?」となつはその精密さに感心しつつ、少し後ずさった。

「だって、同じ服装が来たらやめようと思ってたら、こうなっちゃったもん」

「そんなこと言われたら、明日から毎日、服を選ぶのが難しくなるじゃないですか！」

なつが眉を八の字にすると、「同じ服装で来たら逮捕するからね」と下山は一向に動じない。

「よし、逃げ切ってやるわ！」

桃代もやけにノリがいい。その反応が意外で、なつは少しめんくらった。


夕方、仕事を終えたなつは〈川村屋〉を訪ねた。久しぶりにバターカリーが食べたくなったのだが、店は満席。〈川村屋〉は、去年の暮れからテレビが置かれて、ますます商売繁盛していた。

光子が、ニュースの時間帯になると席も少し空くと言う。そこへ、信哉がやって来た。これからテレビで放送されるニュース番組で、信哉が取材したニュースが流れるのだと晴れがましい顔をした。やがて、白黒のテレビからニュース映像が流れ、『ニュースルポ　家出人を追う』のテロップが大きく出た。

なつは、信哉と光子と空いたテーブルに座り、家出人の少女がだまされて誘拐されそうになる様子を追った番組を見つめる。いつしか、バターカリーを食べるのも忘れるほど見入っていた。

一年かけて顔なじみの警察官も増えて、やっと踏み込んだ取材ができるようになったのだと誇らしそうに言う信哉に、なつは千遥を探してくれないか、と持ちかけた。

だが、信哉は、咲太郎が以前、千遥の幸せを邪魔したくないと言っていたことがあったので、渋るような表情をした。

その話を聞いた光子は「サイちゃんは違うんじゃないのかな」と首をひねった。

「もし、会っちゃったら、自分がどうなるか分からなくて、苦しんでるんじゃないかしら？　千遥ちゃんに、今の自分が何をしてやれるかって……そんなふうに、自分の心が乱れるのが怖いのよ、きっと……なっちゃんのときもそうだったじゃない」

どうしても千遥に会いたい。なつは、その晩、咲太郎に話そうと思った。

仕事から帰ってきた咲太郎は、幸い機嫌がよかった。「こっちは明日が千秋楽だ。おい、雪次郎が毎日見に来てるぞ、仕事が終わってから。だから、第三幕だけな。何回も見てるよ」と言う咲太郎に、なつは居ずまいを正して切り出した。

「千遥が私らのことを忘れてていい……千遥がいることを確認するだけ。遠くから見るだけでもいい……それでも、千遥に会いたい……探したいの。お願い……おばさんが引っ越す前の住所、教えて」

なつの真剣さに打たれた咲太郎は、自分の部屋から古い手紙を取り出してきた。差出人は『川《かわ》谷《たに》とし』。なつたちの母親と仲のよかったいとこである。住所は千葉だった。これが、孤児院の咲太郎の元に届いた最後の手紙で、千遥は幸せに暮らしていると書いてある。その後、咲太郎は孤児院を出たが、千遥が引っ越す前の家にも一度、様子を見に行っていた。

「近所の人に聞いても、どこに行ったか分からなかった……それ以上、俺にはどう調べていいか分からなかった……すまなかった」

咲太郎も千遥に会いたかったことが分かって、なつはうれしかった。

なつは、この手がかりを信哉に託したが、千遥の移転先を探すのは容易ではなかった。

一つの作品が終わると、アニメーターたちにも、しばらくのんびりした時間が訪れるようで、それぞれ、自分の課題に取り組む。なつは、あれ以来、トレースの練習を続けていた。もちろん、動画の練習も続けている。描いたものは随時、仲に預けていた。

昼休み、噴水のある中庭でなつが、周囲の人をスケッチしながらパンを食べていると、仲がやって来た。仲は、なつの兄が所属する劇団「赤い星座」の亀山蘭子に、『白蛇姫』の声を演じてもらうことになったとなつに伝えた。

アニメーションは「プレスコ」といって、最初にセリフや音楽を録音してから、それに合わせて絵を描く。描いていくうちに変更されるところは、あとで録《と》り直すことになるが、『白蛇姫』のセリフを吹き込んだ映画スターが、二人して、声だけの出演は嫌だと言いだして、降りてしまった。そのため、急遽《きゅうきょ》、蘭子ともう一人の俳優に依頼して、改めて「アフレコ」を行うことになったのだという。

事情を聞いたなつが、仲に頼んで、アフレコを見学に行くと、咲太郎が、蘭子の付き添いで来ていた。蘭子は漫画映画に興味はなかったが、劇団の活動資金作りと思ってしぶしぶ、この仕事を引き受けたのだった。

蘭子はなつの顔を見るなり「ああ、あなたの描いてる絵ってこれだったの？」とほほえんだ。楽屋でなつが漫画映画を作っていると言ったことを覚えていたのだ。

厳密に言えば、なつは、仕上しかやっていない。だが、一部、なつが描いた画《え》が使われている場面がある。白娘と法海が対立する場面だ。白娘が白蛇に変化して、妖術で法海を攻撃するが勝てず、白娘が一瞬、恨みがましい目で空を振り返り、泣き崩れる。この場面の画にこだわった麻子の意見を取り入れて、なつが試しに描いたものだ。

くしくもアフレコ見学をすることによって、一足早く映像を見ることができたなつは、初めて描いた画が彩色されて動き、一本の映画の中に息づいていたことに、その場で踊りだしそうなほど感激していた。

夜、見学を終えたなつは、「仲さん、どうもありがとうございました」と深く頭を下げた。

「映画を作るおもしろさを感じられた？」

「はい。こんなにドキドキするとは思いませんでした。まるで、夢を現実に見ているみたいでした」

なつの夢はこれで終わりではなかった。仲が、次の作品の制作が決まったと言い、「また動画のテストを受けてみないか？」となつを誘ったのだ。

うれしい気持ちで〈風車〉に帰ると、咲太郎が雪次郎がカウンターに座っていた。

咲太郎は妙にアフレコに感動したようで、「亀山蘭子が声を吹き込んで、漫画の白蛇姫が泣いたとき……いい芝居をするなあっと思って」としみじみ言った。それはまさしく、なつの描いた場面である。

「お兄ちゃん、よく分かってるわね。なんかうれしくなっちゃう……」

「そうか……とにかく、これは、おもしろい発見だった……うん」

なつは、それからも一人で、動画の練習を続けた。そして、三度目の試験の日がやって来た。

「新しい私……新しい私……」となつはさんざん迷った末、これぞと思う服を着て、試験に臨んだ。

東洋動画スタジオ作画課に背筋を伸ばして歩いてくると、下山が「お、今日も決まってるね」と声をかけた。麻子や堀内などの視線も感じつつ、なつは試験会場の一室に向かった。

そこには仲と井戸原、養成期間中の新人アニメーターが集まっていた。

課題は、就業時間内の八時間で、五枚以上の動画を完成させること。仲の「ヨーイ、スタート!」の号令と同時に、課題の原画をめくり、なつは、動画用紙に鉛筆を走らせた。机の上で、泰樹のくれた懐中時計が時間を正確に刻んでいる。

じいちゃん……なつは祈るような気持ちで帯広の大地に思いをはせた。

——じいちゃんは鍬を手に、まだ何もない大地を耕しました。

私は鉛筆を手に、まだ、なんもない世界を耕しています。

じいちゃんの歩いた道は、まだまだ遠いけれど、いつか、そこにたどりつけるように……。

試験が終わって数日後、なつは仲と井戸原に呼び出された。

「今回も、枚数は君がいちばん多い。五十枚とは恐れ入ったね。速いのはいいことだ。描くのが速い人ほど、上達も速くなる」と仲は満足げにほほえんだ。もともとなつびいきの仲だけでなく、井戸原もなつを褒めた。

「動画で肝心なのは、線のきれいさ、正確さだが……短い間に、よくここまで上達したね。君に、アニメーターとしての可能性があることだけは、誰もが認めざるをえない」

ついに、なつは合格した。

はらはらと涙を流すなつに、仲が言った。

「マコちゃんもね、君のことを推していたよ。君の動画を見てくれたんだ。お礼を言っておきなさい」

半年ほど過ごした仕上課ともお別れだ。富子に動画を担当することになったと報告すると、

「まあ、しっかりおやりなさい。あなたがきちんといい動画を描いたら、こっちできちんと仕上げてみせるから」と、相変わらず淡々とした反応だったが、そこにひと言加わった。

「そのときは、あなたのことを、なっちゃんと呼ばせてもらうわよ」

「……それじゃ、そのときは私も、トミコーさんと呼ばせていただきます！」

「トミコー？」

「あっ！　……いえ……トミさん、でした……」

最後の最後まで、富子をいらだたせるなつ。それを近くで聞いていた桃代は必死で笑いをこらえた。


なつは、早速、泰樹に合格を知らせる手紙を書いた。

――じいちゃんに今度会うときまでに、私は、この道をしっかり歩ける人になっていたいです。それが、どんなに小さな道でも、自分の大切な道を誇れるように、じいちゃんに示したいです。どうか、そのことを、じいちゃんから、父さんや母さんにも伝えてください。そっちに帰れなくても、大好きなじいちゃん、じいちゃんは、いつでも私の、いちばんの誇りです。

なつの合格と同時に、咲太郎もついに、光子に借金を全額返済し終えた。

なつと二人で〈川村屋〉を訪れた咲太郎は、晴れ晴れとした顔で封筒を光子に渡し、なつは
「マダム、野上さん、私、アニメーターになったんです！」と明るい声で報告した。

「大きな声を出さない。ほかのお客様にご迷惑です」

野上が水を差す。この人の生真面目さはいつものことだ。「また今日はにぎわってますね」と咲太郎が店内を見回すと、満席の店内で子どもの姿が目立つ。子どもたちは夢中になってテレビを見つめていた。「今日は『名犬チンチンリー』をやっているからよ」と光子が言った。

アメリカのテレビ映画だというが、聞こえてくるのは日本語だ。子どもが見るものだから、字幕を読ませるよりも見やすくなるよう、日本人がセリフを入れているのだ。

「なるほど……日本の役者がしゃべってるのか……おもしろいな」と咲太郎は興味を持った。

へえ……となつも遠くから、日本語をしゃべる外国のテレビ番組を見つめた。


昭和三十二年の夏。次回作の長編映画『わんぱく牛若丸』の制作が決定した。すでに、実写映画の脚本家による脚本が完成したところで、これから、監督の露木と話し合いながら絵コンテを切っていくことになると、井戸原が、スタッフを集めて発表した。

絵コンテを切る前に、「みんなから、キャラクターを募集したいと思います」と仲が言った。

「試しに、これは、僕が描いた牛若丸のキャラクターです」

仲は、少年の全身や顔の表情などを描いたイメージ画を数枚、壁に貼った。

「これもまだ決定ではない。みんなも描いたら、こんなふうにここに貼り付けてほしいんだ」

下山がわれ先にイメージ画に顔を近づけ、「いや、それでいいですよ。さすがです。わんぱくな感じと繊細さを兼ね備え、ハンサムでいながらコミカルな愛嬌も感じられる、さすが仲さんの絵です」と褒めちぎった。

「下山くん、原画に昇格したからって、急に調子を上げなくたっていいんだよ」

「すみません、先輩のことは、謙虚に持ち上げておかないと空気が悪くなるかと思って」

仲と下山のやり取りに、スタジオ中が沸いた。

「謙虚になる必要はないさ。牛若丸でも、ほかのキャラクターでも何でもいいから考えてもらいたいんだ。母親の常盤御前《ときわごぜん》、仇《かたき》の平清盛《たいらのきよもり》、武蔵坊弁慶《むさしぼうべんけい》、動物もたくさん出てくる。好きなキャラクターを選んで自由に描いてみてよ。もちろん、僕と井戸原さんも描くよ。原画、動画も関係なく無記名でキャラクターを募集し、検討会を開きたいと思ってる」

井戸原がまだ製本されていない脚本の紙束を配った。そこには登場人物表も入っている。それを手にしたなつの胸は高鳴った。

「なんでやろうと思ったんですか？　こんなこと、ディズニーじゃ絶対やらないでしょう」

下山が早速脚本を見ながら、真顔で仲に質問した。

「何も一から十までディズニーを目指すことはないじゃないか。俺たちは俺たちのやり方を見つけたっていいんだ。そのためには、いろいろ冒険してみようよ」

「期限は、お盆休み明けまでとする。みんな、奮って参加するように」と井戸原が言い、「はい！」と皆が威勢よく返事をして散会となった。

なつは自分の机に戻ったが、興奮が止まらず、ちょうど通りかかった麻子に話しかけた。
「ねえ、マコさん、マコさんも参加しますよね？」
「するわよ。どうして？」
「いえ。それじゃ、誰にも相談できませんよね。困りました。急にキャラクターを考えろと言われても……」
「考えろとは言われてないいんじゃないの？　参加していいとは言われたけど」と麻子は言いながら、はたと気付いた。「あなた期待されてると思ってるの？」
「思ってません」
「なら、楽でいいじゃない」
麻子はなつの肩を軽くたたいて去っていった。入れ代わりに、なつのそばに寄ってきたのは三《み》村茜《むらあかね》だ。なつより二歳上で、前年十二月の動画試験に合格した人物である。線が丁寧なところが長所で、その分、作業が遅い。なつとは対照的だった。そんな茜も参加するという。ある意味、スタジオ中がライバルだ。
そのとき、社内放送のスピーカーから社歌「東洋行進曲」が大音量で流れだした。
「世界に巻き起こす希望の息吹
太陽よりも輝くわれらが情熱
愛を知り　夢を語り　涙にくれても笑顔になれる
オリエンタル　東洋　東洋映画よ永久《とこしえ》に
回り続けるわれらがフィルムよ」

たちまちスタッフたちは立ち上がる。この曲は大杉社長のおでましの合図なのだ。

「やー、皆さん。漫画の皆さん、ご苦労さん。お楽にお楽に」

まもなく大杉が、所長の山川や取り巻きを引き連れて、にこやかに現れた。

「『白蛇姫』が、この七月に公開され、おかげさまで、大ヒットを記録しております。国内外で、高い評価も得ております。これもひとえに、漫画の皆さんの努力のたまものであると感謝します。次回作『わんぱく牛若丸』も、どうか頑張って、いい漫画映画にしてください」

なつは以前、大杉に面接で入社試験を落とされている。びくりとなって、そっと目線を外そうとしたが時すでに遅く、「しかしアータ、ここは女の子もたくさんいていいね」とぐるりとフロアを見回した大杉と目が合ってしまった。大杉に凝視され、なつはしかたなく会釈した。幸い、大杉はなつの存在を忘れていたようで、何事もなく、女性スタッフ全員に語りかけた。

「皆さん、お母さんは昔、こんな漫画映画を作っていたんだと、自分のお子さんに誇れるような、立派な仕事をしてください」

なつは胸をなで下ろしたものの、その挨拶が癪《しゃく》に障り、昼休み、中庭で昼食のパンを食べながら、茜相手に文句を言った。

「漫画の皆さんって、私らが漫画みたいじゃないですか。それに、お母さんは昔、こんな漫画映画を作っていたと自分の子どもに誇れって何ですか？　……それってもう、そのときはアニメーターを辞めてるみたいじゃないですか！」

「違うの？」

「いいんですか、それで？　茜さんは、もし結婚をしたり、子どもが生まれたりしたら、この仕事を辞めちゃうんですか？」

「そんなの、そのときになってみなくちゃ分からないわよ。もし会社に辞めろって言われたら、いたくもないでしょ、そんなところに」

「そんなのおかしいですよ。せっかく努力してやっとアニメーターになったんじゃないですか！」

「私はそんなに努力してないけどな」

「私は辞めたくないですよ、そんなことで」

なつがぷんぷんしていると、いつのまにか麻子が背後に立っていた。

「それなら、辞めろって言わせなきゃいいんじゃないの？　会社に辞めるなって引き止められるようなアニメーターになるしかないんじゃないの、だったら。まだ何もできないくせに文句だけ言ってないで」

「あ……はい！　そうですね」

「そんなことより、キャラクターをどうするか研究したほうがいいんじゃない？　期待はしてないけど」

いつものように、言いたいことだけ言ってさっさと去る麻子を見送りながら、茜が聞いた。

「あんなふうになりたいの？」

麻子のようになりたいかは分からない。ただ、なつは、ひたすら自分の絵を描き続けた。なつは常盤御前を描こうと思っていた。モデルは富士子にするつもりだ。イマジネーションが湧きに湧き、鉛筆がすらすら動く。なつの画力は上がっていて、夢をそのまま絵にできるように思えた。

そんなとき、信哉が、千遥の転居先が分かったと知らせに来た。仕事の合間を縫って調査を続け、ようやく、千葉の船橋《ふなばし》であることが分かったのだ。その住所までは見に行き、それらしい女の子を見かけたものの、声はかけないまま帰ってきたという。その女の子が確かに千遥かどうか信哉には分からなかった。何しろ、十二年、会っていないのだから。

なつは自分なら絶対に分かると拳を握った。遠くから見て、千遥かどうか確かめるだけでもいい。すぐに飛んでいきたいが、少し冷静になって、お盆……八月十五日に会いに行こうと決めた。

そして、八月十五日。空は、あの日のように真っ青で、太陽はじりじりと熱く、セミの声がどこからともなくわんわんと響く。電車から降り立った船橋には、中小の工場が立ち並んでいた。工場街の一角にある木造アパートの前に、なつと咲太郎は、汗をかきかきたどりついた。

メモを見て、アパートの住所と照らし合わせ間違いないとなると、「どうする?」と咲太郎は、珍しくおじけづいたような顔をする。

「どうするって……ここまで来たら、行くしか」

そう言いながら、なつも足が前に出ない。二人でもじもじしていると、不意に一室のドアが開いた。そこから十七歳ぐらいに見える少女が出てきて、ドアを押さえると、中から松葉づえを突いた中年男性がゆっくり現れた。川谷幸一《こういち》である。少女は優しく、幸一を介助している。

千遥……!? なつは息を止め、目を凝らす。

もっと近づいて確かめたい衝動に駆られるなつの腕を、咲太郎がつかんで止めた——。

（下巻につづく）

本書は、連続テレビ小説「なつぞら」第一週〜第十一週の放送台本をもとに小説化したものです。番組と内容・章題が異なることがあります。ご了承ください。

図版作製　アトリエ・プラン
DTP　NOAH
校　正　唐作桂子

大森寿美男（おおもり・すみお）

一九六七年生まれ、神奈川県出身。九七年、脚本家デビュー。「泥棒家族」「トトの世界～最後の野生児～」で第十九回向田邦子賞受賞。代表作に、大河ドラマ「風林火山」、「64（ロクヨン）」、大河ファンタジー「精霊の守り人」、「フランケンシュタインの恋」がある。監督と兼務で「風が吹いている」「アゲイン 28年目の甲子園」を執筆。連続テレビ小説は、「てるてる家族」（二〇〇三年度後期）に続き二回目となる。

NHK連続テレビ小説 なつぞら 上

二〇一九年三月三十日 第一刷発行

著者 作 大森寿美男／ノベライズ 木俣 冬

発行者 森永公紀

発行所 NHK出版

〒一五〇－八〇八一 東京都渋谷区宇田川町四十一－一

電話 〇五七〇－〇〇二－一四七（編集）

〇五七〇－〇〇〇－三二一（注文）

ホームページ http://www.nhk-book.co.jp

振替 〇〇一一〇－一－四九七〇一

印刷 亨有堂印刷所、大熊整美堂

製本 二葉製本

Printed in Japan

ISBN978-4-14-005701-8 C0093